KRÜGER

Anders Morgenthaler
Marie Louise Tüxen

DER HELLE WAHNSINN

Eine Frau schneidet auf

Aus dem Dänischen von Franziska Hüther

KRÜGER

Aus Verantwortung für die Umwelt hat sich der S. Fischer Verlag zu einer nachhaltigen Buchproduktion verpflichtet. Der bewusste Umgang mit unseren Ressourcen, der Schutz unseres Klimas und der Natur gehören zu unseren obersten Unternehmenszielen.

Gemeinsam mit unseren Partnern und Lieferanten setzen wir uns für eine klimaneutrale Buchproduktion ein, die den Erwerb von Klimazertifikaten zur Kompensation des CO_2-Ausstoßes einschließt.

Weitere Informationen finden Sie unter:
www.klimaneutralerverlag.de

FSC www.fsc.org
MIX
Papier aus verantwortungsvollen Quellen
FSC® C014496

Deutsche Erstausgabe
Erschienen bei FISCHER Krüger

Die dänische Originalausgabe erschien
2019 unter dem Titel »Helle Eroberen« beim Verlag Gyldendal.

Satz: Fotosatz Amann, Memmingen
Druck und Bindung: GGP Media GmbH, Pößneck
Printed in Germany
ISBN 978-3-8105-0004-5

METZGERWÜRDE 2013

Metzgermeisterin Helle Anja Janning,
Skyttemarkens Metzgerei

Begründung:
Helle Anja Janning trägt der edlen Traditionen des Metzgerhandwerks Rechnung und versteht es gleichzeitig, in neue Richtungen zu denken. Sie besitzt umfassende Kenntnisse der tierischen Anatomie und hat Zerlegungstechniken entwickelt, die die Stücke auf vorbildliche Weise nutzen und Schwund reduzieren. Sie vermag es, ein Eisbein auszulösen, als wäre es eine Kunst. Ihre kreativen Initiativen erstrecken sich unter anderem auf den phänomenalen Flap-Steak-Schnitt, der dem Fleischstück mit seiner schnurartigen Faserstruktur eine rote, samtene Oberfläche verleiht und es wie ein Stück Himmel schmecken lässt. Darüber hinaus hat Helle Anja Janning basierend auf traditionellen italienischen und dänischen Rezepten eine Reihe von Gourmetprodukten kreiert, die

schon heute als Klassiker anerkannt werden müssen. Helles fürsorgliche Art reicht weit über Sorge um die eigene Familie hinaus, was sich an den durch sie herbeigeführten Verbesserungen der Arbeitsroutinen im Betrieb zeigt, die zu einer erheblichen Reduzierung krankheitsbedingter Fehltage geführt haben. Helle Anja Janning gehört zu den Metzgerinnen, die die Zukunft unseres Handwerks sichern. Obwohl sie noch so jung ist, ist sie schon eine wahre Meisterin. Sie weiß, wie man das Messer schwingt, und sie weiß, wie man den Leuten Heißhunger auf einen Wiener-Würstchen-Salat macht. Daher gebührt ihr die Metzgerwürde 2013.

Eingereicht von Metzgermeister Laust Meisner
Skyttemarkens Metzgerei
Skyttemarksvej 21
4700 Næstved

Landwirtschaft & Lebensmittel
(Das Preisgeld der Metzgerwürde wird vom Schweineabgabefonds sowie dem Rinderabgabefonds finanziert.)

BJ Kanzlei/Bent Jensen
Ramsherred 17, 2. OG
4700 Næstved

Helle Anja Janning
Hvedevænget 37
4700 Næstved

Næstved, 12. Januar 2016

KOPIE

KÜNDIGUNG

Hiermit teile ich Ihnen mit, dass das zwischen Ihnen, Helle Anja Janning, und dem Unternehmen Skyttemarkens Metzgerei bestehende Arbeitsverhältnis außerordentlich und mit sofortiger Wirkung gekündigt wird.
Grund für die Kündigung ist ein schwerwiegender Vertrauensbruch, der das Unternehmen finanziell erheblich geschädigt hat und Sie damit für den Arbeitgeber untragbar macht.
Des Weiteren habe ich Sie darüber zu informie-

ren, dass der Vorfall wegen Betruges gemäß § 279 StGB zur Anzeige gebracht wurde.

Mit freundlichen Grüßen
BJ Kanzlei
Bent Jensen

im Auftrag von
Metzgermeister Laust Meisner
Skyttemarkens Metzgerei
Skyttemarksvej 21
4700 Næstved

KAPITEL 1

Helle hat mit toten Körpern gearbeitet. Früher war ihr Arbeitsplatz eine Blutlache, und einmal hätte sie sich beim Ausweiden fast erwürgt. Trotzdem hat sie noch nie solche Angst gehabt wie heute in der gelben Gruppe des Kindergartens Himmelsschiff.

»Kaj hat eine Parfümallergie. Schon von Geburt an. Seine Haut wird rot und wund, wenn du die Feuchttücher statt der weichen Baumwolle nimmst«, erklärt Karin eindringlich.

Karin ist die stellvertretende Leiterin des Himmelsschiffs und hat es Helle jetzt schon dreimal eingeschärft, wenn man ihren mahnenden Blick mitzählt, den sie Helle zuwirft, als sie Kaj an der Hand nimmt und zum Wickelraum geht. Es ist Helles erster Tag als pädagogische Hilfskraft im Himmelsschiff. Kaj ist dreieinhalb und kann weiß Gott allein aufs Klo. Er ist zu groß für die Windel. Da sind sich die Erzieher einig. Helle ist neununddreißig und findet nicht, dass Kaj ein sonderlich reizendes Kind ist. Sie versucht, es sich nicht anmerken zu lassen. Weder Kaj noch den anderen Erziehern gegenüber, schließlich ist es ihr erster Tag.

Kaj liegt auf dem Wickeltisch und probiert, mit den Fingern an seinen Po zu kommen, Helle beginnt zu schwitzen. Sie hätte keinen Wollpulli anziehen sollen, jetzt, wo sich der April von seiner warmen Seite zeigt. Mit einer Hand hält sie Kajs Füße zusammen, während sie mit der anderen versucht, ein Baumwolltuch über dem Waschbecken auszuwringen. Kajs Kacke ist hart. Kleine Kügelchen, die in der Windel herumkullern und aussehen wie Falafel. Eine einzelne Kugel rollt aus der Windel, sie rollt über den Tisch und hinunter auf den Linoleumboden. Mit dem Ellbogen schiebt Helle Kajs Fummelfinger, so gut sie kann, von seinem Hintern weg. Kaj lässt sich nicht abbringen, im Gegenteil, er hält dagegen. Ein kleines, bleiches Mädchen aus der roten Gruppe, Vita, kommt herein und deutet auf die braune kleine Kugel am Boden.

»Wir brauchen hier kurz ein bisschen Ruhe«, sagt Helle mit gepresster Stimme.

Stellvertreter-Karin kommt dazu. Sie zieht ein Papiertuch aus ihrer Jackentasche und wischt damit über Vitas Nase, ehe sie die Kleine wegschickt. Dann verlässt auch sie den Raum. Als sie schon fast die Schiebetür hinter sich zugezogen hat, steckt sie noch mal den Kopf durch den Spalt und fragt: »Kommst du klar?«

Helle ringt sich ein munteres Lächeln ab. »Jep. Er strampelt nur ein bisschen.«

»Denk dran, kein Parfüm«, mahnt Karin und klopft zweimal gegen die Schiebetür, bevor sie sie ganz zuzieht.

Ein leises Klingeln in den Ohren, schwarze Punkte am äußeren Rand des Sichtfelds – Helle kennt die Symptome einer sich anbahnenden Panikattacke. Zum Glück hat sie ihren »Notfallkoffer« von damals, als sie am Kurs *ÜberLebe den Alltag!* teilgenommen hat, und macht einen der guten, tiefen Atemzüge. Sie hält immer noch Kajs Knöchel fest, aber der windet sich allmählich aus ihrem Griff. Helle versucht, ein weiteres parfümfreies Pflegetuch aus der Plastikpackung zu ziehen. Sie erwischt ein ganzes Bündel, der Rest der Packung landet auf dem Boden. Kaj hat sich jetzt so weit verdreht, dass er auf dem Bauch liegt, seine Hände greifen die Kante des Wickeltischs. Kai ist ein kräftiger Junge. Robust. Ein Klebestreifen der Windel pappt an seinem speckigen Oberschenkel. Helle kriegt die Enden nicht zusammen, um die Kacke einzupacken. Die Windel rutscht herum. Die harten Kugeln sind doch gar nicht so hart wie gedacht. Wieder und wieder versucht sie, mit dem kleinen Finger den Verschluss zu erwischen, sie macht einen Schritt zurück, ihr Fuß landet mit eleganter Präzision auf dem verirrten Kügelchen am Boden, rutscht weg, und Helle verliert das Gleichgewicht.

Für eine Millisekunde lässt sie Kajs Knöchel los, um sich am Wickeltisch festzuhalten. In diesem Augenblick drückt sich Kaj von der Tischkante ab. Er rutscht über die Kante. Im Sturz rammt er die Ecke eines Metalldrahtkorbs. Die Ecke, an der die Schutzkappe fehlt. Seine Augenbraue platzt auf, als das spitze Metall über seine Haut schrammt und einen langen Schnitt hinterlässt. Er fällt weiter, dreht sich dabei und landet auf dem Linoleumboden. Erst mit dem Rücken, dann mit dem Kopf. Ein Geräusch wie von einer Melone, die aus einer Einkaufstüte fällt. Dann Stille. In gewisser Weise bleibt die Zeit stehen. Helle blickt auf ihre Hände. Sie sind braun. Sie atmet nicht, es macht auch nicht den Eindruck, als ob Kaj es täte. Helle sieht sich selbst von außen, alles wie in Zeitlupe. Sie kniet sich neben Kaj und beugt sich über sein Gesicht. Wartet voller Angst. In keinem ihrer Selbstcoaching-Kurse hat man sie darauf vorbereitet, mitten im Alltag den Tod zu bewältigen.

Helle bleibt über Kaj gebeugt sitzen. Sie meint, einen schwachen Luftstrom aus seiner Nase spüren zu können. Sie rückt noch etwas näher heran und kann nun mit Sicherheit feststellen, dass ein Atemhauch ihre Lippen streift. Vorsichtig schiebt sie die Hände unter Kaj und hebt ihn an ihre Brust. Kajs erstarrter Körper löst sich in einem heftigen Krampf, gefolgt von einem lauten Heulen, Weinen, Brüllen. Die Zeit beginnt wieder zu laufen. Was auch immer mit ihm ist, jedenfalls lebt er, und Helle hört sich erleichtert aufseufzen. Kajs Wunde blutet stark, aber das kann sie nur als Bagatelle ansehen. Wenigstens wird sie nicht auf der Titelseite der Boulevardzeitungen landen. Helle hat es schon vor sich gesehen, sie in Großaufnahme, wie sie in ihrer ausgeblichenen roten Windjacke unter der Fahrradüberdachung vor dem Himmelsschiff steht und an ihrer E-Zigarette zieht, darüber die Schlagzeile in passendem Rot: *Das ist Kajs Mörderin!*

Kajs Schrei verebbt und geht in ein Schluchzen über, das eine gefühlte Ewigkeit andauert. Helle stehen die Tränen in den Augen. Sie drückt den Jungen an sich und steht auf. Wiegt ihn beruhigend in den Armen. Sie weiß, dass er nicht sterben wird. Doch die Freude darüber hält nicht lange an. Wie zur Hölle soll sie die Situation erklären?

Karin scheint über eine Art siebten Sinn zu verfügen, denn genau in diesem Augenblick reißt sie mit großen Augen die Schiebetür auf.

»Kaj hat sich gestoßen«, sagt Helle mit einer Stimme, die sie nicht wiedererkennt.

Jetzt wird Kajs Schluchzen von einem schrillen Weinen abgelöst. Karin tritt in den Raum, bildet sich mit einem Blick ein Urteil, sagt kein Wort und entreißt Kaj Helles Armen. Kaj hat immer noch keine Windel an, er ist nicht gewaschen und weint so jammervoll, dass Kinder und Erwachsene in der Tür zusammenströmen.

»Was ist denn nur passiert? Was hast du getan?« Auch Karins Stimme kommt von einem unbekannten Ort.

»Er hat sich über die Kante gezogen, er ist runtergefallen. Ich habe ihn nicht mal eine Sekunde losgelassen, ich wollte nur die Windel wegwerfen«, stammelt Helle.

Karin sieht Helle an, wie man ein kleines Kind ansieht, das man gleich ausschimpfen wird. Dieser Blick ist entschieden schlimmer, wenn man erwachsen ist.

»Wie ist er auf dem Boden aufgekommen? Woher kommt die Wunde?«, fragt Karin.

»Er ist gegen die Ecke des Metallkorbs da gestoßen, und dann, dann ist er auf dem Rücken gelandet … und auf dem Kopf.«

Den letzten Satz sagt Helle, so leise sie kann. Karin und die anderen Erzieher scheinen über ein verblüffend scharfes Gehör zu verfügen, und ein Raunen geht durch die Zuschauer.

Karin streicht Kaj mit der Hand über den Hinterkopf. Er wurde als Säugling offensichtlich nicht auf die Seite gelegt, denn sein Hinterkopf ist platt wie der Boden einer Kähler-Vase. Oder besser gesagt, war es, denn jetzt wächst dort eine beachtliche Beule. Der Anblick lässt Helle an ihren eigenen Hinterkopf denken. Sie hat sich seit drei Tagen nicht die Haare gewaschen, und ihr angeborener Nackenwirbel ist zu einem durchgehenden Scheitel mutiert, der in einer senkrechten Linie von der Schädelspitze bis zum Haaransatz im Nacken verläuft. Die fettigen Haare haben sich willig seitlich angelegt, ganz wie bei einem Zweimannzelt, bei dem der Reißverschluss geöffnet ist und die Stoffbahnen an beiden Seiten befestigt sind. Helle fährt sich mit der Hand durch die Haare, um den Scheitel verschwinden zu lassen.

Kajs Weinen ist menschlicher geworden, hat aber nicht

an Intensität verloren. Adam von der Regenbogengruppe hält seinen Kopf, während Karin mit sanften Bewegungen beginnt, erst das blutige Gesicht und anschließend den Po zu säubern. Karins Hände wissen, was sie tun. Kajs Weinen ist fast verstummt. Carina aus der orangefarbenen Gruppe mit der feschen Kurzhaarfrisur, für die sie von allen Seiten Komplimente bekommt, hat bereits die 112 angerufen. Wenn sich kleine Kinder den Kopf stoßen, kann man nicht vorsichtig genug sein. Außerdem muss die Wunde bestimmt genäht werden. Karin sagt, es wäre schneller, mit dem Taxi zur Notaufnahme zu fahren, als auf den Krankenwagen zu warten. Sie sagt, die Vorstellung sei jetzt vorbei, und alle könnten wieder zurück an die Arbeit gehen.

Karin hüllt Kaj in eine Fleecedecke und reicht ihn an Carina weiter, damit sie sich ihre Jacke anziehen kann. Carina hat ein Pappbilderbuch hervorgeholt und liest Kaj mit sehr hoher Stimme daraus vor. »Und was glaubt der Kaj, was sich da hinter der Klappe versteckt, ist das vielleicht eine Muh-Kuh?«

Ihr Gesichtsausdruck zeugt von größtem Einfühlungsvermögen. Es scheint, als ob sich die dreieinhalb Jahre Erzieherstudium in dieser einen Performance manifestierten.

Helle beginnt, nach der Misere sauberzumachen, da kommt Karin zurück. Seit Kajs Sturz hat keiner mehr ein Wort mit ihr gesprochen.

»Kommst du?«, fragt Karin.

»Äh ... soll ich?«

»Aber natürlich, meine Liebe. Du bist schließlich die Einzige, die weiß, was genau passiert ist. Ich werde Kaj halten, bei mir fühlt er sich sicher, aber wir brauchen dich, damit du dem Arzt erzählen kannst, was vorgefallen ist. Und wenn Kajs Mutter kommt ... Sie wird sicher einige Fragen haben, sie ist eine sehr ... *engagierte* Mutter.« Karin schaut Kaj an, während sie mit Helle redet.

»Okay?« Helle versteht nicht ganz, was Karin meint.

»Ich habe ihr am Telefon gesagt, dass es Kaj den Umständen entsprechend gut geht, aber sie war sehr aufgebracht. Was nur verständlich ist«, erklärt Karin.

»Ja.«

»Man erschrickt natürlich«, fügt Karin hinzu und blickt Helle prüfend an.

Helle möchte gern das Richtige sagen. »Natürlich«, erwidert sie daher. »Es ist ja ihr Kind.«

Die Wunde ist geschlossen und die Beule abgeschwollen. Es gibt keine Anzeichen für eine Gehirnerschütterung. Karin, Kaj und Helle sitzen zu dritt auf dem langen Gang vor dem Behandlungszimmer, wo Kaj von einem Arzt untersucht wurde und die Wunde geklebt bekommen hat. Der Gang ist mit ein paar vereinzelten Stühlen versehen. Zwei Krankenbetten auf Rädern warten darauf, dass die darin liegenden Patienten im Gesundheitssystem weitergerollt werden. Die Wände sind zweifarbig gestrichen, eine Art beige Pflasterfarbe oben und ein staubiges Grün unten. Das Grün ist bestimmt praktisch, es versteckt Schmutz und Kratzer. An der Wand hängt etwas, das zweifellos als Kunst eingekauft wurde, allerdings nicht im Entferntesten danach aussieht, sondern eher den Kreationen im Kindergarten gleicht, die ausschließlich die Bewunderung einiger überbegeisterter Eltern ernten. Das Einzige, was Helle darin erkennen kann, sind Tod, Depression und Zerstörung. Aber das kann man vielleicht nicht allein der Kunst zuschreiben.

Kaj sieht rotbackig aus. Außerdem wirkt er auffallend fröhlich, als sei er so viel Fürsorge gar nicht gewohnt und genieße die Aufmerksamkeit. Zufrieden blättert er in dem Pappbilderbuch. Sie warten auf Kajs Mutter.

Drei Kittel kommen auf sie zu. Sie erinnern Helle an eine Szene aus ihrer Lieblingsserie *Grey's Anatomy*. Statt Clogs tragen sie Sneakers in Knallfarben. Der Mann hat hübsche Haare und sagt offenbar etwas Lustiges, denn die beiden Frauen lachen. Sie gehen an Helle vorbei, ohne sie eines Blickes zu würdigen, versunken in ihre eigene Welt, und obwohl Helle bemerkt, dass eine der Frauen trockene Haut am Schienbein hat, ist Helles Bewunderung für sie ungebrochen. Ärzte sind wie Einhörner – Phantasiewesen mit der Lizenz, Rezepte für Pilzcremes auszustellen. Ihre Funktion im Leben ist so erhaben, und trotzdem finden sie Gelegenheit zum Lachen.

»O nein, da war ja diese Sache mit dem Eisregen«, reißt Karin Helle aus ihren Gedanken.

»Eisregen?«, fragt Helle.

»Es war in dem Winter, als wir so wechselhafte Temperaturen hatten, dass sich eines Morgens überall dicke Eisplatten gebildet hatten und weder die Streumaschinen noch die Schneepflüge hinterherkamen. Als Kajs Mutter ihn abliefern wollte, wäre sie vor dem Tor fast gestürzt. Das hat sie uns nie verziehen. Sie hat etliche Mails an mich, die Kindergartenleitung und die Gemeinde geschrieben. Und Leserbriefe, du weißt schon. Dann hat sie zwei gelbe Warndreiecke gekauft, die sie jetzt immer bei Minusgraden vor dem Kindergarten aufstellt.«

»Das heißt, sie ist durchgeknallt?«, fragt Helle, während sie an einem braunen Fleck auf ihrem Pulli kratzt.

Aber Karin versichert ihr, dass die Frau bloß eine liebevolle Mutter sei, die das Beste für ihr Kind wolle. Das könne man wohl niemandem verdenken. Ob es ihr nicht genauso gehe?

Helle hält nicht viel von dieser Art Kommunikationsstrategie, die sie aus einem ihrer Kurse wiederzuerkennen meint:

A, Karin, spricht in Gegenwart von B, Helle, schlecht über C, Kajs Mutter.

A sorgt dafür, es so zu verpacken, dass sie, wenn B es direkt anspricht, um den genauen Grad von ›schlecht‹ zu verstehen, ihre Aussage zurückziehen und fast verärgert reagieren kann, weil B so schlecht über C denkt. Dann sagt A etwas wirklich Nettes über C.

Helle durchschaut Karins Manöver durchaus. Aber sie steht unter Druck. Durch ihr Verschulden hat sich ein Kind verletzt. An ihrem ersten Tag im Himmelsschiff. Helle konnte Kaj von Anfang an nicht leiden. Sie fragt sich besorgt, ob das vielleicht unbewusst mit reingespielt hat.

Vom Ende des Ganges hören sie absurd laute Schritte näher kommen. Schritte, die verlangen, dass man zur Seite weicht und Platz macht. Klack. Klack. KLACK.

Karin hält Kaj noch immer im Arm. Helle und Karin springen auf. Helles Stuhl kippt um. Hastig bückt sie sich, um ihn wieder aufzustellen, daher will es das Schicksal so, dass ihr Hintern in die Luft gereckt ist, als Kajs Mutter sie erreicht. Das bedeutet, dass Helles Hintern Kajs Mutter zuerst begrüßt. Helle richtet sich wieder auf, dreht sich um und beschwört ein Lächeln herauf, das mitfühlend aussehen soll. Kajs Mutter schaut nur Karin an.

»Es geht ihm wieder gut, er hat nichts«, sagt Karin rasch.

»Er ist traumatisiert, Karin. Das nennst du nichts?«, erwidert Kajs Mutter. Könnte Helle doch nur wie Forrest Gump einfach davonlaufen und niemals anhalten. Aber Helle ist nicht Forrest Gump.

Karin tut ihr Bestes, um die Wogen zu glätten, und

erzählt, dass die Schnittwunde laut Arzt keine Narbe zurücklassen werde.

»Sie sind wirklich kompetent hier«, fügt sie hinzu.

Kajs Mutter nimmt ihren Sohn auf den Arm, für Kaj macht es keinen Unterschied, er blättert ungerührt weiter in seinem Bilderbuch, das eigentlich nur aus dreizehn dicken Seiten besteht. Der Junge hat Schaden genommen, denkt Helle.

»Ich spreche nicht von äußeren Narben«, faucht Kajs Mutter.

Helle sollte etwas sagen, die Situation menschlicher machen. Kajs Mutter ist aufgebracht und schwitzt ganz offensichtlich in ihrem Regencape. Das ist nicht verwunderlich, es reicht ihr bis zu den Knien, und der Taillengürtel ist straffgezogen. Sie steht jetzt so nah, dass Helle die feinen Spuren des Lippenstifts erkennen kann, der in die Fältchen um ihren Mund gezogen ist. Sie sehen aus wie ein Wegenetz.

»Es tut mir wirklich leid, was passiert ist. Ich wollte Kaj wickeln, da hat er sich losgestrampelt«, erklärt Helle.

»Er ist drei, wie kann er sich aus dem Griff einer erwachsenen Frau befreien? Sie müssen entschuldigen, aber ich bin ziemlich fassungslos. Ich habe Sie noch nie gesehen. Inwieweit sind Sie überhaupt qualifiziert, sich um kleine Kinder zu kümmern?« Kajs Mutter mustert Helle abschätzig von Kopf bis Fuß, als wolle sie sich versichern, dass es Helle auch ja bemerkt. Ihre Stimme ist kalt, beinahe tonlos.

Helle macht einen kleinen Schritt nach vorn. All ihre Unsicherheit kristallisiert sich in diesem einen Augenblick. »Also, ich bin gelernte Metzgerin. Vorher habe ich Tiermedizin studiert, aber leider musste ich …«

»Mich interessiert vor allem, weshalb Sie heute hier stehen, mit *meinem* Kind?«

Helle lässt die Schultern hängen. »Das war …« Sie räuspert sich. »Eine Aktivierungsmaßnahme. Vom Jobcenter. Sie meinten, es wäre etwas für mich.«

»Da haben die sich wohl vertan. Und mein Sohn musste nun den Preis dafür zahlen. Eine Metzgerin, die sich um Kinder kümmern soll, das ist ja völlig grotesk«, schnaubt Kajs Mutter.

Helle spürt, wie sich große rote Flecken auf ihrem Hals ausbreiten. »Ich bin selbst Mutter, ich weiß durchaus, was es heißt, auf ein Kind aufzupassen. Das Ganze war ein Unfall, und es tut mir aufrichtig leid.«

Karin, die sich bislang im Hintergrund gehalten hat, tritt vor.

»Kaj ist wohlauf, das ist doch die Hauptsache. Wir alle bedauern, dass er sich weh getan hat.«

Kajs Mutter zieht Kaj die Jacke an. Er fängt an zu weinen. Auf seiner Hose ist irgendetwas Braunes. Kajs Mutter hebt ihn an ihre Nase.

»Er ist ja voll mit Kacke!«

Das hatten sie nicht bemerkt. Helle sieht durchaus ein, dass es besser gewesen wäre, wenn sie ihm eine saubere Hose angezogen hätten.

Kajs Mutter schüttelt entsetzt den Kopf. »Ich kann diesen Vorfall nicht einfach stillschweigend hinnehmen. So etwas darf nicht passieren, wenn man sein Kind in die Betreuung gibt. Es ist ein Kind, kein Tier!«

»So groß ist der Unterschied zwischen Kindern und Tieren auch nicht«, sagt Helle.

Denn Helle ist Helle. Und sie weiß, dass beispielsweise Schweine einen IQ haben, der dem eines dreijährigen Kindes entspricht. Karin schaut sie an. Es ist kein freundlicher Blick.

»Weißt du, Anastasia ...« Es ist das erste Mal, dass Karin Kajs Mutter mit dem Namen anspricht. »Wir sind alle so froh, Kaj bei uns zu haben, er hat unglaubliche Fortschritte gemacht, Anastasia.« Karin spricht mit sanfter Stimme und legt besondere Betonung auf die zweite Silbe von *unglaublich*. Und dann noch mal dieser bescheuerte Name, Anastasia. Helle hört ihr Blut in den Ohren rauschen.

Karin führt ihre beschwichtigende Rede fort, offenkundig nicht, um Helle beizustehen, sondern wohl eher, um die drohende Klage bei der Aufsichtsbehörde abzuwenden, auf die die Situation gerade zusteuert.

»Ich finde, wir sollten jetzt alle nach Hause gehen und uns von dem Schreck erholen, und dann würde ich dich bitten, Anastasia, an die e-nor-me Entwicklung zu denken, die Kaj gemacht hat, seit er bei uns ist.«

Wieder eine deutliche Betonung auf der zweiten Silbe, bemerkt Helle.

»Außerdem bin ich nicht sicher, ob Helle hier so ganz am richtigen Ort gelandet ist. Das empfindest du sicher genauso, Helle.« Den letzten Satz sagt Karin direkt an Helle gewandt.

Helle ist wie vor den Kopf geschlagen.

»Das war ja ein ziemlich aufregender Probetag.«

Anastasia sieht etwas besänftigter aus. Sie und Karin sind jetzt im selben Team.

Helle muss zugeben, dass Karin heute schon zum zweiten Mal mit einem kommunikativen Geniestreich überrascht. Mit dem Klassiker schlechthin, bei dem A in die Ecke gedrängt wird und daher skrupellos B an den Pranger stellt, um auf diese Weise denjenigen auf seine Seite zu ziehen, der die Macht hat. Also C. Oder, um es klar zu sagen: Anastasia.

Anastasia drückt ihre Nase an Kaj. »Haben Sie Parfüm benutzt? Sie wissen, dass er hochallergisch ist? Er macht deshalb sogar eine spezielle Anti-Entzündungsdiät.« Anastasia schaut Helle an. Um genau zu sein, schaut sie knapp über sie hinweg, auf ihre Stirn.

»Das mit dem Parfüm habe ich Helle mehrmals gesagt«, rettet sich Karin ein weiteres Mal selbst.

»Und ich habe es jedes Mal verstanden«, erwidert Helle trocken.

Ihr ist bewusst, dass sie nun allein in der Ecke steht.

»Dieser sarkastische Ton ist auch so eine Sache. Sarkasmus und Ironie sind im Umgang mit kleinen Kindern unangebracht. Sie verfügen noch gar nicht über die

Werkzeuge, um solche rhetorischen Mittel decodieren zu können«, fährt Karin fort.

Dieser Satz bringt Helles inneren Geduldsdamm zum Bröckeln. Sie ballt die Fäuste, so dass die Knöchel weiß hervortreten, und ihre Kiefer spannen sich an, bis die Muskeln gefährlich zucken. O Karin, du beflügelter, pädagogischer Übermensch.

»Ich habe wohl keine Wahl, Karin«, zischt Helle.

Welche Schlagkraft es hat, die Leute in einem Gespräch beim Namen zu nennen! Ein weiteres herzliches Dankeschön an den Kurs *ÜberLebe den Alltag*!

»Aber lasst uns deswegen nicht streiten, ich werde gehen, ohne eine Szene zu machen«, sagt Helle und macht eine Szene. Ihre Stimme kommt tief aus dem Bauch, der Damm ist gebrochen. »Nur damit du's weißt, Karin, das heute war der beschissenste Tag meines Lebens. Da hatte ich ja mehr Spaß, als ich im Kühlraum vom Schlachthof gearbeitet habe. Auf diesen bescheuerten Ministühlen zu hocken und Brote mit Feigenaufstrich zu essen, fand ich total ätzend. Und ich musste fast kotzen, als Carina aus der orangen Gruppe so aufreizend mit den Kindern getanzt hat, damit Viljes hübscher Vater sie auch ja bemerkt. Und Anastasia! Ihr Kaj ist zu alt für die Windel, er lechzt nach Aufmerksamkeit, weil sie und sein Papa keine Zeit für ihn haben. Wahrscheinlich stecken Sie gerade mitten in der Scheidung oder so. Er verträgt ganz sicher normales Essen und Feuchttücher genauso. Die einzige Allergie, an der er leidet, kommt von zu wenig Zuwendung. Tja, sorry, aber das ist meine Einschätzung nach fünf Stunden in seiner Gesellschaft und einer Begegnung mit seiner Mutter.«

An dieser Stelle drückt Helle Anastasia einen festen Finger auf die rechte Brust, eine Handlung, die große Bedeutung für ihr künftiges Verhältnis zu den Behörden haben wird. Aber es ist zu spät, der Finger hat das Seine getan, und Helle fuchtelt mit den Armen, ihre Haut ist puterrot vom Schambein bis zu den Wangen.

»Wer kauft denn bitte seine eigenen Warndreiecke und stellt sie bei Frostwetter auf? Vor einem Kindergarten?! Ihr könnt mich alle mal! Und vielen Dank für den Fleck auf meinem neuen Pulli!«

Helle zieht ihren Pullover auseinander, um den Fleck vorzuzeigen. Es ist ihr Abschiedssalut. Kaj erwidert ihn, indem er ein bisschen mit dem Finger in der Kacke auf seiner Hose herumschmiert. Er lächelt Helle an und deutet mit braunem Finger auf ein Küken in seinem Pappbilderbuch: »Piep, piep!«

Diesmal reicht es Helle nicht aus, einen liebevollen Gedanken an Forrest Gump zu schicken, sie muss selber laufen. Die Gänge des Krankenhauses entlang, um Ecken herum und Treppen hinab, bis sie endlich durch die Schwingtür stürzt. Für einen Augenblick ist sie frei.

Es regnet.

KAPITEL 2

In der Linie 602 ziehen die Tropfen breite Spuren die Scheiben hinunter, all der Schmutz mischt sich mit dem Wasser. Häuser und Rasenflächen wirken wie bematscht und erinnern an einen deprimierten Regenbogen. Die Busfahrt zurück zum Himmelsschiff dauert lang, und Helle ist durchnässt vom Regen, vielleicht auch von Schweiß.

Der Bus hält an, und Helle steigt inmitten des graubraunen Regenbogens aus. Mit einem Frösteln geht sie auf den ... nennen wir es einfach *Tatort* zu. Sie huscht durch das Tor zum Kindergarten, um ihr Fahrrad zu holen. Keiner bemerkt sie. Die Kinder tanzen Stopptanz in ein paar riesigen Pfützen, Carinas schicke Kurzhaarfrisur klebt ihr im Gesicht, dann stimmt sie eine hysterische Up-tempo-Version von *Aramsamsam* an.

Helle schnappt sich ihr Fahrrad und schleicht am Zaun des Spielplatzes entlang. Sie muss jedes Mal stehen bleiben, wenn die Musik stoppt, weil ihr alter, verrosteter Drahtesel so laut quietscht. Ihre Beine schmerzen, während Carina an ihrem Handy herumfummelt, das sich weigert, die Musik abzuspielen. Die Konzentration der Kinder lässt nach, Helles Beine zittern, Carina zwirbelt sich hektisch die Haare im Nacken. »*Dulli, dulli, dulli, ramsamsam …*« Endlich kann Helle weiter, und sie erreicht die Straße. In Sicherheit.

Sie steigt auf ihr Fahrrad und fährt langsam nach Hause. Die Luft ist kalt und feucht. Auf der einen Straßenseite erstreckt sich eine weitläufige Grasfläche. Eine Frau schleppt zwei schwere Tüten einen braunen Trampelpfad entlang, wie man ihn immer auf solchen Wiesen findet.

Helle macht vor Skyttemarkens Metzgerei halt. Sie steht auf der anderen Straßenseite, verborgen im Schutz einer ausgeblichenen Markise. Das Schaufenster sieht einladend aus mit seiner appetitlichen Auswahl an Spezialitäten und Klassikern. Helle wartet, bis ein Taxi über die Bodenschwelle gerollt ist. Dann überquert sie die Straße. Sie kann ihren ehemaligen Kollegen Pelle sehen, der über die Aufschnittmaschine gebeugt ist. Er schneidet viel zu dicke Scheiben. In alten Tagen hätte sie ihm kameradschaftlich auf die Schulter geklopft und die Maschine einen Ticken runter, auf »Italienische Tradition« gestellt, damit die hauchdünnen Wurstscheiben leicht vom Messer fallen konnten. Heute muss sie warten, bis Pelle etwas im Hinterraum zu erledigen hat. Wäre der alte Metzgermeister Laust im Laden, käme sie gar nicht erst auf die Idee hineinzugehen. Laust war fast wie ein Vater für sie, damals, als sie bei ihm in die Lehre ging. Zufälligerweise weiß sie, dass er zweimal die Woche zum Osteopathen geht, um seine chronischen Schmerzen in Nacken, Rücken, Ober- und Unterarmen, Handgelenken und Leisten zu lindern.

Jetzt zögert Helle doch und will schon wieder auf ihr Fahrrad steigen, als ihr Blick auf einen italienischen Rollbraten fällt. Eine handgerollte Porchetta aus einem vierzehn Tage am Haken gereiften dänischen Schwein. Es ist ihre Erfindung für den Laden und ihr Rezept. Sie lächelt und stellt das Fahrrad ab.

Vorsichtig öffnet sie die Tür und stellt sich hinter eine Kundin.

»Schweinebäckchen sind heute im Angebot. Fünfhundert Gramm nur hundertneunundvierzig Kronen«, sagt eine junge Verkäuferin.

»Entschuldigung?«, ruft die Kundin vor Helle.

»Fünfhundert Gramm Schweinebäckchen nur hundertneunundvierzig Kronen«, wiederholt die Verkäuferin, etwas lauter diesmal.

»Wie bitte!« Die Kundin, eine betagte Dame, nimmt Verteidigungshaltung ein.

»FÜNFHUNDERT GRAMM SCHWEINEBÄCKCHEN NUR HUNDERTNEUNUNDVIERZIG KRONEN!« Die Stimme des Mädchens überschlägt sich, als stünde sie mitten in einer Trennungsszene mit ihrem Freund.

Die Frau schaut sie pikiert an.

»Ich brauche nur ein halbes Pfund, und es gibt keinen Grund, so zu schreien«, erwidert sie kühl.

Helle ist dran.

»Ich hätte gern zweihundert Gramm Schinkensalat und anderthalb Kilo Schweinebauch. Sie brauchen ihn nicht einzuritzen, das erledige ich selbst.«

Das Mädchen macht sich wortlos an die Arbeit.

»Schönen Tag noch«, sagt sie, als sie zwei weiße, mit Küchengummis zusammengebundene Päckchen auf die Theke legt.

Ohne Helle anzusehen, ruft sie mechanisch den Nächsten auf.

Helle nimmt ihr Fleisch und schielt hinüber zu Pelle. Er steht da und starrt sie an. Fast kommen ihr die Tränen. Zögerlich hebt er die Hand zum Gruß. Helle schaut weg. Sie macht zwei Schritte rückwärts und stolpert mit ihrem Vorrat an Schwein aus dem Laden.

Helle muss auf dem Sofa eingeschlafen sein. Der Fernseher läuft, sie ist voll bekleidet, und es sind nicht nur ein paar Stunden vergangen, sondern eine ganze Nacht, denn durch den Spalt im Vorhang fällt ein Lichtstreifen. Hinter ihr in der Küche enthüllt das Licht eine Spüle voller schmutziger Teller mit halb abgelösten Essensresten, die wirken, als hätten sie die Hoffnung, jemals wieder sauber zu werden, lange aufgegeben. Helles Gedanken sind bereits wach und schwirren herum, aber sie bleibt regungslos liegen, versucht angestrengt, die Augen geschlossen zu halten, obwohl das Sonnenlicht die Lider zum Zittern bringt.

Die Episode mit Kaj jagt ihr durch den Kopf. Sie wäre gern so jemand, der die Ruhe bewahrt und besonnen handelt, wenn ein Unglück geschieht. So war sie doch auch mit ihrer eigenen Tochter. Als Michelle fast an einer Karotte erstickt wäre, wusste Helle ihren Heimlich-Griff anzuwenden, während Michelles Vater nur dastand und mit merkwürdiger Stimme herumschrie und auf dem Boden aufstampfte. Und dann war da Helles Umgang mit Tieren. Sie war geschickt und resolut und hatte ein Auge dafür, wie sie zu handhaben waren. Aber bei Kaj. Und Karin und Anastasia. Helle war die Situation aus den Händen geglitten. Sie, die frühere Ansprechpartnerin für die südseeländischen Metzgereibetriebe, besitzt keine Autorität mehr, wurde zur Seite geschoben wie ein angebrochenes Glas Gewürzgurken, das niemand mehr haben will.

Es klopft an der Tür. Helle rollt sich vom Sofa. Sie hat keine Ahnung, wie spät es ist. Das Haus sieht furchtbar aus, sie schaltet den Fernseher ab. Auf dem Weg in den Flur kickt sie ein Paar Schuhe an die Wand, was den allgemeinen Zustand des Hauses allerdings nicht nennenswert verbessert. Helle fällt auf, dass sie sich nicht erinnern kann, wann sie zum letzten Mal Gäste gehabt hat.

»Guten Tag, Helle, ich komme vom Vollstreckungsgericht in Næstved.«

Helle blinzelt. Vor ihr steht eine Frau mit schmalen

Schultern und einem Hüftumfang, der sich nicht mit schlechter Ernährung erklären lässt, sondern starken Genen geschuldet sein muss. Sie hat die Sonne im Rücken.

»Heißt du nicht Marlene? Du warst doch in meiner Parallelklasse«, ist das Erste, was Helle einfällt.

Marlene lächelt vorsichtig. Sie sieht aus wie eine Ärztin, die eine sehr unangenehme Antwort bezüglich einiger Laborwerte formulieren muss.

»Ich erinnere mich auch an dich, ja. Ich bin heute hier, um dir eine Zahlungsaufforderung, also einen Mahnbescheid deines Vermieters in Folge deines Mietrückstandes zuzustellen.«

»Was?«

»Du hast deine Miete nicht bezahlt.«

Marlene war eine der Ersten gewesen, die mit dem Rauchen anfingen. Das war in der Sechsten. Helle weiß noch genau, wie beeindruckt alle waren, weil sie die spektakulärsten Rauchringe zustande brachte und dadurch unheimlich erfahren wirkte. Sie hatte etwas Verruchtes an sich. Jetzt steht sie hier und spricht mit verblüffend gedämpfter Stimme. Sie ist in erster Linie sanft und rücksichtsvoll.

»Darf ich einen Augenblick reinkommen? Ich möchte so eine sensible Angelegenheit ungern zwischen Tür und Angel besprechen.«

Helle nickt kurz und tritt zur Seite. Marlene zieht sich im Flur die Schuhe aus.

»Das ist wirklich nicht nötig«, sagt Helle, aber Marlene macht unbeirrt weiter.

Zusammen gehen sie ins Wohnzimmer, Krümel knirschen unter Helles nackten Füßen und Marlenes beigefarbenen Strümpfen. Helle weiß nicht, wie sie sich verhalten soll. Aber Marlene zeigt sich unbeeindruckt von den Dreckklümpchen unter ihren Füßen und lächelt nur, als sie sich den Finger anleckt und durch einen Stapel Papiere mit unbehaglichen Logos blättert. »Die Tatsache, dass du deinen Vermieter von dir aus kontaktiert und dich um eine Ratenzahlungsvereinbarung bemüht hast, stellt einen mildernden Umstand dar, allerdings hast du auch die Raten nicht bezahlt, daher ist dein Vermieter ermächtigt, dir eine außerordentliche fristlose Kündigung zu schicken. In diesem Fall würde dein Mietvertrag mit sofortiger Wirkung aufgehoben und du müsstest die Mietsache räumen.«

Jetzt ist Helle wach. »Marlene, was passiert hier? Setzt du mich auf die Straße?«

Helle hört ein Geräusch aus dem ersten Stock, und ihr wird klar, dass Michelle noch gar nicht gegangen ist. Schnell fasst sie Marlene am Arm und führt sie mit sanftem Druck in die Küche zu einem Stuhl, weg vom Durcheinander ums Sofa, weg von Michelle. Der Zustand der Küche erzählt dieselbe Geschichte wie der des Wohnzimmers.

»Könnten wir die Sache diskret halten?«, fragt Helle. »Ich möchte meine Tochter nicht beunruhigen.«

Marlene senkt den Blick, es ist eine heikle Situation. Ihre Stimme wird noch leiser, sie beugt den Kopf, während sie Helle jetzt in die Augen schaut. Ihr entschuldigender Ausdruck hat etwas Prinzessin-Diana-Haftes. Helle versucht, Marlenes Blick zu erwidern, und nimmt dieselbe gebeugte Haltung mit dieser recht bittenden Miene ein.

»Also, Helle, es ist leider eine solche Situation, wo man ...«

Helle unterbricht sie spontan, indem sie Marlene den Zeigefinger an die Lippen hält.

»Ja aber, was soll ich denn tun? Wie schnell muss ich bezahlen?«, flüstert sie.

Marlene passt sich Helle an und hält sich ihre kleine Hand vor den Mund, bevor sie zurückflüstert. »Wenn du einen Teil der Forderung noch heute ausgleichst, ist dein Vermieter bereit, dir für die Zahlung des gesamten ausstehenden Betrags weitere acht Tage Zeit zu geben. Andernfalls wird er ein Räumungsurteil erwirken und mich mit dessen Vollstreckung beauftragen.«

»Vollstreckung. Was ist das denn bitte für ein groteskes Wort? Ich werde das Geld schon beschaffen. Kannst du nicht das Auto nehmen? Du ahnst nicht, was ich gestern für einen Tag hatte. Das ist alles vollkommen irre. Und wenn ich so darüber nachdenke, glaube ich eigentlich nicht, dass ich eine Mahnung bekommen habe.«

»Okay, was das angeht, kann man sagen, doch, hast du. Ich werde niemals grundlos kontaktiert. Aber keine

Sorge, wir pfänden keine Sach- und Vermögenswerte, die zur Aufrechterhaltung eines bescheidenen Heims und eines bescheidenen Lebensstandards für den Schuldner und seinen Hausstand notwendig sind.«

»Ist mein Heim bescheiden?« Helle sackt in sich zusammen.

Marlene hat einen Krümel vom Esstisch gepickt und dreht ihn zwischen Zeigefinger und Daumen hin und her. »So beurteile ich es. Und darüber solltest du nicht traurig sein, im Gegenteil, in dieser Situation ist es von Vorteil.«

Helle schielt zur Treppe, als oben eine Tür geschlossen wird und Schritte näher kommen. Sie steht auf und macht eine schnelle Drehung um sich selbst. »Das ist alles zu viel für mich.«

»Du hast ein kleines Zeitfenster, um deine Schulden zu begleichen. Hast du etwas Bargeld da?«

Helle blinzelt verwirrt. Sie will Marlenes Frage bereits verneinen, aber da fällt ihr die Sonnenöltraum-Sparbüchse ein. Sie muss es tun, sie hat keine andere Wahl.

»Moment, ich hab tatsächlich was.«

Marlene lächelt extrem liebenswürdig.

»Hier sind siebentausend Kronen«, sagt Helle und zieht ein Bündel Scheine aus der Sparbüchse, dem heiligen Gral, physisch manifestiert in einer Vintage-Keksdose.

Marlene mustert die Scheine, dann hält sie sie gegen das Licht.

»Prüfst du, ob sie echt sind?« Helle wird das Herz schwer.

Marlene legt die Scheine in eine Mappe mit Helles Namen darauf. Sie wirkt erleichtert. »Puh, was? Das ist doch echt super«, sagt sie.

»Super ist vielleicht ein bisschen übertrieben«, murmelt Helle und sieht das Geld verschwinden.

»Du hast eine Woche. Genau sieben Tage, Helle.«

Helle schaut an die Decke, und ihr Mund formt sich zu einem kleinen zusammengekniffenen Hühnerarsch. »Ich kann *so* schnell einen Untermieter kriegen.« Sie schnipst mit den Fingern.

Marlene lächelt Helle mütterlich an.

»Großes Zimmer, eigenes Bad. Ich muss bloß Michelles Schminkzeug rausräumen. Kaution, bumm.«

Marlene lächelt unbeirrt weiter und betrachtet Helle. Sie ist Diana an einem guten Tag. Strahlt. »Das ist keine schlechte Idee, aber ich muss betonen, dass du einen unterschriebenen Vertrag brauchst und das Geld binnen der sieben Tage überweisen musst.«

Schritte auf der Treppe.

»Hi, mein Schatz, hi. Machst du dich auf den Weg?«

Michelles Augenbrauen sehen aus wie markante, schwarze Knicke. Sie ist achtzehn und macht gerade eine Ausbildung zur Make-up-Artistin. Sie ist wirklich geschickt im Umgang mit ihren Pinseln und Primern. So geschickt, dass sie sich nur schwer im Zaum halten kann, findet Helle.

Helle macht eine Geste in Richtung Marlene, die vom Stuhl aufgestanden ist und vollkommen gelassen scheint.

»Das ist Marlene, wir waren zusammen in der Schule.«

Marlene reicht Michelle die Hand.

Helle redet eifrig weiter. »Wir haben gerade, ja, wie soll ich sagen ... wir waren gerade dabei, diese ... dieses ... wie heißt es noch mal ...«

Marlene tritt vor und übernimmt für einen Moment das Gespräch: »... das Jubiläumsfest zu planen, für unseren Jahrgang.«

Michelle sieht eher uninteressiert aus, sie betrachtet stattdessen die Essensreste auf dem Couchtisch. Die Reste der Porchetta auf dem Schneidebrett, von der die Schwarte ratzekahl weggeputzt ist. Die Packung mit dem Schinkensalat leer, wie ausgeleckt. Das Verrückte ist, dass Helle genau weiß, woraus ein Schinkensalat besteht – den bereits leicht sauren Endstücken einer x-beliebigen Aufschnittsorte, vermischt mit Mayonnaise und Curry, um den sauren Geschmack zu überdecken –, und sie diesen Schlamm dennoch liebt.

»So, jetzt muss ich aber auch weiter, Helle.«

Marlene nickt Michelle übertrieben förmlich zu, und Helle begleitet sie zur Tür. Dort angekommen dreht sich Marlene noch einmal zu ihr um und sagt, nun mit sehr viel lauterer Stimme: »Ich werde diese Rauchmaschine organisieren, für das Fest.«

»Okay. Danke für deinen Besuch, ja? Wir bleiben in Kontakt.«

Marlene streicht den Dreck von ihren Strümpfen, bevor sie in die Schuhe schlüpft.

Helle und Marlene reichen sich die Hände. Ein vorhersehbarer, sanfter Händedruck. Helles Eingeweide sind in Aufruhr, der unruhige Klumpen, der seit gestern in ihrem Bauch rumort, hat das Steuer übernommen. Gestern kam er noch als Besucher, heute ist er Kaiser über ihren Körper, und Helle steckt die Luft im Hals fest. Sie versucht, sie in den Bauch zu kriegen, bevor sie zurück zu Michelle ins Wohnzimmer geht.

»Warum bist du noch zu Hause, Mama?«

»Na ja, so spät ist es doch noch nicht, Schatz.«

»Es ist Viertel vor neun, die Kindergärten haben längst geöffnet.« Michelle runzelt die schwarzen Augenbrauen.

»Wir haben Gleitzeit. Außerdem müssen wir jetzt auch erst mal schauen, wie es so aussieht.« Helle bemüht sich um einen lässigen Tonfall.

»Wie was aussieht?«

»Der Dienstplan und so, wie viel Bedarf sie haben für ... mich ... Man hat ja eine Probezeit. Wir müssen mal schauen.« Helle merkt selbst, dass sie nicht sonderlich überzeugend klingt.

»Wäre es nicht gut, wenn du einfach bei dem Job bleibst, den du bekommst?«, fragt Michelle.

»Erst muss ich doch rausfinden, ob es überhaupt das

Richtige für mich ist. Ich will ja nicht einfach irgendwas machen.«

»Aber sollst du nicht genau das tun? Du brauchst einen Job, sonst können wir uns das Haus nicht leisten.«

»Darum kümmere ich mich schon, mach dir keinen Kopf.«

Apropos Kopf, Helle hat Kopfschmerzen. Die Nackenmuskeln zittern und zerren an der Großhirnrinde, die nicht zur Ruhe kommen darf.

Michelle schaut zum Sofa, auf dem der Abdruck von Helles Körper zu sehen ist.

»Warum hast du hier im Wohnzimmer geschlafen, in deinen Klamotten? Ohne dir die Zähne zu putzen! Und wie kannst du Gäste einladen, wenn es hier so aussieht?«

»Okay, ganz ruhig, du Charmebolzen. Ich finde es gemütlich, ab und zu vor dem Fernseher einzuschlafen, das ist alles. Und Marlene kam einfach früher als verabredet.«

Helle beginnt, die Sofadecke zusammenzulegen, als ob der Tag jetzt richtig losginge und allerlei wichtige Dinge zu erledigen wären. Sie bringt den Rest Porchetta und die leere Packung Schinkensalat in die Küche und versucht, die Plastikschachtel in den bereits überquellenden Mülleimer zu stopfen. Michelle folgt ihr und macht sich eine Schüssel Haferpops. Es herrscht ein mürrisches Schweigen. Michelle setzt sich mit ihrem Frühstück ins Wohnzimmer und schaltet den Fernseher ein. Helle wischt mit einem Spüllappen über die Arbeitsplatte, er müffelt und hinterlässt einen sauren Geruch dort, wo sie geputzt hat. Sie wischt weiter um einen Topf herum, den sie eigentlich spülen sollte, bis sie sich eingestehen muss, dass der Lappen ausgedient hat. Dann wäscht sie sich die Hände mit Spülmittel und schaut aus dem Fenster. Ihr Nachbar Tage macht einen Gang mit seinem Hund. Ihre Blicke kreuzen sich, und Helle nickt ihm freundlich zu, fühlt sich aber vollkommen entblößt. Als könnte er sie mühelos durchschauen. Ihr fettiges Haar, den Besuch der Gerichtsvollzieherin, ihre ganze joblose Existenz. Tage lächelt verkrampft und versucht, den Hund weiterzuziehen, doch es ist zu spät, das Tier hockt sich mit erbärmlich gekrümmtem Rücken hin und presst. Direkt vor Helles Küchenfenster. Tage scheint sich plötzlich ungeheuer für die Bäume schräg hinter ihm zu interessieren, sowie überhaupt für alles, was weit weg von Helle ist. Will ihr das Schicksal irgendetwas damit sagen, dass auch der heutige Tag mit Kacke beginnt? Der gestrige endete in einem Desaster wegen einer Kackwindel. Kajs. Und jetzt sitzt da doch tatsächlich ein Hund und scheißt Helle direkt vor die Nase.

Manche Menschen haben Angst vor Blut. Helle hat Angst vor Kacke. Sie tut so, als sei sie mit vollem Elan in der Küche zugange. Jetzt hat sie Blickkontakt mit dem Hund, er zeigt die Zähne, ob aus Ohnmacht oder Zorn darüber, in dieser Situation begafft zu werden, kann Helle nicht sagen. Hastig bückt sie sich und gibt vor, die

Spülmaschine einzuräumen. Die Szene ist zu demütigend, um dabei Zeuge zu sein.

»MAMA!«

Helle eilt ins Wohnzimmer, sie hat die leise Hoffnung, dass Michelle vielleicht wieder mit dem Heimlich-Griff gerettet werden muss. Doch ihre Tochter fuchtelt mit den Armen in Richtung des Fernsehers. Was dort läuft, ist offensichtlich interessant genug, um das Schweigen zwischen ihnen zu brechen.

»Ist das nicht …? Ey, das ist doch da, wo du …«

Helle richtet den Blick auf den Bildschirm. Es ist dieser nervige Reporter, der immer einen Anzug mit viel zu langen Ärmeln trägt. Er berichtet von irgendwo draußen in der Welt, es ist windig. Helle erkennt den Spielplatz im Hintergrund. Er steht vor dem Himmelsschiff.

KAPITEL 3

»Anastasia Karstensen, Sie sind Sprecherin der Gruppe beunruhigter Eltern. Können Sie beschreiben, was geschah, als ihr Kind gestern verletzt wurde?«, fragt der Reporter.

Karin steht bekleidet mit einer praktischen Windjacke im Hintergrund.

Michelle keucht. »Was hast du getan, Mama?«

Helle sieht sich selbst an einem steilen Abhang, wo ihr die Erde unter den Füßen wegrutscht. Es ist weit bis nach unten, und es ist weit bis nach oben, doch dort, wo sie steht, kann sie nicht bleiben.

Anastasia gestikuliert in Karins Richtung. Die zuckt zusammen, als sie ihren Namen hört. Sie sieht gleichzeitig glücklich und verlegen aus. Wie eine kleine Schwester, die unerwartet ihrer großen Schwester an einem Ort begegnet, wo sie nie mit ihr gerechnet hätte.

»Karin hat gleich gehandelt und Kaj mit dem Taxi zur Notaufnahme gebracht …« Anastasias Stimme bricht.

Der Reporter kann seine Begeisterung nicht verbergen und lässt die Kamera laufen. Anastasia holt tief Luft, es wirkt nicht einmal gespielt.

Helle sinkt auf den Boden. Erst jetzt sieht sie die Mutter in Anastasia. Ihr wird klar, welche Angst sie gehabt haben muss.

»Das Erschreckendste ist, dass die Person, die schuld am Unfall meines Sohnes ist, sich wie eine Wahnsinnige aufgeführt hat, als ich im Krankenhaus ankam. Sie schrie und beleidigte mich, warf mir die schlimmsten Dinge vor, und dann wurde sie auch noch gewalttätig. Mir ist klar, dass Unfälle passieren können, aber hier geht es um das Leben meines Kindes, und Leute, die nichts von Kindern verstehen oder psychisch instabil sind, sollten nicht mit einer solchen Aufgabe betraut werden. Dagegen können wir etwas tun. Es ist unsere Pflicht, etwas dagegen zu tun.«

Michelle steht auf und macht ein paar Schritte rückwärts. Sie schüttelt den Kopf, hält inne und schüttelt ihn dann noch mal. Helle bleibt auf dem Boden sitzen und schielt zum Bildschirm.

»Inwieweit wurde die pädagogische Hilfskraft gewalttätig?«

Karin ist etwas befangen, aber gleichzeitig aufgeregt: »In meinen dreiunddreißig Jahren im Himmelsschiff habe ich noch nie etwas Derartiges erlebt. Es war schockierend, und leider muss ich bestätigen, dass Anastasia *geschubst wurde*. Das nächste Mal werden wir uns besser absichern, bevor wir jemanden auf diese Weise einstellen. Es könnte beispielsweise mehr Gespräche im Vorfeld geben, einerseits mit dem Bewerber, aber auch mit früheren Arbeitgebern. Allerdings denke ich, dass die Problematik auf höherer Ebene diskutiert werden sollte, auf politischer Ebene.«

Der Bericht nähert sich anscheinend dem Ende, denn nun geht der Reporter am Himmelsschiff entlang und spricht in die Kamera. Er sieht aus wie einer, der ganz groß rauskommen will.

Helle und Michelle haben die Augen noch immer auf den Bildschirm geheftet.

Der Reporter kann sich eine geistreiche Überleitung zum Wetter nicht verkneifen. »Manchmal sind es gefährliche Menschen, die uns ins Wanken bringen, andere Male heftige Windböen. Wenn wir uns die Fünf-Tages-Prognose ansehen, heißt es dann steife Brise und Haare zurück, Birgitta?«

Früher hätten Michelle und Helle über ihn gelacht. Sie hätten ihn mit anderen Journalisten verglichen und festgestellt, dass diesem Exemplar im Gegensatz zu manch anderem seiner schnuckeligen Kollegen jeglicher Schwiegermamas-Traum-Charme abging, vor allem wenn er sich an diesen plumpen Wortspielen versuchte.

Aber das ist lange her. Als Michelle jünger war, saßen sie fast jeden Abend in ihre Decken gehüllt und mit Schüsseln voller Knabberzeug vor dem Fernseher. Helle hatte sich gefragt, ob ihre gemeinsame Zeit möglicherweise zu stark an die Flimmerkiste gebunden gewesen war. Aber sie hatten gelacht und sich so gut unterhalten, wenn sie irgendeine Sendung über stinknormale Leute sahen, die ein besseres Leben gewinnen konnten, und Helle hatte eine Tugend daraus gemacht, Michelle beizubringen, Menschen nicht zu verspotten, nur weil sie anders waren. Tatsächlich war das gemeinsame Fernsehen wohl Helles größter erzieherischer Verdienst, und es gab keinen Grund, diesen zu schmälern. Sie hatte mit Michelle über soziale Klassen gesprochen, über die Grenzen anderer Menschen und über Humor, und sie hatte sie gelehrt, dass es nichts Wichtigeres im Leben gibt als eine gute Beziehung zu denen, die man gern hat. Helle war stolz darauf, dass Michelle denselben analytischen Sinn besaß wie sie selbst. Das mit dem Make-up und den Haaren war somit nicht ganz das, was Helle sich für ihre Tochter erträumte. Und sie war enttäuscht gewesen, weil Michelle ihr nichts von ihren Plänen erzählt hatte. Eines Tages hatte sie ihr einfach mitgeteilt, dass sie Make-up-Artistin werden wolle. Michelle mit ihrem Notendurchschnitt von Zwei plus wollte Gesichter schminken und Haare frisieren. Für Helle war es eine dicke Kröte zu schlucken gewesen. Und sie hatte endgültig einsehen müssen, dass ihre Tochter nicht länger alles mit ihr teilte.

Michelle schaltet den Fernseher aus. Die Stille im Wohnzimmer wird vom Sprüharm der Spülmaschine unterbrochen, der in gleichmäßigem Takt gegen eine Schüssel schlägt. Wie eine weit entfernte Weltuntergangsuhr.

Helle versucht sich zu sammeln. Sie muss irgendwie die Wogen glätten. »Das stimmt so überhaupt nicht. Mir ist ein Missgeschick passiert. Es war furchtbar, aber ich bin kein schrecklicher Mensch.«

Stille und das Klonk-Klonk-Klonk aus der Spülmaschine.

»Lass stecken, Mama. Ich will nicht hören, wie ungerecht die Welt ist und was für ein elendes Pech du immer hast.«

Helle räuspert sich. »Das Ganze ist total übertrieben. Ich bin doch nicht gewalttätig, nie im Leben käme ich darauf, jemanden zu schubsen. Die haben einen Sündenbock gebraucht.«

»Dir ist der Junge runtergefallen, und du hast ihn einfach liegen lassen?«

»Nur ganz kurz, ich stand unter Schock ...«

»Hast du seine Mutter angegriffen?«

Helle hört selbst, wie kleinlaut sie klingt: »Sie hat angefangen ...«

Michelle kommt ganz nah an Helles Gesicht. »ICH HABE ES SATT, MAMA!« Ihre Stimme zittert.

Helle streckt den Arm nach ihr aus, doch Michelle weicht zurück.

»HÖR ENDLICH AUF, MAMA! Merkst du nicht, wie verrückt das alles ist? So was passiert doch keinem normalen Menschen!«

Helle folgt Michelle in die Küche. »Ich finde einen anderen Job. Ich bin nicht gefährlich, das weiß doch jeder, ich stand total unter Druck.«

Michelle feuert ihre Schüssel in die Spüle und holt tief Luft, bis sie sich beruhigt hat. Dann geht sie zurück ins Wohnzimmer.

Helle trippelt ihr hinterher. »Ich werde schon alles wieder in Ordnung bringen.«

Michelle zieht ihre Jacke an. »Ich gehe jetzt, ich muss heute Abend das Sonnenöl abholen, damit der Online-Verkauf starten kann. Wenigstens einer von uns sollte versuchen, etwas Geld für den Lebensunterhalt zu verdienen.«

Zum wer weiß wievielten Mal in den letzten vierundzwanzig Stunden weicht Helle sämtliches Blut aus dem Gesicht.

»Das bedeutet, ich brauche deinen Anteil.«

Michelle merkt nichts von Helles Zustand. Jetzt ist es vorbei. Nicht nur symbolisch, sie tut wirklich gleich ihren letzten Atemzug. So fühlt es sich jedenfalls an.

Michelle geht zurück in die Küche und greift nach der Keksdose.

»Das Sonnenöl. War das heute?«, flüstert Helle.

Michelle schaut ihre Mutter misstrauisch an. Wären ihre Augenbrauen nicht bereits in einem extrem hohen Bogen tätowiert, würden sie sich jetzt auch von selbst so weit hochziehen. »Was?«

Helle zittert am ganzen Körper. Wieder versucht sie,

Michelles Arm zu greifen, doch die tritt instinktiv einen Schritt zurück.

»Soll das heißen, du hast deinen Anteil nicht zusammen?«

»Ich dachte nicht, dass es heute ist.«

»Das habe ich dir ja auch nur eine Milliarde Mal gesagt und dir eine SMS mit der Quittung geschickt. Ich habe alles vor einer Woche gemischt, die Flaschen stehen abgepackt in Hvidovre.«

»Wieso in Hvidovre, Schatz?« Helle versucht, Zeit zu gewinnen.

»Es ist ja wohl scheißegal, ob in Hvidovre oder Horsens!« Michelle schreit fast. »Es war billig. Muss ich dich daran erinnern, dass du dich gerne beteiligen wolltest?«

»Kann es nicht noch etwas warten?«

»Nein, kann es nicht, es ist Bio-Sonnenöl, das hat eine begrenzte Haltbarkeit und muss sofort verkauft werden!« Michelle stöhnt und schaut ihre Mutter an, als wäre sie das Kind.

»Ich verspreche denen das Geld seit zwei Monaten. Die haben mir einen Gefallen getan. Ich fasse es nicht, das ist echt lächerlich.«

»Ja«, stammelt Helle, sie könnte genauso gut »Bier« oder »Marmor« sagen. Nichts davon ergibt Sinn für das Gespräch.

»Warum hast du ja gesagt, wenn du das Geld überhaupt nicht hast?«

»Weil dein Öl so toll ist, Schatz.«

»So ein Schwachsinn, du bist eine Lügnerin! Du hast es doch noch nie probiert, du bist ja nie zu Hause.«

Michelle dreht sich um, ihre Geduld ist verschwunden. »Vergiss es, du bist raus. Ich frage eine von den Mädels, ob sie mitmachen will. Du bist zu unzuverlässig. Ich habe meinen Anteil ...« Weiter kommt Michelle nicht, denn jetzt starrt sie in die leere Dose.

»Ich kann das erklären, es war wegen der Miete, weil ... es ist wirklich blöd gelaufen, aber du kriegst das Geld morgen ...«

»DAS HAST DU NICHT GETAN! DU HAST NICHT ERNSTHAFT MEIN GELD GEKLAUT!?« Michelle schleudert die Dose durch die Küche, sie knallt gegen den Toaster, der von der Arbeitsplatte fliegt und am Boden in seine Einzelteile zerspringt. Helle kann nicht anders, als ihn mental von ihrer Liste pfändbarer Gegenstände für Gerichts-Marlenes nächsten Besuch zu streichen.

»Ich besorge das Geld, Schatz, es war ein Notfall«, schluchzt Helle. Doch nichts, was sie sagt, kann jetzt noch etwas ändern.

Denn Michelle hat den Grad von Rage erreicht, bei dem man nicht länger Herr seiner selbst ist. »HALT DIE KLAPPE!«

Helle schluchzt. »Es tut mir leid, Schatz, es tut mir leid.«

Michelle marschiert aus der Küche. »Lass mich in Ruhe. Ich muss hier weg. Ich zieh zu Benjamin.«

Helles Herz setzt einen Schlag aus. »NEIN!«, ist das Erste, was ihr einfällt, einfach nur Nein. Und dann: »Du darfst nicht ausziehen, Schatz! Du kriegst das Geld von mir.«

»Du hast mir gar nichts zu sagen. Ich bin volljährig, und ich muss hier weg. Sofort.«

Helle versucht nicht mal, die Tränen zurückzuhalten. »Du bist jetzt natürlich wütend …«

»Ja! Ich bin scheißwütend, du hast mein ganzes Erspartes genommen. Aber ich will schon lange mit Benjamin zusammenziehen. Die Idee ist mir ja nicht gerade eben erst gekommen.« Michelles Stimme ist kalt.

Helle versucht, die Rolle der Erwachsenen für sich zurückzugewinnen. »Schatz, ihr seid noch so jung. Weshalb wartet ihr nicht noch?«

Michelle hat die Antwort parat. »Warten? Worauf? Dass man als Erwachsene alles so toll im Griff hat wie du, oder was?«

Helle weiß, dass Michelle recht hat.

»Ich liebe Benjamin, wir sind glücklich miteinander, und ich bin das alles hier leid, Mama. Es ist, als müsste ich die Verantwortung für dich übernehmen.«

Jetzt kommt die große Ansprache.

»Du brauchst Hilfe. Es tut mir leid, dass du deinen Job als Metzgerin verloren hast, aber das ist drei Jahre her. Drei Jahre, in denen du nur immer verbitterter geworden bist. Du springst von Job zu Job, hängst wie ein Junkie vor der Glotze. Ich habe das Gefühl, meine

Mutter verloren zu haben und gleichzeitig zur Pflegerin einer miesgelaunten alten Frau geworden zu sein. Und den Job soll ich auch noch gratis machen.« Michelle zieht den Reißverschluss ihrer Jacke zu. Dann grinst sie boshaft. »Nein, warte. Den mach ich nicht mal gratis, der hat mich siebentausend Kronen gekostet.«

Helle wünscht sich, sie könnte den Redefluss stoppen, doch Michelle ist nicht zu bremsen.

»Ist dir eigentlich klar, dass ich seit zweieinhalb Jahren mit Benjamin zusammen bin und du ihn kein einziges Mal zum Essen eingeladen hast? Ich glaube nicht, dass du ihm jemals eine einzige Frage gestellt hast. Dabei war er es, der sich in der ganzen Zeit meine Probleme angehört hat. *Er* hat *deinen* Job gemacht, ein winziges bisschen Freundlichkeit ihm gegenüber wäre also nett gewesen!«

Helle kann sich nicht erinnern, wann sie zum letzten Mal so hart gefallen ist. Vielleicht als Lars, Michelles Vater, sie verlassen hat. Es war wie ein Blitzschlag vom Himmel gekommen, den Helle irrtümlicherweise für heiter gehalten hatte.

Aber das hier ist schlimmer. Michelle ist das Einzige, was Helle je hervorgebracht hat, worauf sie richtig stolz ist. Sie darf sich nicht auf diese Weise über Helle erheben, sie darf nicht so viel klüger sein und sie so wenig brauchen. Es tut dermaßen weh, dass Helle die Augen zusammenkneift, um sich wegzublinzeln. »Dein Vater und ich waren viel zu jung, als wir zusammengezogen sind. Siehst du nicht, dass du dabei bist, genau dasselbe zu tun? Vergiss kurz das Geld, Michelle, das besorge ich dir noch heute. Ich will dich doch nur davor bewahren, denselben Fehler zu machen wie ich!«

Eine Wolke zieht vor die Sonne. Kein einziger Sonnenstrahl unternimmt den Versuch, durch die Milchglasscheibe in der Haustür zu dringen, und der Flur wirkt wie eine Grotte. Der letzte Satz ist Helle herausgerutscht, genauso ungeschickt wie die Überleitung des Reporters zum Wetter, und entbehrt jedweden wohlmeinenden Gedanken.

»Es tut mir leid, können wir das bitte kurz zurückspulen?«, wispert sie und schlägt sich die Hand vor den Mund. »Es tut mir leid, es tut mir leid, es tut mir leid!«

Michelle lächelt bitter. Sie reckt das Kinn, bis sie auf Helle herabschauen kann. »Ich wusste nicht, dass ich ein Fehler bin.«

Helle greift nach Michelles Arm, doch die fegt ihre Hand weg. Wortlos dreht sie sich um und marschiert die Treppe hinauf in ihr Zimmer.

Helle taumelt rückwärts ins Wohnzimmer und lässt sich aufs Sofa fallen. Ihr Blick fällt auf das Bild der frisch konfirmierten Michelle. Das idiotische Kleid, das sie wie eine Kinderbraut aussehen ließ, und die fingerlosen Spitzenhandschuhe, auf die Michelle bestanden hatte. So lange ist es noch gar nicht her. Doch jetzt ist ihr Kind auf dem Weg, sie zu verlassen. Und zwar nicht auf eine Weise, bei der sie gemeinsam Michelles Umzugskisten packen und dabei über alte Fotos lachen. Helle fühlt sich betrogen. Sie ist ja nicht mal selbst erwachsen. Hat sie Michelle überhaupt oft genug auf eine Decke mit stimulierendem Lamaze-Spielzeug gesetzt, als sie klein war? Hat sie ihre Tochter genug geküsst? Sicher nicht, und jetzt ist Michelle zu alt dafür. Jetzt kann sie selbst über sich entscheiden, und sie hat beispielsweise entschieden, dass tätowierte Augenbrauen eine großartige Idee sind. Dabei hatte Helle sie lautstark davor gewarnt. Schließlich wusste sie, wovon sie sprach. Demonstrativ hatte sie ihr linkes Hosenbein hochgezogen, um Michelle ihr eigenes Tattoo am Knöchel in Erinnerung zu bringen: *Life is gonna get you*, hatte sie sich damals tätowieren lassen, als sie selbst achtzehn war. Michelle hatte nur die Augen verdreht. Das sei etwas anderes, war ihre Antwort gewesen.

Aber das war es nicht.

Es heißt, die meisten Kinder würden wie ihre Eltern, wenn sie sich nicht wirklich anstrengten. Es heißt auch, dass Kinder, wenn sie von zu Hause ausziehen, erst wieder zurückkommen, wenn sie eigene Kinder haben und einen Babysitter brauchen. Helle findet keine dieser beiden Prophezeiungen tröstlich. Vor der ersten möchte sie Michelle nach Möglichkeit beschützen. Auf die andere wagt sie nicht zu hoffen.

Michelle kommt mit einer großen Tasche über der Schulter die Treppe herunter. »Ich werde bei Benjamin bleiben, bis wir eine größere Wohnung gefunden haben.

Ich möchte, dass du mich in Ruhe lässt, wir zwei haben eine Pause nötig. Eine Siebentausend-Kronen-Pause.«

Michelle knallt die Tür hinter sich zu.

Helles schluchzt tief aus dem Bauch heraus, sie rollt sich auf dem Sofa zusammen. Das Weinen wird zu einem unregelmäßigen Schniefen, als eine SMS vom Bürgerservice auf ihrem Handy aufblinkt. In drei Stunden und zweiunddreißig Minuten soll Helle samt einer Liste mit Praktikumswünschen im Jobcenter erscheinen. In gewissen Angelegenheiten sind die Behörden ziemlich fix. Wenn man wegen eines unglücklichen Windelwechsels aus einer Aktivierungsmaßnahme fliegt, sind sie verdammt fix. Helle zieht die Knie ans Kinn und zwingt sich zu einer Form von Gedankentätigkeit: Entweder sie lässt sich komplett vor die Hunde gehen, oder aber sie sieht zu, dass sie in Überlichtgeschwindigkeit das Geld für Michelle beschafft.

KAPITEL 4

Helle ist spät dran. Ein älterer Herr hält ihr die Tür zum Jobcenter auf. Helle beeilt sich, um die Geste zu honorieren. »Danke«, schnauft sie und ringt sich ein Lächeln ab.

»Schließen Sie bitte die Tür, es zieht«, klingt es müde vom Schalter. Der Ton der Aufforderung lässt keinen Zweifel daran, dass der Mitarbeiter diese Worte bereits viele Male zuvor gesagt hat. Helle drückt die Tür hinter sich zu.

Damit ist man sozusagen gelandet. Kleine, runde Tische aus Holzimitat und limettengrüne Stühle erwarten Helle. Die Stühle passen zum grünen Farbton im Logo des Jobcenters, bemerkt sie, zieht eine Nummer und geht zum Kaffeeautomaten.

Vor ihr sind vierundzwanzig Nummern an der Reihe, und die meisten Knöpfe am Automaten sind außer Betrieb, abgesehen von der Wiener Melange. Also gut.

Die Maschine träufelt eine trübe Mischung aus Palmöl

und Farbstoffen in Helles Becher, sie sucht sich einen Platz und schaut auf ihre Liste mit Praktikumswünschen. Die Feinkostabteilung im Føtex-Supermarkt. Hohe Platzierung. Sie hat sich schon mal dort beworben. Die Metzgerei in Fensmark ist etwas weiter weg, dafür haben sie dort immer schon Sinn für Qualität, und wer weiß, vielleicht kann sich der alte Meister ja an Helle erinnern. Bonnies Zoohandlung am Sankt-Jorgens-Park. Schließlich muss sie flexibel sein, und immerhin gibt es da jede Menge Tiere. Sie ist nicht sicher, wie brauchbar die Liste ist, aber jetzt hat sie jedenfalls das Ihre getan.

Helle loggt sich ins WLAN des Jobcenters ein, ihr mobiles Datenvolumen ist längst aufgebraucht.

Sie tippt: *Zimmer untervermieten.* Google liefert die üblichen Verdächtigen: Airbnb, Immobilienportale und Seiten mit Kleinanzeigen. Eine Reihe von Zeitungsartikeln über Wohnungsbetrug. Helle versucht es mit einer anderen Formulierung: *Zimmervermietung.* Sämtliche Resultate haben mit Kautionen, Verträgen und weiß der Teufel, was noch allem, zu tun. Helle wird ungeduldig. Die Zeit drängt.

Da fällt ihr ein guter Rat ihres guten Freundes Johnny ein: Suche immer ganz genau nach dem, was du wissen willst.

Helle googelt: *Schnellster Weg, ein Zimmer SCHWARZ zu vermieten.* Wieder liefert die Trefferliste die üblichen Anzeigen. Aber auf der dritten Seite taucht ein interessanter Link von sol.dk auf. Eine Userin mit dem merkwürdigen Namen PonyPoPcorn beschreibt in einem Beitrag eine Facebookgruppe für polnische Handwerker, wo man angeblich Anzeigen posten kann und die Zimmer weggehen wie warme Semmeln. Irgendwas mit einem schnellen Handschlag, schon sei die Sache geritzt, außerdem seien sie fast nie zu Hause. PonyPoPcorn hat es selbst probiert und eine ganze Liste mit Tipps geschrieben, worauf man als Vermieter achten sollte, wenn man sich ein vernünftiges Geschäft sichern will. Helle findet, die Liste wirkt brauchbar:

1. Du solltest in einen Safe für deine Wertgegenstände investieren, findet man billig gebraucht im Internet oder auf Flohmärkten, allerdings fehlt häufig der Schlüssel. Check noch mal extra, dass er dabei ist, sonst bringt der Safe nämlich nichts, spreche aus Erfahrung, habe wertvolle Sammlung von Rollenspielkarten verloren (könnten allerdings auch während eines Rollenspielwochenendes weggekommen sein).
2. Sorge dafür, dass der Mieter deine Adresse NICHT als seine Meldeadresse registrieren lässt, da er/sie in diesem Fall auf unbegrenzte Zeit Verfügungsrecht über das Zimmer bekommt. Spreche wieder aus Erfahrung, habe deswegen eine Wohnung an einen miesen Dreckskerl verloren. PS. Vermiete nicht an Miroslaw Cemsjek.
3. Sag deinen Nachbarn, dein Freund sei eingezogen,

sonst melden sie dich beim Finanzamt (riesenarschloecher.dk).
4. Wenn du »kary« in die Anzeige schreibst, nicht wie das Gewürz, sondern so wie hier, wissen die Polen, dass du das Geld schwarz willst.
5. GEH NIE MIT IHNEN IN DIE KISTE! NIE, OK! Hatte megahohe Ausgaben für Pilzcremes und allen möglichen Scheiß. Die schleppen das kränkste Zeug mit sich rum!

Helle überfliegt PonyPoPcorns nächsten fünf Punkte, aber die stellen sich als reichlich wilde Verschwörungstheorien über die Rolle polnischer Handwerker bei verschiedenen weltpolitischen Ereignissen heraus. PonyPoPcorn ist unter anderem der Meinung, dass der 11. September und der Zusammensturz der Zwillingstürme den zweifelhaften fachlichen Fähigkeiten polnischer Handwerker geschuldet seien. Helle unterbricht die Lektüre. Sie kann es sich allerdings nicht verkneifen, PonyPoPcorn zu googeln.

Der Name gehört zu einer Webseite mit Partyartikeln für Pferde. Witzige Hüte mit Löchern für die Ohren, Schneiderpuppen mit lustigen Vampirzähnen und nicht zuletzt essbare Deko machen einen Großteil des Angebots aus. Helle beschließt, in Bezug auf PonyPoPcorns psychologisches Profil ein Auge zuzudrücken und eine Anzeige auf der Facebookseite zu posten. Sie kann es sich im Moment nicht leisten, wählerisch zu sein.

Vor ihr sind immer noch siebzehn Nummern.

Sie findet die Seite. Die meisten der Anzeigen gleichen denen auf den üblichen Immobilienportalen, bloß mit dem kleinen Twist, dass in den meisten davon »kary« steht.

Es sieht so aus, als könnte Helle für ein Zimmer in Næstved zwei- bis dreitausend Kronen cash pro Monat bekommen.

Kary!

Helle ist die Nummer vier in der Schlange.

Es ist nicht genug, um mit Michelle wieder ins Reine zu kommen oder den Rausschmiss aus der Wohnung zu verhindern, aber es ist ein Anfang.

Sie schustert einen kurzen Text zusammen. Orientiert sich am Stil der anderen Anzeigen, die darauf schließen lassen, dass polnische Handwerker wenig Wert auf Gartenmitbenutzung und gute Einkaufsmöglichkeiten legen. Eine Tür, vier Wände, ein Bett und kostenloser Zugang zu einem Bad oder wenigstens einem Waschbecken.

Sie postet ihre Anzeige, und dann ist Helle die Nummer 1.

Ein junger, breiter Mann in Uniform schlurft durch den Raum und bleibt vor Helle stehen. Sie folgt ihm zu einem größeren Büro mit einem Schreibtisch, der von drei Raumteilern in Grau und, siehe da, Limette umgeben ist. Helle tritt ein und erwartet, dass der uniformierte Mann weitergeht. Stattdessen folgt er ihr bis ganz hinein und stellt sich neben den Raumteiler.

Hinter dem Schreibtisch sitzt Henrik, wie Helle auf einem Schildchen lesen kann. Er ist ein jüngerer Mann, der viel Zeit darauf verwandt hat, sein Haar in einer Art zerzauster Federpracht auf dem Kopf zu verteilen. Er trägt helle Chinos und ein Hemd aus Synthetikstoff. Jedenfalls ist es nicht atmungsaktiv, denn er hat Schweißflecken unter den Achseln. Die lassen sich mit etwas fettarmer Milch entfernen, denkt Helle, aber jetzt soll es ja nicht um Flecken gehen. Henrik hat noch nicht aufgeschaut, er notiert etwas auf einem Papier. Helle schielt zu dem Mann in Uniform, der nach wie vor neben dem Raumteiler steht, inzwischen allerdings sein Handy herausgeholt hat und ganz allgemein aussieht wie jemand, der vorhat zu bleiben. Henrik richtet den Blick auf seinen Computerbildschirm und sagt: »So, Helle, wir haben ein bisschen überlegt, was wir mit jemandem wie Ihnen anstellen sollen.«

Helle steht immer noch. Bis jetzt hat ihr keiner einen Platz angeboten.

Henriks Wortwahl setzt sich wie etwas Sterbendes in ihren Körper, aber da muss sie jetzt durch. Sie zieht einen der Besucherstühle unter dem Schreibtisch hervor und setzt sich, was beide Männer augenblicklich in ihren jeweiligen Aktivitäten innehalten lässt. Die ganze Situation kommt Helle reichlich angespannt vor.

»Ist Karen nicht mehr hier?«, fragt sie.

Henrik hat seine Aufmerksamkeit wieder dem Bildschirm zugewandt. »Dein Fall wurde an mich übergeben,

Karen hat den Selbstverteidigungskurs nicht gemacht«, sagt er mit unbewegter Miene.

Helle stutzt, legt jedoch ihre Liste auf den Schreibtisch, damit Henrik sie sehen kann. Sie ist froh, dass sie vorbereitet wirkt und es noch geschafft hat, sie auszudrucken.

»Tja, also, ich habe die Liste geschrieben, um die Sie mich gebeten hatten, und finde, es sind eigentlich alles ziemlich realistische Vorschläge für Praktikumsplätze, die ...«

»Iii-mmer mit der Ruhe, meine Liebe. Jetzt hören Sie erst mal zu. Es ist noch gar nicht sicher, ob wir diese Liste überhaupt brauchen.«

Henrik steht auf und setzt sich breitbeinig vor Helle auf die Schreibtischkante. Ein Fuß ruht auf dem Boden, der andere baumelt in der Luft. Er greift einen Schlüsselbund, der neben ihm liegt, wirft ihn in die Luft und fängt ihn wieder auf. Helle folgt seinen Bewegungen, die wie einstudiert wirken.

»Ich hatte nämlich gerade Guffe am Apparat, wissen Sie.«

Helle sinkt in ihrem Stuhl zurück.

»Jan Guffe Hansen vom Nykøbing-Falster-Krankenhaus. Er hat früher schon ein paar unserer gewaltbereiten Bewerber genommen. Und wenn ich mir Ihre Unterlagen so anschaue, stehe ich durchaus vor einer Herausforderung, wenn auch natürlich keiner, die ich nicht bewältigen könnte.«

»Gewaltbereit?«, ruft Helle aus. »Ich verstehe nicht, was hier los ist!«

Henrik kneift die Augen zusammen und wendet sich dem uniformierten Mann zu. »Waqim, ich denke, ich komme hier allein zurecht. Es wird keine Probleme geben.«

Waqim steckt das Handy weg. »Sicher?«, fragt er.

»Sicher«, sagt Henrik.

Waqim verlässt den Raum.

Helle schaut ihm nach und dann wieder zu Henrik. Was soll das alles?

»Das ist das Standardprozedere in Fällen wie diesem. Nach dem Vorfall im Himmelsschiff haben Sie die Rote Karte, daher *muss* ein Wachmann anwesend sein, bis ich wieder grünes Licht gebe. Ich denke, ich kann das Risiko jetzt ruhig eingehen, lassen Sie uns also zur Sache kommen.«

Helle reibt sich mit der Hand über die Stirn.

»Jan Guffe Hansen ist verantwortlich für das Serviceteam am Nykøbing-Falster-Krankenhaus, und zu unserem Glück hat er bereits ab Montag eine freie Stelle.«

Helle rutscht unruhig auf ihrem Stuhl hin und her.

»Ich bin Metzgerin, ich habe immer mit Tieren gearbeitet. Hat ein Serviceteam nicht irgendwas mit Putzen zu tun? Und Nykøbing Falster, das ist wirklich weit weg. Ich kann unmöglich ... also, das ist einfach nicht machbar.«

Henrik wirft abermals den Schlüsselbund in die Luft.

Er fängt ihn mit griffsicherer Hand auf und mustert Helle spöttisch mit hochgezogenen Augenbrauen. Er erinnert Helle auffallend an den Gebrauchtwagenhändler, bei dem sie ihren Corsa gekauft hat.

»Ich fürchte, Sie müssen es irgendwie möglich machen. Sie sind verpflichtet, jedes Angebot von uns anzunehmen, andernfalls sehen wir uns leider gezwungen, Ihre Sozialhilfe zu streichen. Qua Gewaltepisode ist es eine Bedingung, dass Sie umgehend eine Aktivierungsmaßnahme beginnen.«

Helle hat immer schon Schwierigkeiten mit Leuten gehabt, die der Meinung sind, »qua« in einen Satz einbauen zu müssen. »Ich wünschte, wir könnten es Unfall statt Gewalt nennen«, sagt Helle.

»Das wünschte ich auch. Aber das System leuchtet rot, und bis Ihr Status wieder auf Grün steht, sind das hier Ihre Möglichkeiten. Die Kommune ist nicht Ihr Feind.«

Helle ist geschlagen. Henrik steht auf und zwingt Helle damit, das Gleiche zu tun.

»Guffe erwartet Sie morgen früh um sieben Uhr zum Gespräch. Hier ist die genaue Adresse. Sie müssen sich an der Pforte einen Ausweis geben lassen und dann unten durch die Tiefgarage gehen, aber das steht alles erklärt«, sagt Henrik und reicht Helle ein Blatt Papier. Die Druckerpatrone müsste dringend mal gewechselt werden.

»Wie ist sein richtiger Name?«

»Jan Guffe Hansen, ich denke mal, er heißt so.«

Henrik reicht Helle die Hand und macht eine Art Furzgeräusch mit dem Mund, was so viel heißen soll wie: Damit wäre dieses Problem aus der Welt.

Helle wendet sich schon zum Gehen, da beschließt sie, den Versuch zu wagen. »Henrik, gibt es eine Möglichkeit, einen Vorschuss von ein paar tausend Kronen, zum Beispiel sieben, auf den Job zu bekommen?«

Henrik, der bereits zum nächsten Fall übergegangen ist, verschluckt sich prustend an seinem kalten Kaffee, der über Tastatur, Bildschirm und Hemd spritzt. Ein paar Tröpfchen landen sogar in seinem dünnen Haar.

»Das deute ich mal als Nein«, sagt Helle und verlässt Henriks Bürozelle mit einem einzigen sehr langen Schritt.

Ihr Handy vibriert in der Tasche. Sie hat zwei Nachrichten von ihrer Freundin Annemette, die Herzchen und aufmunternde Worte schickt. Außerdem drei Nachrichten von polnisch klingenden Namen: Pavel, Adam und Miroslaw. Was sagt man dazu!

KAPITEL 5

Der Zug fährt in den Bahnhof von Næstved ein, es ist ein aprilklarer Morgen.

Im Abteil sitzen nur wenige Leute, oder eher Hüllen von Leuten. Zu dieser Tageszeit sind nur die Niedriglöhner und diejenigen, die sich am Rand des Arbeitsmarktes entlanghangeln, schon wach. Diejenigen, die Zeitungen austeilen, Mülleimer leeren, Löcher graben.

Helle sucht sich einen Platz in größtmöglichem Abstand zu den anderen Fahrgästen. Sie starrt hinaus in die Dunkelheit. Dann zieht sie ihr Handy aus der Tasche und schreibt:

Wie sieht's aus, MB? Ich könnte heute Abend spielen! Wollte auch gern ein bisschen was Finanzielles mit dir besprechen.

MB, oder Mikael Bo, ist einer, mit dem Helle Sex hat. Früher Wirtschaftsprüfer, heute Besitzer von zweieinhalb Sandwich-Bars namens *Malibu Beach Sandwich*.

Helle hat vor langer Zeit angefangen, mit Mikael Bo ins Bett zu gehen. Ungefähr zur selben Zeit, als sie angefangen hat, sich Geld von ihm zu leihen. Sie schaut auf die Nachricht. Hat sie Lust auf Sex mit Mikael Bo? Hat sie Lust, sich noch mehr Geld von ihm zu leihen? Was ist ihr wichtiger?

Helle fragt sich, ob das eigentlich schon etwas von Prostitution hat, wischt diesen Gedanken aber als historische Grauzonen-Problematik beiseite, die es seit jeher zwischen Frauen in Not und Männern mit Gold in der Tasche gegeben hat.

Ihr Handy vibriert.

Helle Belle! Will gern heute Abend Pfirsich und Aubergine spielen. Ich reserviere einen Tisch im Flamme. Habe große Neuigkeiten!

Die Nachricht macht Helle gleichzeitig froh und traurig. Sie vermisst Nähe und Intimität, weiß aber, dass Mikael Bo nicht das ist, was sie sucht, auch wenn er ihr damals geholfen hat, als sie wegen Betruges angezeigt wurde.

Das Ganze war ein Missverständnis, ein teures Missverständnis, das ihren Meister Laust fast die Metzgerei gekostet hätte. Den Laden, in dem sie ihre Lehre gemacht hatte, den Laden, von dem Laust an späten Abenden sagte, dass sie ihn eines Tages übernehmen werde. Das hatte nach einem guten Leben geklungen. Michelle war noch klein, und Helle wollte sie versorgen können, nachdem Lars sich aus dem Staub gemacht hatte. Damals war Helle noch voller Ambitionen gewesen. Sie war eine verflixt tüchtige Metzgerin, und sie war kreativ. Doch dann kam das Würstchendebakel.

Helles Hände werden klamm, sie findet keine bequeme Position auf dem Zugsitz, es ist lange her, dass sie sich erlaubt hat, diese Erinnerungen auszugraben.

Sie war ein Risiko eingegangen. Hatte gespürt, dass es an der Zeit war, die schlechten Jahre abzuschütteln und der Welt zu zeigen, was in ihr steckte. Die Enttäuschung über das abgebrochene Tiermedizinstudium, die Zeit als alleinerziehende Mutter in einer Mietwohnung nach der anderen ... Jetzt wollte sie ihre Fähigkeiten und ihre Kreativität unter Beweis stellen. Würstchen, hergestellt nach Rezepten, die sie von älteren einheimischen Frauen gesammelt hatte; eine Würstchenserie, eingebettet in eine gute Geschichte. Es sollte eine Überraschung werden. Sie hatte sämtliche Rezepte getestet, Probewürstchen hergestellt und fühlte sich nun bereit, in ganz großem Maßstab zu produzieren. Doch so kompetent Helle in Sachen Geschmack, Textur und Geruch war, so wenig wusste sie von Agrarökonomie. Ohne Laust zu fragen, kaufte sie einen ganzen Jahrgang Bio-Schweine von einem Bauern. Sie hatte keine Vorstellung davon, wie viel Platz ein ganzer Jahrgang Schweine benötigte, und ahnte nicht, dass sie im Voraus für die Tiere bezahlen sollte. Eines Tages erhielt ihr Chef, Ersatzvater und Freund, Metzgermeister Laust Meisner, eine Rechnung in Höhe von einer Million Kronen. Und er tobte. Helle versuchte, ihm die näheren Umstände zu erklären, doch Laust ließ sich nicht besänftigen. Er zeigte sie an, und so kam es, dass Helle Mikael Bo traf. Damals, als er »nur« Wirtschaftsprüfer war und Helle den Arsch rettete.

Er regelte die Finanzen und handelte einen Abzahlungsvertrag aus, so dass Laust den Laden behalten konnte. Dies ließ Helle wenn auch keine Zärtlichkeit, so doch eine tiefe Dankbarkeit für Mikael Bo empfinden, und eines Abends ging sie mit ihm ins Bett. Vielleicht könnte es mehr werden, hatte sie bei sich gedacht.

Die Bremsen des Zuges quietschen.

Helle steigt um 06.14 Uhr am Bahnhof in Nykøbing Falster aus dem Zug. Ihre Nase läuft, als sie beim Krankenhaus ankommt. Sie meldet sich an der Pforte. Die Frau hinter dem Schalter druckt einen Gästeaufkleber für sie aus und zeigt in Richtung der Personaltreppe.

»Sie müssen ganz runter in den Keller«, sagt sie und lässt Helle die Ironie schmecken.

Am Ende des Kellerschachts öffnet Helle eine Tür, die sie auf einen endlos langen Gang führt. Er ist menschenleer, nur das Sirren der Lüftungsanlage ist zu hören. Helle muss bis zur letzten Tür links. Die Leuchtstoffröhre an der Decke flackert. Vor dem Büro für Service und Wartung bleibt sie stehen und klopft an.

»Kommen Sie rein.«

Helle folgt der Aufforderung. Im Büro sitzt ein ziemlich gewöhnlicher Mann mit dem Rücken zur Tür und studiert mehrere lange Listen.

»Mein Name ist Helle, ich soll mich hier melden.«

»Tagchen, Helle, Sie sehen gar nicht so gefährlich aus.«

»Das bin ich meiner Meinung nach auch nicht. Ich habe ein paar Papiere vom Jobcenter dabei.«

Helle setzt sich auf den Besucherstuhl. Kaum hat Helle sich gesetzt, steht Jan Guffe Hansen auf.

»Mich interessiert vor allem, ob Sie ordentlich anpacken können, und wenn ich Sie so betrachte, bin ich offen gestanden etwas im Zweifel.«

»Ich bin gelernte Metzgerin. Was genau beinhaltet die Arbeit denn?«

»Genau das, worum ich Sie bitte.«

»Hätten Sie vielleicht ein Beispiel? Soll ich putzen?«

Die Chemie zwischen Guffe und Helle ist von Anfang an ungünstig. Als ob Guffe Helles schlechte Eigenschaften noch verstärken würde. Helle ist schnippischer als sonst.

»Es kann alles sein. Es gibt keine feste Jobbeschreibung. Wir sind zuständig für Reinigung, Lagerarbeiten, Küchenaufgaben. Und Sie sollten keine Angst davor haben, ein Klo zu schrubben.«

»Ich kann Ihnen versichern, dass ich keine Angst davor habe, hart anzupacken. Ich schufte gern, und ich arbeite gründlich. Womit ich ein kleines Problem habe, ist alles, was mit Exkrementen zu tun hat. Da habe ich leider eine kleine Schwäche, die es mir nur schwer möglich macht, lange in einem Raum mit Exkrementen zu bleiben. Aber daraus möchte ich natürlich keine große Sache machen ...«

Guffe setzt sich wieder an seinen Schreibtisch. »Es gibt wohl niemanden, der *gern* Toiletten putzt, aber es muss nun mal gemacht werden, da ist kein Platz für irgendwelche Sonderregelungen.« Guffe klingt genervt.

Helle muss diesem Gespräch eine andere Richtung geben. »Das verstehe ich. Ich will ja nur sagen, dass dieses kleine Detail zu meiner Geschichte dazugehört. Exkremente rufen bei mir einen Würgereiz hervor, den ich nicht unterdrücken kann. Das ist total irre.« Helle bereut, nicht den Mund gehalten zu haben.

Guffes Miene ändert den Ausdruck. Er lehnt sich in seinem Bürostuhl zurück und kneift die Augen leicht zusammen, was der aggressiven Falte zwischen seinen Brauen zugutekommt.

»Ich kenne solche wie Sie. Deshalb habe ich eine Thailänderin geheiratet.«

Helle zuckt zusammen. »Wie bitte?«

Guffe lehnt sich noch weiter in seinem Stuhl zurück, bis er beinah liegt. Seine bleichen Hände trommeln auf der Tischplatte. »Mit Frauen wie Ihnen hat man nur Scherereien. Ihr habt solche Angst davor, euch unterdrückt zu fühlen, dass ihr ständig auf der Hut seid, und dann spielt ihr immer gleich die beleidigte Leberwurst und geht ins Bett, ohne eurem Mann gute Nacht zu sagen, und verhaltet euch wie bockige kleine Kinder.«

Helle ist sprachlos. Instinktiv rückt sie ein Stück vom Tisch weg. Dem Stuhl fehlt ein Gleiter unter einem der Beine, er quietscht, als würde er dafür bezahlt. Sie steht ruckartig auf. »Ist das hier versteckte Kamera?«

»Am Arsch, ich sage Ihnen nur, was Sache ist, und Sie kommen mit Ihrer Kopenhagener Etepetete-Schnute an und wollen keine Klos putzen. Das kotzt mich echt an.«

Helle knautscht ihre Jacke in der Hand zusammen. Sie spürt die Wut in sich hochkochen und weiß, dass sie wegmuss. »Ich bin aus Næstved. Sie kennen mich doch überhaupt nicht, wie können Sie über mich urteilen?«

»So langsam verstehe ich jedenfalls das mit dem gewaltbereiten Temperament. Jetzt beruhigen wir uns erst mal wieder.«

Helle kann sich nicht beruhigen. Das hier ist ein schlechter Film.

»Ich bin aufgestanden, um zu gehen, da Sie meine Grenzen überschreiten und sich äußerst unpassend verhalten. Es ist keine Gewalthandlung, sich einem Übergriff zu entziehen.«

Jetzt wird Guffe wütend. Irgendetwas muss wie ein rotes Tuch auf ihn wirken.

»Übergriff! Jaaaaaa, das würde Ihnen so passen. Ich habe wohl versucht, mich an Ihnen zu vergreifen? Na los, rufen Sie schon die MeToo-Garde«, höhnt Guffe mit gekünstelter Stimme, als würde er in einem Theaterstück mitwirken.

»Das reicht, hören Sie auf!«, ruft Helle, ihre Gesichter sind nur Millimeter voneinander entfernt.

»Einen Scheiß werde ich tun. Meine Frau weiß, was es für eine funktionierende Ehe braucht. Ich beschaffe das Geld, und sie sorgt fürs Essen. Davon ist noch niemand gestorben. So eine wie Sie will alles bestimmen. Keinem Mann gefällt das.« Guffes Augen lodern.

»Was zum Teufel wissen Sie über mein Leben?«

Guffe schaut sie triumphierend an, er grinst noch dazu. Es ist dieselbe Dynamik, der Helle schon ihr ganzes Leben lang ausgesetzt ist – ausgehend von Männern, die nicht verstehen, wie es sich anfühlt, ständig besser vorbereitet und gleichzeitig in Alarmbereitschaft sein zu müssen, und die Dinge doppelt so gut erledigen zu sollen, ohne irgendetwas zurückzubekommen. Nur bei Laust war es anders.

Es überrascht sie selbst, dass sie ihm eine runterhaut. Eine schallende Ohrfeige, mit Schwung aus dem Rücken gepfeffert. Damit hat auch er nicht gerechnet. Der Klatscher verhallt in dem kleinen Büro, und das Gluckern des Heizkörpers füllt den Raum.

Helle schnappt nach Luft und reißt die Tür auf. »Mir reicht's. Ich hab keinen Bock auf diesen Gorillamännchenscheiß.«

Die Leuchtstoffröhre flackert rhythmisch, während Helle zur Tür am Ende des Ganges hastet, raus, raus, raus. Durch die Tiefgarage und die Treppe hoch. Helle muss jetzt rauchen. Sie schaut sich nach einem Ausgang vom Krankenhausgelände um, sieht aber keinen. Ein großes Tor auf der einen Seite des Areals versperrt den Weg nach draußen. Helle kommt sich vor wie ein Häftling beim Hofgang, sie plant ihre Flucht.

Ein Stück entfernt von der Tür zur Tiefgarage drängen sich mehrere Ärzte und Krankenschwestern in einem Kasten, bei dem es sich um eine Raucherkabine handeln muss, und saugen gesundheitsschädlichen Rauch in ihre sich dessen nur allzu bewussten Lungen. Auf dem Weg dorthin, unweit der Treppe, sind einige hohe Drahtgitterwagen abgestellt. Einer ist gefüllt mit Kitteln. Helle schaut zur Raucherkabine. Auf einem laminierten Schild steht *Nur für Personal.* Sie braucht Nikotin mit Fruchtgeschmack, sonst fällt sie vor Wut in Ohnmacht. Helle greift in einen der Schmutzwäschebehälter und zieht irgendeinen Kittel heraus. Er sieht nicht mal dreckig aus, also wirft sie ihn über.

Helle kommt beim Raucherunterschlupf an, als die anderen Nikotinsklaven ihn gerade verlassen. Einer der Ärzte hält ihr die Tür auf. In der Kabine hängt eine Wolke aus schalem, kaltem Rauch.

Melonenrauch füllt Helles Lungen, während sie die Szene mit Guffe nochmals im Kopf durchspielt. Hier steht sie. Und vermisst Michelle bis ins Mark.

Ein paar Zigarettenzüge später öffnet sich die Tür zur Treppe, und drei Männer und Frauen stürzen heraus.

Neben dem großen Tor, das als Einfahrt für die Rettungsfahrzeuge dient, beginnt ein Lämpchen zu blinken.

Helle versucht, sich unsichtbar zu machen. Guffe und sein Trupp vom Serviceteam erscheinen im Hof, sie schieben mehrere Krankenhausbetten vor sich her. Guffe schreit seine Leute an, alle machen sehr ernste Gesichter. Ein Geräusch erklingt in der Ferne, wie ein Summen, es nähert sich rasch und wird zum durchdringenden Tatütata. Die Sirenen gewinnen an Stärke, und Kittel strömen aus den verschiedenen Ausgängen des Krankenhauses. Einige reden aufgeregt in ihre Handys.

Helle huscht aus der Raucherkabine und schaut sich nach einem Fluchtweg um. Jan Guffe steht beim Personalausgang und dirigiert seine Leute im Kommandoton und unter Einsatz seines ganzen Körpers. Vielleicht kann sich Helle am Maschendrahtzaun entlangschleichen und ungesehen durchs Tor gelangen.

In diesem Moment rast ein Krankenwagen auf den Platz. Die Kittel rennen durcheinander, und Helle will sich gerade davonstehlen, als zwei weitere Rettungsfahrzeuge mit Blaulicht und Martinshorn in die Einfahrt biegen und ihr den Weg abschneiden.

Langsam wird Helle panisch. Sie macht kehrt und eilt zur Treppe, die nach oben zu den Stationen führt. Ein Mann mittleren Alters in einem Arztkittel telefoniert am Handy. Er spricht mit lauter Stimme, um das Heulen der Sirenen zu übertönen.

»Die ersten drei Fahrzeuge sind gerade angekommen,

drei weitere sind auf dem Weg. Ein Rübentransporter ist mit einem Bus voller Senioren zusammengestoßen. Wir versorgen etwa zwanzig Schwerverletzte hier, aber ich schicke euch ein paar der leichteren Beinbrüche hoch. Macht euch in der Notaufnahme bereit.«

Der Mann beendet das Gespräch und bemerkt Helle. »Sie rauchen jetzt nicht ernsthaft?«

Verdutzt bleibt Helle stehen und lässt schnell die E-Zigarette in ihrer Tasche verschwinden. »Nein, nein.«

Der Mann scannt sie mit einem Blick und fährt fort: »Sie werden in der Notaufnahme gebraucht.«

Helle hat nicht die Kraft, heute noch weitere Konflikte auszutragen. Sie blickt an ihrem kittelbekleideten Körper hinab, lächelt und nickt. Die Hand ums Geländer geklammert, schiebt sie sich gegen den Strom die Treppe hinauf, während Horden von Krankentransporteuren an ihr vorbei nach unten trampeln, dass der Boden bebt. Helle muss jetzt unbedingt einen Weg hier raus finden.

In der Notaufnahme herrscht hektisches Gedränge. Das Nykøbing-Falster-Krankenhaus bekommt sicher nicht jeden Tag Besuch von einem ganzen Pflegeheim, das eine Runde mit dem Bus über einen Acker gerollt ist. Der Lärmpegel in den Fluren gleicht dem in der gelben Gruppe vom Himmelsschiff, nur ächzen die Stimmen hier heiser und schmerzerfüllt. Helle steuert eine Ecke an, um sich dort zu verbergen. Ein Bett steht im Weg. Darin liegt eine grauhaarige Frau, die aussieht, als wäre sie eingeschlafen. Ihre Füße sind von einem Tuch bedeckt, ums Handgelenk hat sie einen Mullverband. Ihre Frisur erinnert Helle an eine Pusteblume, sie verspürt den Drang, ihr durch die Haare zu pusten. Helle drückt sich am Bett vorbei, da öffnet die Frau die Augen. Mit ängstlichem Blick greift sie Helles Arm. »Wo ist mein Hjalmer?«

»Er ist hier ganz sicher irgendwo. Ich werde gleich mal nachfragen«, sagt Helle im Versuch, sich unauffällig aus dem Staub zu machen. Sie schaut sich nach einem Weg durch das Chaos um, doch die alte Frau hält sie fest, und Helle zieht das ganze Bett von der Wand weg, ehe sie sich aus dem Griff befreien kann. Eine Krankenschwester, die ein Bett hinter sich herzieht, kommt auf sie zu. Sie sieht gestresst aus und mustert Helle kurz.

»Können Sie sich schnell um sie kümmern?«, fragt sie hektisch und zeigt auf eine alte Frau, die im Bett liegt und sich mit schmerzverzerrtem Gesicht die Schulter hält. Helle schaut die Frau an. Die Krankenschwester ist bereits auf dem Weg, um neue Patienten zu holen. Im Laufen dreht sie sich um und gibt Helle nach Luft schnappend ein kurzes Briefing: »Die Schulter ist ausgekugelt. Sie muss nur wieder eingerenkt werden ...«

Die Frau stöhnt.

Helle wartet, bis die Krankenschwester außer Sichtweite ist, und beginnt, Richtung Ausgang zu gehen.

»Warten Sie! Es tut so weh«, wimmert die Frau.

Helle bleibt stehen. Sie hat es schon unzählige Male

bei Pferden und Hunden gemacht, als sie während ihres Studiums in der Notaufnahme der Universitäts-Tierklinik arbeitete. Helle fährt mit der Hand über die Schulter der Frau, während sie die andere stützend hinter ihr Schulterblatt legt. »Können Sie tief einatmen?«, fragt sie.

Die Frau spitzt ihren kleinen Mund, und Helle packt zu. Ein kräftiger Ruck und dann drücken. Mit einem leichten Plop rutscht die Schulter zurück an ihren Platz. Die Frau stößt einen überraschten Schrei aus, dann macht sich Erleichterung auf ihrem Gesicht breit. Helle tritt ein Stück zurück, erschrocken über das, was sie da gerade getan hat.

»Danke«, sagt die Frau.

»Gern geschehen«, antwortet Helle. Ihre Hände zittern. Sie geht rückwärts Richtung Treppe, um endlich zum Ausgang und hinaus aus diesem Wahnsinn zu gelangen.

Vor Helle bildet sich ein Pfropfen. Ein Rettungssanitäter versucht, sich mit einer jammernden Frau in einem Bett einen Weg durch die Menge zu bahnen, während er eine Mullkompresse auf ihren Hals drückt. Aufgeregt winkt er Helle zu sich. »Übernehmen Sie hier? Ich habe eine Gruppe Bingoenthusiasten mit offenen Beinbrüchen draußen im Wagen.«

Lässige Art, es auszudrücken, denkt Helle.

»Sie sind in guten Händen, Gerda«, sagt der Sanitäter zu der erschütterten Frau und gibt Helle ein Zeichen, während er die Hand von der Kompresse nimmt.

Der Sanitäter lässt nur einen Augenblick zu früh los, und ein dicker Blutstrahl schießt aus der Wunde, makellos und filmreif. Nun hat Helle immer schon gute Reflexe gehabt, also drückt sie ihren Daumen fest und präzise auf Gerdas Hals. Die Blutung stoppt augenblicklich. Gerda schafft es gerade noch, Helle einen ängstlichen Blick zuzuwerfen, bevor ihr vor Erschöpfung die Augen zufallen.

Die Krankenschwester von vorhin kommt zu Gerdas Bett und klickt die Räder frei. »Der OP ist jetzt bereit für sie. Bringen wir sie hin«, sagt sie zu Helle und wartet die Antwort genau genommen nicht ab.

KAPITEL 6

Helles Finger liegt immer noch auf Gerdas Hals. Sie hält einen festen Druck aufrecht, während sie das Bett die scheinbar niemals enden wollenden Flure entlangschieben. Verwirrung, hektische Stimmen, Schreie und Weinen. Überall liegen, stehen, humpeln ältere Menschen. Eine Greisin kämpft mit einer Krücke und zieht ihr schlaffes Bein hinter sich her. Ausgerenktes Hüftgelenk, denkt Helle, der Hüftkopf ist aus der Pfanne gesprungen. Wäre die Frau ein Pferd, würde man sie ohne langes Federlesen einschläfern. Helles Blick fällt auf einen älteren Mann, der dabei ist, das vakuumverpackte Mittagessen für die Abteilung aus einem Industriekühlschrank zu räumen. Er lächelt milde inmitten all des Tumults. Helle konzentriert sich darauf, ihren Finger auf der Wunde zu halten, während sie sich bemüht, mit dem beeindruckenden Tempo Schritt zu halten, das die Krankenschwester für Gerdas Bett vorgibt. Sie verlangsamt die Fahrt nicht, als sie an einem autoritär wirkenden

Mann in einem Kittel vorbeirauschen, der aussieht, als koordiniere er etwas mit einem Klemmbrett, und sie fragend ansieht.

»Stufe gelb. Wir sind auf dem Weg in den OP«, erklärt die Krankenschwester, und er setzt ein Häkchen auf seinem Papier.

Im Operationssaal legt eine Frau gerade verschiedene Instrumente auf einen mit einem grünen Tuch bedeckten Metalltisch. Sie muss eine OP-Schwester sein, jeder Handgriff wirkt routiniert, und die Anordnung der Instrumente ist alles andere als zufällig. Im Raum nebenan erahnt Helle den Umriss eines jungen Mannes, der sich mit einstudierten Bewegungen ein Paar weißer Nike-Schuhe bindet. Die Frau mit den Instrumenten scannt Helle mit einem schnellen Blick. Erst ihren Finger auf dem Hals, dann das Namensschildchen auf ihrer Brust.

»Na, da werde ich jetzt mal eine Kompresse anlegen, damit sie in den Waschraum können. Der Operateur ist schon drüben und macht sich fertig.«

Helle nickt. Sie hat ein Fluchtfenster, aber sie nutzt es nicht. Stattdessen geht sie in den Nebenraum zu dem Arzt mit den Schnürsenkeln. Er hat sich aufgerichtet und seift sich an einem langen, tiefen Waschbecken die Hände ein. Er wirft Helle einen professionellen Blick zu und signalisiert ihr, sich neben ihn zu stellen. Sie tritt ans Becken und ahmt seine Bewegungen nach. Es ist eine lange Abfolge von Handübungen, die mit der Präzision der Gewohnheit ausgeführt werden. Helle erkennt das Manöver aus ihrem Tiermedizinstudium wieder. Der Operateur schaut auf ihre Brust. Allerdings nicht auf unanständige Weise.

»Natalia Nowak, klingt polnisch. Sprechen Sie Dänisch?«

Helle starrt ihn an, wie man ein Wesen anstarren würde, das soeben aus einem Raumschiff gestiegen ist. Mit leicht geöffnetem Mund und vollkommen unfähig zu blinzeln. Dann löst sie sich aus ihrer Erstarrung und schaut an sich hinunter und sieht, dass an ihrer Brusttasche ein hygienefreundliches Plastikschildchen baumelt, auf dem zu lesen ist: *Natalia Nowak, AiW, Abschnitt C.*

Helle wird von ihrer eigenen Phantasie überrascht, die offenbar in einem entkoppelten Bereich irgendwo in ihrem Gehirn auf Hochtouren läuft, denn binnen eines Sekundenbruchteils hat sie ihrem Verstand vermittelt, dass sie Polin ist. Im Handumdrehen hat sie eine Hintergrundgeschichte konstruiert, die auf Elementen aus Filmen und Serien basiert, von denen Helle gar nicht erinnert, sie gesehen zu haben. Helle ist jetzt Natalia Nowak, aufgewachsen ein Stück außerhalb Krakaus (Helles Polenkenntnisse setzen der Phantasie Grenzen). Nowak lebt seit einem halben Jahr in Dänemark und spricht ein gebrochenes Dänisch, für das sie allerdings allseits gelobt wird.

»Ja-a«, sagt Helle und zieht das »a« etwas in die Länge. »Ja-a«, wiederholt sie, mehr für sich selbst, um zu hören, ob es überzeugend klingt.

Der Operateur scheint zufrieden mit ihrer Antwort. Sie schaut auf sein Schild. *Stefan Levent, Ltd. Abteilungsarzt, Allgemeinchirurgie.*

»Sobald die Blutung am Hals gestoppt ist, konzentrieren wir uns auf den Fremdkörper, der noch im Bauch steckt. Da es eine oberflächliche Arterie ist, die verletzt wurde, sollte es kein großes Problem sein.«

Auf dem Weg zum OP hatte Helle dafür gesorgt, Gerdas Aufmerksamkeit von dem abgebrochenen Stock abzulenken, der aus ihrem Bauch ragt. Die Krankenschwester hatte ihn diskret mit einem türkisfarbenen Tuch abgedeckt, und Gerda schien ihn bislang nicht bemerkt zu haben. Sie war zu geschockt über das Blut, das aus ihrem Hals strömte.

Stefan schaut Helle an. »Sie haben kein Problem mit Blut und waren schon bei Operationen dabei?«

Helle erwidert seinen Blick und denkt, dass sie besser etwas mehr als nur »Ja« sagen sollte, also räuspert sie sich und sagt: »Ich kann das.«

Eine Krankenschwester bereitet Gerdas Bauch für die Operation vor, während eine Anästhesistin eine Spritze zurechtlegt, beide beruhigen die aufgeregte Gerda. Allmählich geht ihr auf, dass sie einen Stock im Bauch stecken hat, und sie schreit wutentbrannt nach einem Alfred.

»Himmel, Arsch und Wolkenbruch, nie passt er auf seinen Stock auf. Ich sage es ihm jeden Tag. ›Alfred‹, sage ich, ›Leg ihn an die Fußleiste, damit er nicht umfallen kann.‹ Ständig stolpert man darüber, und jetzt steckt das vermaledeite Ding in meinem Bauch.«

Die Krankenschwester tätschelt ihr den Arm. »Den kriegen wir schon wieder raus. Jetzt schlafen Sie erst mal ein bisschen.«

»Geben Sie ihr zehn Milliliter Propofol«, sagt der Operateur an die Anästhesistin gewandt, die die Spritze aufzieht und dann leicht auf Gerdas Unterarm klopft, während die andere Schwester ihre Hand hält und sie auffordert, rückwärts von zehn zu zählen.

»Zehn, neun, dieser Sausack, acht, sieeeben, sche ...«

Bei Gerda gehen die Lichter aus. Im OP wird es ruhig.

»Die Patientin ist nicht nüchtern, deshalb führen wie eine Blitzintubation durch. Wurden anderthalb Gramm Zinacef verabreicht?«

Die Krankenschwester antwortet mit einem deutlichen Ja.

Die Wunde im Hals wird so schnell geschlossen, dass Helle es kaum mitbekommt.

»Gut. Wir müssen schnellstens abklären, ob der Stock die Milz getroffen hat, im Augenblick ist die Verletzung potenziell kritisch.« Stefan hat den Blick auf den Stock in Gerdas Bauch gerichtet. Helle weiß, was er damit meint: Ein oder mehrere Organe im Bauchbereich könnten verletzt worden sein. Während des Tiermedizinstudiums mussten sie einmal eine Blutung im Bauch eines

Schweins stoppen, das ihr dummerweise unten den Händen wegstarb. An diesem Tag bekam Helle einen Haufen Koteletts mit nach Hause – das wird heute nicht passieren, falls etwas schiefgeht.

Gerdas Gesicht ist von Falten zerfurcht, die sich für Wut auf Alfred und seinen Stock ausgeben, in Wahrheit aber Angst verbergen. Helle ertappt sich dabei, wie sie der alten Frau über den Kopf streicht.

»Natalia wird mir während der Operation assistieren, weil Tine in die Notaufnahme gerufen wurde. Natalia, Sie können einen Langenbeck halten, oder?« Stefan gestikuliert in Helles Richtung.

Helles Herz galoppiert wie verrückt.

Stefan schüttelt den Kopf über sich selbst. »Langenbeck war wahrscheinlich nicht das erste Wort, das im Dänischkurs an der Tafel stand, was?«, sagt er.

Helle zuckt dankbar mit den Achseln.

»Das ist der, mit dem man das Operationsgebiet freihält. Der Wundhaken.«

Helle weiß, was ein Wundhaken ist. In der Tierklinik war sie bekannt dafür, sich immer als Erste zu melden und einen perfekten Schnitt in die dicke, porige Schweinehaut zu setzen. Sie hatte sie geöffnet und genau gewusst, wo alles war. Die Studierenden hatten sich darüber amüsiert, wie sehr die Anatomie des Schweins der des Menschen gleicht. Beim Gedanken an Gerdas Milz erinnert sich Helle an ihr altes Ich und dieses Gefühl zurück.

Sie weiß genau, was was ist und warum sie hier ist. Helle schaut Stefan an und nickt.

Stefan bittet um Konzentration im OP, und er bittet um ein Skalpell, woraufhin er plötzlich in seinen Bewegungen innehält. Irgendetwas stimmt nicht. Die Augen der Krankenschwester bohren sich in Helles. Sie macht eine Kopfbewegung nach links, und Helle wird klar, dass sie auf der falschen Seite steht. Sie wechselt auf die andere Seite.

»Skalpell, bitte«, wiederholt Stefan.

Der Blick der Krankenschwester landet auf einem Messer mit langem Griff und einer kleinen Einwegklinge. Helle nimmt es und reicht es Stefan. Er legt es mittig unterhalb der Stelle an, wo normalerweise Gerdas Brüste sind. Helle kann sie unter dem grünen OP-Tuch erahnen und empfindet einen Hauch von Zärtlichkeit für die Brüste, die nun in reiner Ergebenheit zu ihrer jeweiligen Seite fallen, wo sie in einem Paar buschiger Achselhöhlen liegen. In gewisser Weise sind sie vor dem Messer geflüchtet, realistisch betrachtet sind sie wohl einfach des Lebens überdrüssig. Stefan zieht einen Schnitt entlang der Mittellinie vom Brustbein nach unten zum Schambein.

In dem Moment, als Helle ihm das Messer reicht, wird ihr klar, dass sie eine Grenze überschritten hat. Jetzt schneiden sie Gerda auf, und Helle hat sich dazu entschieden, in der Rolle der polnischen Assistenzärztin Natalia Nowak im Raum zu bleiben. Sie fühlt sich verpflichtet, die alte Frau zu retten. In Wahrheit hat sie ja geschuftet und geackert, um heute hier zu stehen. Sie kann sich selbst als neunzehnjährige Studierende an der tiermedizinischen Fakultät spüren. Die Energie und den Eifer der Jugend, nun aber erweitert um den Erfahrungsschatz eines neununddreißigjährigen Lebens voller Widrigkeiten. Keine schlechte Kombination. Helle kann das hier. Da auf dem Tisch liegt keine Frau, es ist ein Schwein, das allen anderen Schweinen gleicht. Helle strafft die Schultern.

Es beginnt zu bluten, als Stefan durch die äußere Muskelschicht schneidet. Er schaut hoch, die Schwester wartet bereits mit den Tüchern, um das Blut von den Organen zu wischen.

»Langenbeck.«

Helle hält das lange Instrument, so wie sie es gelernt hat.

Stefan bittet um einen weiteren Retraktor. Die Schwester reicht Helle eine großen Wundspreizer, und Helle legt ihn so an, dass die Bauchmuskeln zur Seite weichen und sie sehen können, wie der Stock die Bauchhöhle durchbohrt hat. Stefan beurteilt die Situation mit scharfem Blick.

»Okay. Der Stock hat die Milz durchdrungen und den Magen penetriert, aber glücklicherweise einen Bogen um die größeren Blutgefäße gemacht. Jetzt müssen wir ihn behutsam herausfummeln.«

Stefan beginnt zu fummeln. Es ist ein irrwitziger Anblick, ganz zu schweigen vom Geräusch, das dabei entsteht, aber das macht Helle keine Angst. Wenn man in einer Metzgerei gearbeitet hat, kann kein Geräusch der Welt einen mehr schrecken. Stück für Stück flutscht der Stock aus Gerdas Fleisch. Die Krankenschwester lächelt Helle erleichtert an, und Helle erwidert das Lächeln vorsichtig. Da strömt auf einmal das Blut aus der Milz und spritzt nach allen Seiten.

»Scheiße! Sie blutet wie verrückt. Wir müssen die Milz entfernen«, ruft Stefan, allerdings ohne dabei an Autorität zu verlieren.

Helle bekommt einen Schlauch angereicht, den sie nicht kennt, er rutscht ihr aus der Hand, aber sie fängt ihn gerade noch mit der anderen auf. Zum Glück ist Stefan voll konzentriert und hat nichts bemerkt.

»Saugen«, fordert er Helle auf, und sie saugt mit ihrem Schlauch.

»Die Anästhesie soll ihr eine Bluttransfusion geben.«

Gerda bekommt eine Transfusion, Stefan hält die verletzten Blutgefäße und bittet Helle, die Pean-Klemme anzulegen, um den Blutfluss zu stoppen. Helle wendet sich zum Instrumententisch, sie erkennt die meisten Instrumente von den Schweine-OPs wieder, die hier sind bloß etwas kleiner. Sie nimmt die Klemme und klemmt damit die Blutgefäße ab.

»Halten Sie mal diesen Kameraden, bis ich die Blutgefäße abgebunden und tamponiert habe.«

Helle bekommt Gerdas Milz in die Hände. Anschließend macht Stefan sich daran, den Darm zu untersuchen, er dreht und wendet die Eingeweide, tastet mit den Fingern die langen Bahnen ab. Helle weiß, dass Gerda stirbt, wenn er eine Läsion übersieht. Stefan arbeitet mit den sicheren Bewegungen der Routine. Fast gerät sie beim Anblick dieser Bewegungen ein bisschen ins Schwärmen. Es gibt doch nichts Attraktiveres als einen Mann, der in seinem Element ist, der das tut, was er am besten kann.

Stefan näht das Bauchfell zu und schließt die Muskelschicht. Es geht überraschend schnell.

Er richtet sich auf und sagt an Helle gewandt: »Sie können jetzt die Haut zusammenklammern.«

Helle bekommt ein Klammergerät in die Hand.

»Ich gehe in den Waschraum und dann gleich weiter zum nächsten Patienten. Er liegt schon in der Vier bereit. Schafft ihr den Rest allein?«

Alle nicken.

»Natalia, gute Arbeit.«

Helles dümmliches »Ja-a« geht glücklicherweise in der allgemeinen Geräuschkulisse unter. Sie wendet sich Gerda zu und platziert das Klammergerät auf der Wunde. Mit welchem Abstand man wohl einen Menschen zusammentackert? Helle setzt eine einzelne Klammer und bewegt das Gerät langsam über die Wundränder, während sie der Krankenschwester tief in die Augen schaut. Nach etwa anderthalb Zentimetern nickt die Schwester, und Helle drückt das Gerät gegen die Haut. Ab hier läuft es wie geschmiert.

Als Helle fertig ist, lächelt die Krankenschwester, die Gunilla heißt, und sagt: »Ich kümmere mich um alles Weitere, Sie haben sicher viel zu tun.«

Helle nickt. »Danke.«

Im Waschraum zieht Helle ihre Handschuhe aus. Sie ist aufgekratzt und gleichzeitig so erschöpft, dass sie sich mit der Stirn gegen die weißen Kacheln lehnen muss, um nicht umzukippen. Alle Sinneseindrücke sind auf einmal so deutlich, das Wasser, das ins Waschbecken plätschert und in kleinen Tropfen auf dem Boden landet, das Licht, das viel heller strahlt als sonst. Ihre gesamte Umgebung wirkt größer, schöner, intensiver. Sie verlässt den Raum und tritt auf den Flur. Steht lächelnd inmitten all der Leute, die durcheinanderlaufen und vor Schmerzen stöhnen. Sie geht in ihrem weißen Kittel die Gänge entlang, als wäre sie in einem Film. Sie geht Richtung Haupteingang. Sie registriert jedes kleinste Detail. Das war schon immer eine besondere Fähigkeit von ihr. Manchmal ist es echt stressig, so aufmerksam zu sein, weil der Kopf auf diese Weise niemals Ruhe hat und sie sich gezwungen fühlt, permanent auf irgendetwas reagieren zu müssen. Wenn sie beispielsweise bei Regen im Auto sitzt, studiert sie eingehend die Frontscheiben der anderen Autos, um die Geschwindigkeit ihrer eigenen Scheibenwischer an die der anderen anzugleichen und als die routinierte Autofahrerin zu erscheinen, die sie ja tatsächlich auch ist. Das strengt natürlich an. Aber es gibt

Situationen, in denen es durchaus von Vorteil ist. Jetzt zum Beispiel. Auf ihrem Weg aus dem Krankenhaus erfasst sie, wo sich die verschiedenen Abteilungen befinden, wer in der Notaufnahme arbeitet, welcher Name auf den Schildchen steht und nach welchem System die Toiletten angelegt wurden. Helle hat ein ausgezeichnetes Gedächtnis.

Zu Hause angekommen, steckt Helle den Kittel in die Waschmaschine und startet das Wollprogramm. Dann geht sie ins Bad und zieht ihre restliche Kleidung aus, um zu duschen. Sie fühlt sich immer noch wie in einem Traum. Helle hat Zweifel, ob das alles gerade wirklich geschehen ist.

Ihr Handy gibt ein Flöten von sich.

Mikael Bo

16.20

Verspäte mich um eine Stunde. Reservierung habe ich geändert. Bin müde, aber geil auf dich! Der lila Tanga wäre scharf!

Helle lacht. Ein Teil von ihr würde das Abendessen gern sausen lassen, ein anderer ist merkwürdig erregt. Irgendetwas treibt sie an, etwas anderes als Geld. Helle kann nicht genau sagen, was in ihr vorgeht. Es war ein völlig irrer Tag, und sie darf Mikael Bo beim Essen nichts davon erzählen – logischerweise. Das dürfte kein großes

Problem darstellen, aller Wahrscheinlichkeit nach wird die Sandwichkette den Abend füllen.

Helle steht mit ihrem Rasierer, der sich eine neue Klinge wünschen würde, unter der Dusche. Es ist das zweite Mal heute, dass sie eine Einwegklinge in der Hand hält. Sie denkt an Stefan, der einen absolut präzisen Schnitt in Gerdas pergamentdünne Haut gesetzt hat. An das Messer, das durch die vielen Schichten und bis in Gerdas Inneres gedrungen ist.

Helles Rasierer ist vollkommen unbrauchbar, er ist stumpf und voller Rostflecken, aber Mikael Bo hasst es, wenn sie unrasiert ist. Am liebsten mag er einen kleinen, schmalen Strich vorn und eine gebleichte, gewachste Rosette. Letzteres kann er sich abschminken, aber Helle schabt entgegenkommend ihre Bikinizone, und kleine Blutströpfchen perlen hervor. Mikael Bo soll seinen Willen mit dem lila Tanga bekommen.

Sie muss wieder an die Operation denken, an die Bewegungen des Arztes. Ihr wird heiß, sie lässt den Rasierer fallen. Für einen Moment gibt es nur die Haut und das Wasser und Helle.

KAPITEL 7

Die Nadel des Tachos nähert sich der Hundert. Helle drückt das Gaspedal durch. Die Nadel schnellt auf einhundertzehn Stundenkilometer. In ihrem Kopf rasen die Gedanken. Der Wunsch, sich fallenzulassen, ist übermächtig. Sie will bei Annemette und Johnny vorbeifahren, ehe sie sich mit Mikael Bo trifft. Sie braucht Stabilisierung. Von zwei Menschen, die sie lieben und die sie schon vor dem Würstchendebakel kannten, bevor alles den Bach runterging.

Helles Corsa fährt in die Einfahrt.

Annemette steht mit dem Hintern in der Luft im Gewächshaus, sie richtet sich auf, als sie das Auto hört, winkt Helle zu und kommt ihr entgegen. »Du siehst anders aus, warst du im Solarium?«

Sie umarmen sich, Annemette riecht nach Stall, nach Wind in den Haaren und nach Waschmittel.

Annemette hat den Solberghof von ihrem Vater übernommen und betreibt inzwischen eine Reitschule. Helle kommt hierher, seit sie und Annemette in der vierten Klasse Freundinnen wurden. Helles Mutter, die einen schwachen Geist hatte und Erwerbsunfähigkeitsrente bekam, war da schon längst zu einer Randfigur in Helles Leben geworden. Helle hat sich oft gefragt, ob ihre Mutter sie aus unendlicher Liebe oder aus bloßer Faulheit an Annemettes Familie abgegeben hatte.

»Kaffee oder etwas Stärkeres?«, fragt Annemette.

»Letzteres.«

Sie gehen zum Wohnhaus. Zwei Mädchen reiten auf einem eingezäunten Platz neben dem großen Stall, der am Waldrand steht, im Kreis. Eines der Pferde bleibt jäh stehen, und das Mädchen fliegt nach vorn über seinen Hals. Es landet im Matsch. »Fick dich, Schneewittchen«, schreit es dem Pferd nach, das es gelassen nimmt und ohne einen Blick zurück davontrabt.

»He, sprich anständig mit dem Pferd«, ruft Annemette barsch.

Helle beobachtet das Tier, das eigenwillig am Zaun entlangschreitet. »Schneewittchen? Es muss so alt wie Michelle sein.«

Im großen Eingangsbereich riecht es angenehm vertraut. Das Dekor besteht überwiegend aus Zeug, das mit Pferden zu tun hat, einer Unmenge an Pokalen, Medaillen und Wettkampfschleifen. Sie ziehen ihre Stiefel aus und gehen durch den langen angrenzenden Flur. An der Wand hängt ein gewebter Teppich mit zwei Pferden, die im Mondschein laufen, während ihnen das Wasser um die Beine schlägt.

Die Treppe zum ersten Stock ist mit einem Lift ausgestattet. Annemettes Tochter Alma wurde mit Zerebralparese geboren. Die Ärzte führten das auf einen möglichen Sauerstoffmangel bei der Geburt zurück, wohingegen Annemette schon immer ihren unbehandelten Herpes während der Schwangerschaft im Verdacht hat, die Behinderung hervorgerufen zu haben. Alma hat keinerlei kognitive Schwierigkeiten, sie ist begabt und besitzt den trockenen Humor ihrer Mutter. Im Alter von acht Jahren verlor sie jedoch ihr Gehvermögen und bekam einen elektrischen Rollstuhl. Annemette hat die Behinderung ihrer Tochter nie als Problem betrachtet. Vom ersten Moment an. Es ist einfach so. Almas Vater Johnny dagegen verschwand damals für zwei Tage, als sie die Diagnose bekamen, angeblich zu einer hemmungslosen Sauforgie. Die Hauptsache ist aber, dass er, seitdem er um einen Schneidezahn ärmer auf den Hof zurückgekehrt ist, all seine Energie darauf richtet, seine Tochter zu lieben und zu unterstützen.

Jetzt geht Alma, wie viele ihres Alters, für die Dauer der zehnten Klasse auf ein Internat, und das Haus wirkt verdammt leer mit seinen unbenutzten Alurutschen und Rampen. Manchmal nimmt Johnny in einem Anflug aus Wehmut den Treppenlift.

Helle und Annemette gehen in die Küche. Eine französische Landküche, wenn man die Fotos an der Wand ignoriert. Dort hängt ein einziges Familienfoto von Alma, Annemette und Johnny, ansonsten ist sie gepflastert mit Porträtbildern von Pferden. Allesamt Pferde, die Annemette geritten oder gezüchtet hat. Siebenunddreißig insgesamt. Annemette empfindet eine reine, hingebungsvolle Liebe für jeden, den sie in ihr Leben lässt.

Helle setzt sich auf ihren Stammplatz auf der großen Eckbank.

Annemette öffnet zwei Dosen Pils, schweigend trinken sie den ersten Schluck. »So, jetzt erzähl, wieso du aussiehst wie ein Alien.«

Ohne ein einziges Mal innezuhalten, berichtet Helle von den letzten beiden Katastrophentagen. Vom Himmelsschiff, von Michelle, dem Jobcenter, Guffe. Aus irgendeinem Grund überspringt sie die Wende, die die Ereignisse im Krankenhaus genommen haben.

»Ich hatte keine Ahnung, dass du im Fernsehen warst. Wir streamen ja nur«, sagt Annemette. Sie ist nicht unbeeindruckt.

Helle räuspert sich.

Annemette hilft ihr, die Widrigkeiten als überwindbare Steine auf einem Weg zu betrachten, der langsam, aber sicher zum Licht führt. »Echt scheiße das mit Michelle, Süße. Wenn ich dir nur Geld leihen könnte, würde ich das sofort tun, aber wir kommen selbst gerade so über die Runden.«

Helle schüttelt den Kopf. »Ich schulde dir eh schon genug, du darfst mir nicht noch mehr anbieten.«

»Wir schaffen das schon, Maus«, sagt Annemette und schreibt eine Liste mit Aufgaben, die Helle morgen erledigen soll. Selbst die banalsten Kleinigkeiten listet sie auf, damit Helle beispielsweise einen Haken hinter »duschen« setzen kann und auf diese Weise schon mal das Gefühl hat, etwas erreicht zu haben. Dann rückt Annemette die Dinge in die richtige Perspektive: Helle hat keine spastisch gelähmte Tochter und keinen Mann, der sich einen Fehltritt geleistet hat. Sie braucht bloß zurück zum Jobcenter zu gehen und mit ihrem Sachbearbeiter zu sprechen, ohne dabei die Beherrschung zu verlieren. Wenn sie dann noch zügig einen Mieter findet, wird sich der Rest schon fügen. Aus diesem Blickwinkel betrachtet, scheint alles gar nicht mehr so hoffnungslos.

Helle dreht den Metallverschluss von ihrer leeren Bierdose ab und lässt ihn durch die Öffnung hineinfallen. Im ersten Stock geht eine Tür. Es ist Annemettes Mann Johnny, der aus seinem Zimmer kommt. Sie hören den Motor des Treppenlifts.

»Schatz, wir haben Besuch. Du kannst dir überlegen, ob du Helle wirklich mit feuchten Augen begrüßen möchtest.«

Der Lift verstummt, Schritte auf der Treppe.

Johnny betritt die Küche. Er muss den Kopf einziehen, um nicht gegen den Türrahmen zu stoßen. Johnny ist unglaublich groß und breit. Man könnte ihn für einen Holzfäller oder einen Rocker halten, je nach Angstlevel.

Tattoos ringen auf den muskulösen Oberarmen um Aufmerksamkeit, und eine einzelne Wikingerrune rankt sich am Hals hinauf. Johnny beugt sich über den Tisch und umarmt Helle. Die Tischplatte gibt nach. »Hi, meine Hübsche«, sagt er.

»Wie läuft's mit den Bekloppten im Internet?«, erkundigt sich Helle.

Johnny seufzt und nimmt einen halben Liter Cola Zero aus dem Kühlschrank. Er gibt Annemette einen Kuss auf die Stirn und setzt sich. »Online-Poker ist nicht mehr, was es mal war. Zu viele wollen inzwischen mitmischen, und die Amateure verlieren weniger als früher.«

Annemette streichelt ihm über den Nacken.

»Aber ich hab ein paar neue Dinger am Laufen.«

»O nein, Johnny.« Helle atmet hörbar aus.

Johnny war immer schon ein Computergenie. Als er und Annemette in der Oberstufe zusammenkamen, fertigte er mit überlegener Geschicklichkeit gefälschte Ausweise für sie an, damit sie ins *Mamas & Papas* kamen. Seine digitale Fingerfertigkeit verhalf ihm bereits damals zu einem speziellen Ruf und zu einem einträglichen Nebengeschäft.

Helle bückt sich unter den Tisch zu Johnnys Bein. An seinem Knöchel ist eine elektronische Fußfessel angebracht. »Hallo, könnt ihr mich hören?« Helle geht mit dem Mund nah an die Fessel heran und ruft hinein: »Johnny hat nichts Neues am Laufen.«

»Halt die Klappe, Helle«, sagt Johnny und zieht sein Bein weg.

Dass Johnny eine Fußfessel trägt, ist keiner kriminellen Laufbahn im eigentlichen Sinne geschuldet. Johnny hatte ganz einfach Pech, als er einem zweifelhaften Freund vom *Verein für Väter* half, einige Dokumente in einem Sorgerechtsprozess zu fälschen. Er war der Meinung, einem guten Zweck zu dienen, was den illegalen Aspekt in seinen Augen rechtfertigte. Annemette war an die Decke gegangen, als die Sache aufflog und dieser Freund einfach untertauchte, während Johnny für alles den Kopf hinhalten musste.

Johnny klopft sich auf den Schenkel, und Annemette legt ihre Füße in seinen Schoß. Sie verschwinden beinahe in Johnnys Händen, die mit geübten Bewegungen beginnen, Annemettes Fußballen zu massieren und behutsam jeden einzelnen Zeh zu kneten. Es ist das perfekte Zusammenspiel. Annemettes müde Füße, die den ganzen Tag herumrennen und den Stall ausmisten, und Johnny, der ihnen Linderung verschafft. Er richtet seine Aufmerksamkeit auf einen Knubbel an Annemettes Knöchel. »Ich betreibe jetzt eine Mine«, erklärt er.

»Hä?«, fragt Helle, »hast du Gold gefunden oder was?«

»Wo zur Hölle sollte ich hier in Dänemark Gold finden?«

»Was weiß denn ich«, brummt Helle.

»Ach hör schon auf, du Blödmann, ich wusste auch nicht, was das ist«, ruft Annemette.

Johnny leert seine Cola. »Weißt du, was Bitcoins sind?«

»Mal davon gehört«, murmelt Helle.

»Okay. Bitcoins zu minen, also zu schürfen, bedeutet, sie sicher zu machen. Ich habe mehrere Computer zusammengeschaltet und sie an den Strom aus unserer Solaranlage angeschlossen. Bitcoins müssen permanent durch Sicherheitsalgorithmen laufen.«

»Wodurch?«, fragt Annemette.

»Das sind mathematische Formeln, die diese Bitcoins verschlüsseln, damit niemand sie stehlen kann. Dieser Prozess benötigt Unmengen an Computerkraft und daher richtig viel Strom.«

Helle und Annemette lächeln abwesend. Sie verstehen nur Bahnhof.

»Der Punkt ist, wenn ich meine Computer laufen lasse, damit sie *minen*, also auf die Bitcoins aufpassen, und das Ganze mit Strom aus den Solarzellen betrieben wird, verdiene ich dreitausend Kronen am Tag, weil ich nichts für den Strom bezahlen muss.«

Helle hustet Bier aus der Nase wie ein betrunkener Teenager. »Du verarschst mich, Johnny, dreitausend Mäuse am Tag?«

»Wenn die Sonne scheint, ja.« Johnny nickt zufrieden.

Annemette schaut stolz von ihrem Mann zu Helle. »Genug, um Almas Internat zu finanzieren und diesen Reiterhof hier am Laufen zu halten.«

»Habt ihr das gehört? Es ist vollkommen legal, was Johnny macht«, ruft Helle in die Fußfessel.

»Versprichst du, dass es nicht illegal ist?«, fragt Annemette beunruhigt.

Er steht auf und blinzelt ihnen zu. »Hundertprozentig.«

Als Helle eine Stunde später vom Hof fährt, ist sie einigermaßen aufgebaut für einen Abend mit Mikael Bo. Dennoch kommen ihr während der Fahrt die Tränen. Sie denkt an Annemette und Johnny, an all das, was sie zusammen haben, trotz der vielen Herausforderungen. Wenn sie doch auch nur ein bisschen davon hätte.

»Lars, du feiges Arschloch. Du hast einfach aufgegeben«, flüstert sie.

Vorsichtig, um das Make-up nicht zu verschmieren, wischt sich Helle die Augen. »Komm schon, Helle, du packst das, durch Niederlagen wird man stärker«, sagt sie zu ihrem Gesicht im Rückspiegel.

KAPITEL 8

Mikael Bo

19.25

Der Chef kommt 10 Minuten später. Warte auf dem Parkplatz auf mich, dann gehen wir zusammen rein. Man kennt mich dort :-)

Helle hat ihren Corsa vor dem *Flamme* geparkt und den Motor abgeschaltet. Prüfend mustert sie sich im Rückspiegel. Sie sieht aus, als hätte sie versucht, ihre Gesichtszüge zu übermalen. Sogar Schmuck hat sie angelegt, es ist mehrere Jahre her, dass er zum letzten Mal an der frischen Luft war. Michelle fand, mit all den Ringen an den Fingern sähe sie aus wie eine Möchtegern-Rockmutti, aber Helle liebt diesen Look.

Als sie aus dem Auto steigt, biegt Mikael Bo gerade mit elegantem Schwung auf den Parkplatz ein. Man könnte meinen, er sei der Inbegriff von schwungvoll. Nach einem solchen Rechtsbogen kann man lange suchen. Er schlägt die Autotür zu und zieht ein einziges Mal seine Jeans hoch. Er trägt sein Gucci-Schlüsselband um den Hals und ein T-Shirt mit U-Boot-Ausschnitt, das Schlüsselbein und Brusthaar sehen lässt. Helle vermutet, dass er den U-Boot-Ausschnitt benutzt, um die Aufmerksamkeit von seinen Oberschenkeln abzulenken. Sie sind gewaltig im Vergleich zum restlichen Körper.

»Helle Belle, du hast dich hübsch aufgebrezelt. Ich hab uns einen Fensterplatz besorgt.«

Helle schaut in das halbleere Restaurant. Sämtliche Fenstertische sind frei, wahrscheinlich zieht es.

Mikael Bo legt den Arm um sie und gibt ihr einen Kuss. Helle kneift die Lippen zusammen, damit er ihr die Zunge nicht in den Mund schieben kann, fürs Rumknutschen muss sie sich erst aufwärmen. Jetzt können sie ins Restaurant gehen. Kurz vor dem Eingang bleibt Mikael Bo hinter ihr stehen und schlägt die Hacken zusammen, dann drückt er die Tür auf und schiebt Helle hinein.

»Ladies first«, sagt er und unterstreicht seine Aufforderung mit einem Klaps auf ihren Hintern.

Auf dem Weg zum Tisch reckt Mikael Bo die Hand in die Luft, um einen Kellner herzuwinken.

»Geh ruhig schon zum Buffet, dann bleibe ich am Tisch und bestelle ein gutes Fläschchen.«

»Wäre es nicht netter, zusammen zu gehen, damit wir

auch zusammen essen können?«, fragt Helle und macht Anstalten, sich zu setzen.

Michael Bo zuckt die Achseln. »Einer muss ja auf unsere Sachen aufpassen.«

Helle schaut sich um. Die beiden Familien an den Nachbartischen machen eigentlich nicht den Eindruck, als würden sie sich mit Taschendiebstählen über Wasser halten. Mikael Bo hält immer noch nach einem Kellner Ausschau.

»Die Schüsseln wurden gerade aufgefüllt«, sagt er.

Helle zögert.

»Schön, dann bleibst du hier und bestellst den Wein, während ich mir eine Ladung hole.« Mikael Bo rückt einen Stuhl für Helle zurecht und geht zum Buffet.

Helle setzt sich und schaut durchs Fenster auf den Parkplatz vor dem Flamme. Er ist immer gut gefüllt, da Fitness World gleich nebenan ist und die Sportler anscheinend das Auto nehmen.

Mikael Bo kehrt mit einem turmhoch beladenen Teller zurück. Er fängt an zu futtern, Helle steht auf.

Das Fleischbuffet bietet alles von Spareribs über Nuggets bis zu Entrecôte. Helle wagt gar nicht daran zu denken, was für ein Leben die Kühe hatten, die heute Abend hier auf den Platten liegen. Der Anblick lässt ihr den Appetit vergehen. Sie schaut auf die Farbe des Fleisches, die Marmorierung. Wetten, der Dreck hat eine Runde Sous-vide hinter sich, ein langsames Garen im Wasserbad, das bei niedriger Temperatur selbst die billigsten Fleischstücke weich kriegt, damit sie nach einem kurzen Abstecher in der Pfanne in gaumenfreundlichen Streifen auseinanderfallen und sich auf diese Weise für Premiumqualität ausgeben.

Helle nimmt sich drei Chicken Wings in Barbecuesoße. Das Buffet im Flamme ist vor allen Dingen groß. Das ist der ganze Zauber von Buffets. Man wird von ihrem schieren Volumen überwältigt und dazu gebracht, begeistert in die Hände zu klatschen und auszurufen, dass es ja richtig appetitlich aussähe. Etwas, das Helle an den Applaus im Flugzeug nach der Landung erinnert. Die meisten Passagiere rechnen damit zu landen. Sie erwarten es sogar. Dementsprechend ist es schön und gut, wenn der Pilot sie wieder heil auf die Erde bringt, aber das war's dann auch. Der Applaus ist unnötig. Genauso verhält es sich mit der übertriebenen Begeisterung am Buffet. Hinzu kommt dann noch der wenig schmeichelhafte Impuls, der uns übermannt, wenn wir wissen, dass wir so viel nehmen dürfen, wie wir wollen, ohne mehr dafür bezahlen zu müssen.

Helle wendet sich von den Fleischschüsseln ab, und eine fette Frau übernimmt ihren Platz, um ihre Fleischpyramide in Rotweinsauce zu ertränken. Die Salatbar besteht aus einer endlosen Doppelreihe schwarzer Bottiche. Helle nimmt sich ein paar Tomaten mit etwas Feta und geht zum Tisch zurück.

Helle hat vor, heute Abend mit Mikael Bo zu schlafen,

und Helle hat vor, Mikael Bo um einen Kredit zu bitten. Die Kombination dieser beiden Dinge ist nicht notwendigerweise unmoralisch, hat aber das Potenzial, es zu werden, denkt sie. Sie hat überlegt, ob die Kaution eines eventuellen Mieters ausreichen könnte, um die Gerichtsvollzieherin auf Abstand zu halten, aber das ist zu unsicher. Und die Vorstellung, auf die Straße gesetzt zu werden, ist unerträglich.

Mikael Bo hat seinen Teller zur Seite geschoben, es liegen nur noch einige abgenagte Knochen darauf, die er an den Rand geschoben hat. Helle setzt sich, Mikael Bo steht auf.

»Mikael, ich müsste mir einen kleineren Betrag von dir leihen«, beginnt Helle.

»Lass uns erst mal das Essen genießen, Helle«, antwortet Mikael Bo, zieht seine Hose hoch und geht zum Buffet.

Helle nippt an ihrem Wein, einem Chianti mit Bast drum herum. Sie hält nach Mikael Bo Ausschau, er plaudert mit jemandem am Buffet. Helle wartet, knabbert aber schon mal ein bisschen an einem Chicken Wing. Mikael Bo lacht laut, haut seinem Gesprächspartner auf die Schulter und hinterlässt einen rötlich gelben, honigglasierten Fingerabdruck auf dessen schicken Hemd. Dann balanciert er seine Fleischplatte zurück zum Tisch. Er setzt sich und hebt sein Glas weit über Kopfhöhe.

»Das Maklerbüro hat endlich den Verkäufer des Ladens in der Kindhestegade weichgeklopft. Wenn er keinen Rückzieher macht, liegt morgen früh ein unterschriebener Kaufvertrag auf meinem Schreibtisch. Und dann werde ich zum dritten Mal Vater eines Restaurants.«

Helle wiegt den Kopf. »Vater. Witzige Metapher.«

»Drei Restaurants zu führen ist kein Kinderspiel«, schmatzt der Vater und leert sein Glas.

Helle kaut und schluckt. »Ich weiß, wie hart du arbeitest. Toll, dass es geklappt hat. Glückwunsch.«

»Danke, Zuckermaus.« Mikael Bo hat den Blick auf sein Handy gerichtet, während er Helle antwortet. Es hatte eigentlich keinen Mucks von sich gegeben.

»Mikael, kannst du mir dreitausend Kronen leihen?«, fragt Helle leise.

Er schaut sie an. Als sie sich zum ersten Mal Geld von ihm geliehen hatte, war er richtig lieb zu ihr gewesen, schien sich beinahe darüber zu freuen, dass sie etwas brauchte, was er ihr geben konnte. Jetzt ist sein Blick hart. »Natürlich, Helle«, antwortet er. Er tippt kurz etwas auf dem Handy und überweist ihr das Geld direkt. In Helles Tasche vibriert es.

»Danke, ich bin dir wirklich sehr dankbar. Du kriegst es so schnell wie möglich zurück.« Helle lächelt erleichtert.

Mikael Bo wirkt unkonzentriert. »Null problemo, ich schreibe es einfach auf die Liste.«

»Die Liste?«

»Ich muss einen Überblick über meine Außenstände

behalten. Ich glaube, mit den drei Scheinchen von eben schuldest du mir jetzt etwas über vierzigtausend.«

Sie weiß, dass er recht hat, dennoch ist sie wütend. Vor allem auf sich selbst. »Darfst du die eigentlich Restaurants nennen? Ist es nicht eher eine Sandwich-Kette?«

Mikael Bo hat seinen Teller leer gegessen, er steht auf und bleibt für einen Moment neben Helle stehen, die die letzten Reste ihres Chicken Wings vom Knochen nagt. »Ich weiß, dass es zurzeit schlecht für dich läuft, Helle. Aber nur weil dein eigenes Leben beschissen ist, brauchst du anderen ihren Erfolg nicht zu missgönnen.« Mikael Bo wartet ihre Antwort nicht ab, sondern geht zum Buffet.

Sie muss sich jetzt zusammenreißen. Natürlich ist er im Unrecht, aber er war trotz allem für sie da, als sie damals ihren Job in der Metzgerei verlor. Auch wenn sie eigentlich nur in den Momenten eine Beziehung haben, wenn Mikael Bo sich bei ihr meldet, hat er sie nie im Stich gelassen, und er hat ihr immer finanziell unter die Arme gegriffen. Zum Beispiel, als Helle vom jährlichen Versicherungsbeitrag überrascht wurde. Da zögerte er keine Sekunde. Mikael Bo hat gute Seiten, er zieht den Schwanz nicht ein, wenn es brennt. Hier zu sitzen und ihm sein Glück zu vermiesen ist bestimmt nicht, was Helle will.

Mikael Bo kommt mit einem Teller an den Tisch zurück, ausschließlich beladen mit Fleisch.

»Tut mir leid«, sagt Helle.

»Schon vergessen.«

Sie essen und schauen aus dem Fenster. Mikael Bo kaut und kaut. Helle kann nicht sagen, ob es an der Qualität des Fleisches liegt, dass sich jeder Bissen so schwer schlucken lässt. Auf jeden Fall mahlen Mikael Bos Zähne einige sehr lange Sekunden. Helle steht ruckartig auf und geht zum Buffet. Als sie mit einem Stück Kuchen und einer Scheibe Honigmelone zurückkommt, ist Mikael Bo bereits zur Theke gegangen, um zu bezahlen.

Helle schickt die dreitausend Kronen an Michelle weiter. *Tut mir leid, den Rest kriegst du so schnell wie möglich. Hab dich lieb, Mama.* Dann wickelt sie den Kuchen in eine Serviette und steckt ihn in ihre Tasche. Jetzt können sie heimgehen und vögeln. Es ist eine Vorhersehbarkeit, die Helle das Gefühl gibt, eine enge Beziehung zu einem Mann zu haben.

»Macht's gut, sonst müsst ihr's zweimal machen«, sagt Mikael Bo zur Bedienung hinter der Theke und schmeißt einen Zwanziger auf den Tresen. Er bekommt keine Antwort.

Helle liegt im Bett und wartet. Sie ist nackt unter der Decke. Mikael Bo ist ins Bad gegangen. Er legt großen Wert auf Reinlichkeit. Sie hört das Wasser im Waschbecken plätschern und weiß, dass er sich zum Abschluss Issey Miyake auf die Eier sprühen wird.

Helle zieht die Decke zur Seite und positioniert sich als halbe Meerjungfrau mit leicht angewinkelten Beinen. Ihr Haar hat sie fächerförmig auf dem Kopfkissen ausgebreitet.

Das gedämpfte Licht bringt Helles Körper zur Geltung. Ihr flacher Bauch ist definiert, aber dennoch weich. Sie hat schlanke Beine und noch immer straffe Brüste mit hoch sitzenden Nippeln. Eine gute Basis für einen neununddreißigjährigen Körper. Vor ein paar Tagen hat Helle im Spiegel zwei Fältchen über dem Knie entdeckt. So ist es eben mit dem Fleisch, es löst sich und strebt zur Erde. Was soll man machen.

Mikael Bo kommt in Boxershorts von Everlast aus dem Badezimmer. Die Shorts haben einen sehr breiten Gummibund. Er zieht sie aus, faltet sie zusammen und legt sie auf einen Stuhl. Mikael Bo hat in jungen Jahren viel trainiert und dann aufgehört. Er hat immer noch breite Schultern und einen großen Brustkorb, aber der Fettanteil ist ein anderer. Er krabbelt auf Helle und beginnt, kleine, zarte Küsse auf ihrem Körper zu verteilen. Erst einen aufs Knie, dann auf den Bauch, dann auf den Knöchel und anschließend auf die Stirn. Es hat etwas von einer sportlichen Übung, und sein Atem wird schwer. Helle dreht sich auf den Rücken und spreizt leicht die Beine. Seine Finger verstehen den Wink und streicheln sanft die Innenseite ihrer Oberschenkel. Es fühlt sich schön an, aber dann verschwinden die Finger und begeben sich, wie die Küsse, auf eine Rundreise. Helle fasst ihn am Nacken, um ihn in einen Kuss zu ziehen. Er streckt die Zunge heraus und leckt ihr über die Nase. Helle kräuselt sie, was ihn glücklicherweise zum Aufhören bewegt. Sie versucht, Mikael Bos Hand zu ihrem Schoß zu führen. Er liebkost sie am Hals, fährt mit federzarten Fingern über ihre Haut. Jetzt folgt eine Serie intensiver Achten, noch immer nur mit den Fingerspitzen. Helle will gerne weiterkommen. Sie umschließt ihn, er ist überraschend hart. Mikael Bo schiebt ihre Hand weg, versteht die Botschaft aber immerhin soweit, dass er beginnt, mit einer Hand den Kopf, der aus dem Rollkragen schaut, gegen ihr Fleisch zu klatschen. Dann steckt er ihn ein paar Zentimeter hinein und zieht ihn wieder heraus.

»Moment, kleiner Rülpser im Anmarsch«, brummt Mikael Bo.

Nicht das Sexspiel, aber irgendetwas erregt Helle. Ihre Gedanken tanzen in merkwürdigen Bildern. Ihr Fleisch, die scharfe Messerklinge, die mühelos durch Haut schneidet, Stefan und seine Hand, die das Messer führt. Eine schöne Hand. Helles Körper beginnt zu zittern. Mikael Bo gleitet weiter rein und raus. Helle versucht es mit Zusammenkneifen. Sie hebt ihr Becken an. Mikael Bo stöhnt laut und schwer, während seine Bewegungen sanft und halbgar bleiben. Er war immer schon ein behutsamer Liebhaber, aber heute Abend schwingt er sich zu neuen hauchzarten Höhen auf.

Helles Körper hat eine Eingebung. Sie weiß nicht, woher sie kommt. Ihr Körper tut es einfach. Sie packt Mikael Bos Hüfte mit festem Griff und dreht ihn mit Schwung auf den Rücken, so dass sie selbst nun oben ist. Er liegt wie ein Seestern auf der Matratze und reißt erschrocken die Augen auf. »Immer langsam, Belle«, schnauft er.

Aber Helle schwingt ihr gestrecktes Bein über seinen Kopf und hockt sich mit dem Rücken zu seinem Gesicht auf ihn. Aus einer Position, die man als Waldscheißerposition beschreiben könnte, lässt sie sich an ihm hinabgleiten, bis er ganz drin ist. Mikael Bo keucht, fast ist es ein ergebenes Brüllen, und ihre Körper vereinen sich in einem langen Zucken. Helle stützt sich mit den Händen auf der Matratze ab und fängt an, sich auf und ab zu bewegen. Arhythmisch, unvorhersehbar in Bezug auf Stärke und Tempo, aber er ist die ganze Zeit tief drinnen. Mikael Bos Hände krallen sich in ihre Pobacken, endlich packt er zu. »Scheiße, Helle«, wimmert er.

»Schhh«, macht Helle.

Ihre Körper verschmelzen, sie beginnen zu verstehen, und Helle stößt einen Schrei aus. Es ist lange her, dass sie hier war. Mikael Bo ist nah dran. Gleich lässt er los und kommt. Helle führt ihre Hände zu seinen Hinterbacken, dort verharren sie einen Augenblick, dann jagt sie ihm den Zeigefinger ins Poloch. Hatten sie so noch nicht. Sein erlösendes Brüllen verwandelt sich mitten im Laut in ein Heulen. Für den Bruchteil einer Sekunde ist Helle zurück in der Metzgerei, genau für den Moment, wo das Schwein mit einem Messer von Ohr zu Ohr aufgeschlitzt wird. So *dem Ende nah* klingt Mikael Bos Schrei. Er stößt Helle von sich herunter und springt auf. Mit heruntertropfendem Sperma, aber auch einer rasant abnehmenden Erektion, steht er neben dem Bett.

Helle setzt sich gelassen auf die Knie und schaut ihn an.

»Scheiße, was soll das? Was ist denn bei dir verkehrt?«

»Gar nichts, glaube ich, ich hatte einfach Lust ...«

Mikael Bo unterbricht sie. »Du hast mir verdammt noch mal nichts in den Arsch zu stecken, das ist ja krank.«

»Es war nur mein Finger, schließlich ist das Poloch eine erogene Zone.«

»Ich weiß nicht, was heute mit dir los ist. Da lädt man dich ein, und du hockst schmollend mit ein paar Salatblättern und einem Stück Hühnchen im Restaurant, und der einzige Moment, wo du anwesend wirkst, ist, als ich dir Geld leihe. Und jetzt so eine Nummer. Meine Fresse, Helle, ich benutze dieses Loch zum Kacken.«

Helle legt sich auf den Rücken, zieht sich die Decke über den Bauch und verschränkt die Hände im Nacken. Dieses Gespräch wird nicht gut enden.

»Es tut mir leid. Ich werde es nicht mehr tun, wenn du es eklig findest. Aber es ist echt nichts Ungewöhnliches.«

Mikael Bo hüpft auf einem Bein herum, während er versucht, in seine Boxershorts zu kommen. *Smack*, macht es, als sie oben sind und das Gummi gegen seinen Bauch klatscht.

»Ich lasse mich von dir nicht als verklemmt hinstellen, nur weil du einen an der Waffel hast. Dieser Scheiß ist nicht normal.« Mikael Bo zieht seine restliche Kleidung an. Die Aussicht, heute Nacht aller Wahrscheinlichkeit nach allein schlafen zu können, hat etwas Befreiendes. Jetzt muss die Zeit dafür sorgen, dass er sich wieder einkriegt. Darauf hat Helle keinen Einfluss.

»Wir schreiben, ja?«, fragt sie besänftigend, als Mikael Bo fertig angezogen ist und sich das Schlüsselband um den Hals hängt.

»Bis dann«, erwidert er. Er sieht aus, als wolle er noch etwas hinzufügen, geht dann aber ohne ein weiteres Wort. Helle blickt ihm durchs Fenster nach. Er zieht seine Hose nicht hoch, bevor er ins Auto steigt.

Das Bettzeug riecht nach Issey Miyake. Helle liegt reglos da und schaut an die Decke. Ein brodelndes Gefühl formt sich weit unten im Magen, es nimmt Anlauf über das Zwerchfell und bricht in einem langen, befreienden Lachkrampf heraus. Als sie sich wieder beruhigt hat, zieht Helle Slip und T-Shirt an und legt sich mit dem Handy zurück ins Bett. Sie hat elf verpasste Anrufe und sieben Textnachrichten von unbekannten Nummern. Fünf davon stammen von Miroslaw. Die erste lautet: *You sound like nice woman, I can come live with you.*

Die letzte: *Why no answer? What is your moral, woman??*

Helle schickt PonyPoPcorn ein geistiges Dankeschön und scrollt weiter. Auch Pavel und Adamk haben noch mal geschrieben, beide in freundlichem Ton. Der eine sehr formell mit der Formel *I look forward to hearing from you*, der andere persönlicher: *I am sure you have lovely home. I am easy, never home.*

Helle vereinbart mit Pavel und Adamk, dass sie vorbeikommen und sich das Zimmer ansehen. Sie kann ihnen eine Tasse Tee und etwas geschnittenes Obst anbieten. Nach der Misere mit Guffe muss sie Ordnung in ihrem Leben schaffen. Sie darf sich nicht dauernd mit anderen Leuten in die Haare kriegen. Sie geht ins Bad, wo sie sich Mikael Bos Geruch von den Händen wäscht und einen Ring nach dem anderen abnimmt. Einer fehlt. Der Ring vom Zeigefinger.

KAPITEL 9

Helle legt einen Zahn zu, der Wind beißt, der Zug hatte etwas Verspätung, und sie ist fest entschlossen, vor 7.20 Uhr, wenn Guffe seine Runde macht, im Krankenhaus zu sein. Sie ist ausgeruht, hat wie ein Stein geschlafen.

Neben der Schokolade für Guffe hat sie auch den weißen Kittel sorgfältig in die Tüte gepackt. Er ist gebügelt und gefaltet, das Namensschildchen hat sie in einen Gefrierbeutel gesteckt. Sich bei Guffe zu entschuldigen ist das einzig Richtige. Vielleicht lässt ihn die Schokolade die spontane Ohrfeige vergessen oder hält ihn zumindest davon ab, eine große Sache daraus zu machen. Anschließend muss sie nur noch den Kittel zurückbringen.

Voller Bewunderung schaut sie auf den neugebauten gläsernen Eingangsbereich des Nykøbing-Falster-Krankenhauses. Es herrscht eine völlig andere Atmosphäre als beim letzten Mal. Die Türen gleiten ein paar Mal auf und zu, ein dürrer Mann mit Sauerstoffgerät und Schläuchen in der Nase kommt in Unterhose und offenem Bademantel heraus. Er zündet sich eine Zigarette an, aber ansonsten tut sich nicht viel. Helle geht nach unten zu Guffes Büro. Die Leuchtstoffröhre flackert zur Begrüßung. Sie klopft an, keine Antwort. Sie drückt die Türklinke herunter, es ist abgeschlossen. Erleichtert stellt sie die Schokolade vor der Tür auf den Boden. Gut, dass sie die Karte geschrieben hat.

Lieber Jan Guffe,
ich hoffe, Sie nehmen meine Entschuldigung und diese »Luxus-Packung« an. Mir ist klar, dass mein Ausrutscher damit nicht wiedergutzumachen ist.

Beste Grüße
Helle Janning

P. S. Quittung liegt bei, damit Sie die Schokolade umtauschen können, falls Sie allergisch sind.

Helle läuft den langen Gang zurück. Sie will die Tür zum Raucherbereich und den Drahtgitterwagen öffnen, aber auch die ist verschlossen. Ihr bleibt also nichts anderes übrig, als den Kittel irgendwo auf einer Station zu deponieren. Sie nimmt die Tür, die zu den Aufzügen bei der Notaufnahme führt. Ein Krankentransporteur ist gerade mit einem Patienten auf dem Weg in den Fahrstuhl.

»Mit hoch?«, fragt er.

Helle schüttelt den Kopf. »Nein danke.«

Es ist kurz vor halb acht, und Helle stiehlt sich weiter. Mehrere der Flure und Schilder erkennt sie vom letzten Mal wieder. Sie geht zur Viszeralchirurgie. Erst weiß sie nicht, warum, aber dann wird ihr klar, dass sie auf der Suche nach Gerda ist.

Ein Arzt kommt ihr entgegen. Allein schon das Haar gibt ihn als Oberarzt zu erkennen. Graumeliert mit Föhnwelle. Er trägt ein grünes T-Shirt unter dem weißen Kittel. Der Kittel hat drei Taschen. In einer ist ein Stethoskop, in der anderen ein Notizbuch und ein Kugelschreiber, und die dritte sieht aus, als stecke ein Handy darin. Dieselbe Art von Namensschildchen, wie Helle es im Beutel hat. Weiße Hose und Clogs. Der Arzt bleibt vor einer verschlossenen Tür stehen. Er hält sein Schildchen gegen eine kleine Platte an der Wand. Die Tür summt, und er betritt einen geschlossenen Bereich. Er bemerkt Helle nicht, die ihm folgt.

Bei einigen der Zimmer stehen die Türen offen, bei anderen sind sie geschlossen. Helle steckt den Kopf in ein Zimmer nach dem anderen. Vor Nummer 14 erkennt sie Gerdas Stimme. Die Tür steht offen. Das Kopfteil des Bettes ist auf Sitzposition gestellt, und Gerda schaut aus dem Fenster. Sie hält sich ein Handy ans Ohr. Am Fenster steht der Stock, der in ihrem Bauch gesteckt hat.

»Es muss die *Haus & Garten* sein, Alfred, und die *Zuhause*, aber achte darauf, dass das Kreuzworträtsel noch nicht gelöst ist. Und meine Lesebrille.«

Helle bleibt in der Tür stehen. Vielleicht ist das Gespräch beendet.

»Dann benutz gefälligst den alten Stock, du Dumpftröte. Ich liege hier mit aufgeschnittenem Bauch, nur wegen dieses dämlichen Stocks, da habe ich keine Lust, mir dein Gejammer anzuhören. Herrje, nicht mal einen Furz kannst du alleine lassen.« Gerda knallt das Handy auf das Rolltischchen, als wäre es der Hörer eines Schnurtelefons. Helle steht immer noch unschlüssig in der Tür, da dreht Gerda sich um. »Frau Doktor!«

Helle schaut hinter sich, es ist niemand zu sehen.

»Der Beutel ist undicht, da am Schlauch tropft etwas Flüssigkeit raus. Könnten Sie nicht ein kleines Pflaster draufkleben?«, fragt Gerda und zeigt auf den Beutel, der am Tropf hängt. »Und vielleicht geben Sie noch einen Spritzer Morphium dazu«, ergänzt sie mit einem Zwinkern. Ein schmerzhaftes Stechen lässt sie zusammenfahren, und sie hält sich den Bauch. Helle tritt ans Bett.

»Das wird schon wieder. Haben Sie ein wenig Geduld.«

Aus der Beutelnaht sickert ein dünnes Rinnsal. Helle schnippt mit dem Finger dagegen, was die Undichte noch verstärkt.

»Sie brauchen einen neuen Beutel, sonst könnten Bakterien ins Blut geraten«, erklärt Helle prompt. Das hat sie etliche Male in *Grey's Anatomy* gesehen.

»So ein verfluchtes Theater.« Gerda sieht müde aus. »Ich habe Rüben schon immer gehasst, und da fährt diese Mistkarre doch tatsächlich in unseren Bus!« Gerdas Haut hat einen gelblichen Farbton.

»Ich hole eine Krankenschwester«, sagt Helle und legt eine Hand auf Gerdas Decke am Fußende.

»Kommen Sie wieder?«, fragt Gerda.

Helle lächelt und nickt, bevor sie geht. Sie kommt an einer Glasscheibe vorbei, hinter der zwei Krankenschwestern sitzen. Sie machen einen beschäftigten Eindruck.

»Ich habe gerade nach Gerda geschaut, Zimmer 14. Ich wollte Bescheid sagen, dass ihr Tropf undicht ist.«

Die eine Schwester schaut Helle über ihre Brillengläser hinweg an. »Okay, wir kümmern uns drum.«

Helle wendet sich zum Gehen.

»Waren Sie allein auf Visite?«, fragt die Schwester.

Helle läuft es kalt den Rücken herunter. »Ja«, antwortet sie aus irgendeinem Grund und eilt weiter, ohne sich umzusehen. Sie geht an den Zimmern vorbei, an den Aufzügen und der Notaufnahme. Da vorn ist der Ausgang. O nein! Die Tüte. Der Kittel. Helle bleibt stehen. Ihr Puls rast. Sie beschließt, die Tüte auf der Bank neben dem Infoschalter abzulegen.

Eine Hand legt sich auf ihre Schulter. Helles Herz setzt einen Schlag aus. Die Zeit dehnt sich.

»Natalia.« Stefan schaut Helle an. Helle schaut Stefan an. »Noch keine Zeit zum Umziehen gehabt? Das können Sie nach der Frühbesprechung machen. Es geht jetzt los. Sind Sie in der Einführungswoche?«

»Ja. Der Zug war etwas spät«, gelingt es Helle hervorzupressen.

Stefan bedeutet ihr, ihm zu folgen, auf dem Weg grüßt er ein paar Kollegen und spricht ein wenig mit ihr. Zum Glück nichts, was eine Antwort erfordert.

Sie betreten den Konferenzraum, in dem lauter Kittelmenschen um einen langen Tisch sitzen. Ein junger Mann ergreift das Wort.

»Hier bei uns sind immer die Assistenzärzte für die Übergabe zuständig. Bei Bedarf springt dann der Oberarzt ein«, erklärt Stefan Helle im Flüsterton.

Der junge Assistenzarzt wirkt routiniert und vermittelt den Zuhörenden einen schnellen Überblick über die sich derzeit in Behandlung befindenden Patienten und die durchgeführten Operationen. Danach übernimmt ein älterer Arzt: »Die letzten Nachwirkungen des Seniorenbusses haben wir nun im Griff. Ich möchte mich bei Ihnen allen für Ihren außerordentlichen Einsatz bedanken. Ein besonderes Lob gilt unseren Neuen, die selbst in dieser Extremsituation einen kühlen Kopf bewahrt haben.« Er schaut direkt zu Helle und einem jungen Mann. Die übrigen nicken zustimmend. Anschließend geht er die Aufgaben jedes Einzelnen sowie die für heute geplanten Operationen durch.

»OP 7 ist von 8 bis 15 Uhr belegt, und OP 12 von 8 bis 18 Uhr, hier werden sieben Eingriffe durchgeführt.«

Es ist nicht schwer, den Sinn des Gesagten zu verstehen. Es ist eher die Informationsflut, die überwältigend auf Helle wirkt. Stefan tippt ihr an die Schulter. »Melden Sie sich einfach beim leitenden Oberarzt, falls Sie nicht genannt wurden.«

»Okay, danke.« Helle spürt einen Stich im Bauch. Es ist Wahnsinn, was sie hier tut.

»Ach nein, es ist ja Ihre Einführungswoche, da begleiten Sie einfach nur einen Operateur. Sie können mit mir kommen.«

Helle hebt das Kinn, der hoffnungslose Blick bekommt einen Willen. »Ich begleite Sie.«

Die Leute strömen aus dem Raum.

»Ich hole mir einen Kaffee am Automaten, in der Zeit können Sie sich umziehen.«

Helle geht zu den Toiletten. Sie hat ein weißes T-Shirt drunter, dazu helle Jeans und Sneakers. Sie betrachtet sich im Spiegel. Das Licht ist gut, sie sieht völlig in Ordnung aus.

Stefan reicht ihr einen Becher schwarzen Kaffee, als sie zurückkommt. »Hm. Okay. Gab es keine Hose in Ihrer Größe?«

Helle macht ein sehr verärgertes Gesicht. »Nein, keine Hose.«

»Ich habe noch ein Ersatzpaar. Wir holen es auf dem Weg zum OP. Für heute stehen mehrere Gallenoperationen auf dem Plan, ein Nabelbruch, ein Leistenbruch, auch Hernie genannt, und eine Blinddarmentzündung. Als Erstes werden wir eine Frau mit einem Abszess im Intimbereich operieren.«

Helle macht ein angemessen fragendes Gesicht.

»Abszesse sind Eiterbeulen.« Stefan sieht Helle durchdringend an, die schnell eine wissende Miene aufsetzt.

»Klar, klar.«

Stefan fährt fort: »Wir müssen den Abszess öffnen und möglichst viel Eiter entfernen, anschließend eine Drainage einlegen und die Wunde wieder schließen.«

»Ja, danke.«

Im Waschraum ahmt Helle Stefans Bewegungen nach und prägt sie sich ein. Zwei Minuten intensives Händeeinschäumen. Die Krankenschwester steht mit einem sterilen Kittel für Stefan bereit, damit er hineinschlüpfen kann. Stefan ist sorgsam darauf bedacht, nichts zu berühren und nimmt seine Ellbogen zu Hilfe. Anschließend packt die Schwester seine Handschuhe aus, erst ein Paar grüner Innenhandschuhe, dann ein weißes für darüber. Dann wird auch Helle mit Kittel und Handschuhen eingekleidet.

Auf dem OP-Tisch liegt eine extrem übergewichtige Frau. Sie hat mindestens sechzig Kilo zu viel auf den Rippen. Wieder fällt Helle die Ähnlichkeit zwischen Schweinen und Menschen auf. Schon im allerersten Semester ihres Tiermedizinstudiums hat sie während ihres Praktikums in einem Mastbetrieb Abszesse an Schweinen drainiert und Wunden gereinigt. Die Frau wurde entlang des Höschens rasiert, so dass sie dort jetzt unbehaart ist. Es scheint eine bislang unbekannte

Frisur für sie zu sein, denn die übrige Schambehaarung wuchert wild, lang und kupferfarben. Helle sieht den Abszess unter der Haut. Eine gerötete Stelle, die an den Umriss einer großen Insel auf einer Landkarte erinnert, mit einer Erhebung von etwa drei Zentimetern Durchmesser im Zentrum. Dieses Zentrum hat eine flammend rote Farbe und einen kleinen weißlichen Kern. Helle vermutet, dass der Abszess recht tief geht, und bekommt eine Vorahnung von dem, was sie erwartet, wenn er geöffnet wird. Sie spürt eine erwartungsvolle Aufregung, die weit über das ihr bekannte Gefühl angewiderter Genugtuung geht, das sie empfindet, wenn sie ein eingewachsenes Haar befreit. Der Abszess zittert unter der Operationslampe. Helle stellt sich auf die richtige Seite von Stefan. Sie kennt die Namen sämtlicher Instrumente.

»Bereit?«, fragt Stefan und schaut sie an.

Auf Helles Gesicht legt sich ein echtes Lächeln. »Bereit.«

Die letzte Operation des Tages ist überstanden. Ein einziges Mal musste sie eine »Pinkelpause« einlegen und das Medizinerhandbuch im Internet konsultieren, um einem Eingriff folgen zu können. Davon abgesehen hat sie Stefan durchgehend assistiert.

Helle geht neben ihm. Ihre Schrittlängen passen gut zusammen, sie muss sich nicht anstrengen, entweder schneller oder langsamer zu gehen. Eigentlich weiß sie nicht, wo sie jetzt hinsoll. Sie zögert, als Stefan vor einem Büro stehen bleibt.

»Danke für heute, das lief doch alles prima. Ihr Dänisch ist schon sehr gut.«

Helle hebt die Hand zu einem Winken. »Danke, Schteefan, mein Großvater hatte ein dänische Frau.«

Sie schaut ihm einen Moment nach.

KAPITEL 10

Der Morgenurin platscht schwer und gelb in die Schüssel. Selbst das Badezimmer wirkt leer, nachdem Michelle ihre Sachen geholt hat. Helle hat merkwürdigerweise das Gefühl, dass sie, auch wenn der gestrige Tag anders lief als geplant, etwas Gutes verrichtet hat, und dieses gute Gefühl bewegt sie dazu, aufzustehen und in Gang zu kommen. Dieses Gefühl und eine volle Blase. Wäre Guffe weniger engstirnig, hätte der heutige Morgen erheblich anders aussehen können, aber das war er offensichtlich nicht. Sie geht in die Küche, wo sie sich eine Tasse Nescafé macht und ein Brötchen auf den Toaster legt. Dann öffnet sie die Tür zur Waschküche. Der weiße Kittel hängt frisch gewaschen auf einem Bügel, er ist schon fast trocken. Sie streicht ein paarmal mit den Händen darüber, die Blutflecken scheinen rausgegangen zu sein. Das Namensschildchen liegt auf dem Tisch. »Natalia Nowak«, sagt sie leise zu sich selbst. Sie spürt eindeutig das Gefühl von Eigentümerschaft. Eine Art

Rechtmäßigkeit in Bezug auf den Kittel und das Schild. Sie schüttelt den Kopf und schließt die Tür.

Helle setzt sich aufs Sofa und checkt ihr Handy. Es ist sechs Uhr früh. Immer noch kein Ton von Michelle. Sie schreibt: *Guten Morgen, Schatz, hast du das Geld bekommen?* Dann klappt sie ihren Laptop auf, geht auf Viaplay und tippt *Grey's Anatomy* in das Suchfeld. Es sind zwölf Staffeln zum Streamen verfügbar. Helle hat fast alle Folgen gesehen, als die Serie im Fernsehen lief, aber damals war sie hauptsächlich an den zwischenmenschlichen Beziehungen interessiert gewesen. Jetzt geht es um etwas anderes.

Helle lehnt sich zurück und startet die erste Folge: *Nur 48 Stunden*. Meredith Grey beginnt als Assistenzärztin am Seattle Grace und findet heraus, dass ihr One-Night-Stand der vergangenen Nacht auch ihr neuer Chef in der Neurochirurgie ist. Helle lächelt über das Wiedersehen mit dem saftigen Plot, gleichzeitig wartet sie gespannt auf die erste Szene im Operationssaal. Als es so weit ist, erkennt sie die Positionen der Ärzte und Krankenschwestern von der gestrigen OP wieder. Sie drückt Pause, um nach »Grey's Anatomy echte Operation« zu googeln, und wird darin bestätigt, dass sich die Serie bemüht, möglichst wirklichkeitsgetreu zu sein. Am Set ist eine OP-Schwester dabei, in den Operationsszenen reichen die Schauspieler dem Chirurgen echte Instrumente, und wenn die Kamera in Nahaufnahme geht, sieht man die Hände eines echten Chirurgen, der an Organen von Kühen operiert. Der Geruch sei oft so bestialisch, heißt es im Artikel, dass er Brechreiz bei der Filmcrew hervorrufe.

Helle kommt bei Folge vier an, wo die männliche Hauptperson, die von Patrick Dempsey gespielt wird (irgendwie erinnert er an Stefan ...), eine komplizierte Gehirntransplantation ausführen muss. Die Atmosphäre im OP ist angespannt, Dempsey bittet um ein Skalpell, und Helle drückt erneut auf Pause, um sich den Namen des Skalpells auf ihrem Notizblock zu notieren.

Aber irgendwie reicht ihr das noch nicht. Sie schaut noch mal auf die Ergebnisse ihrer Google-Suche zu *Grey's Anatomy*. Es gibt etliche Fanforen. Auf Reddit findet sie eines, das sich *Real-MD-Grey-Fans* nennt und sich an diejenigen richtet, die zufälligerweise auch ein zehnjähriges Medizinstudium absolviert haben – also echte Ärzte, die fernsehen.

Helle erstellt ein Profil, MD_PonyPoPcorn, und kommt sich plötzlich vor wie die Kinder in den *Chroniken von Narnia*. Sie ist durch einen magischen Schrank gegangen (= Nykøbing-F.-Krankenhaus) und hat ein phantastisches Reich betreten (= Operationssaal 7), wo unglaubliche Wesen einen Kampf auf Leben und Tod führen. Es gibt verschiedene Threads mit langen Diskussionen darüber, was richtige Ärzte bei einer Überdosis, amputierten Füßen, merkwürdigem trockenem Husten und, siehe da, bei der Entfernung einer lädierten

Milz getan hätten. Bilder aus der Serie und von tatsächlichen Operationen sind einander gegenübergestellt. Einen kurzen Moment ärgert es Helle, dass die Ärzte kostbare Zeit verschwendet und das Leben ihrer Patienten riskiert haben, um Fotos für eine Fanseite ihrer Lieblingsserie zu machen, andererseits sollte eine Metzgerin, die meint, sich als Ärztin ausgeben zu können, vielleicht besser den Ball flach halten.

Es ist zehn nach zehn, als es an der Tür klingelt. Siedend heiß fällt Helle ein, dass sie ja mit Pavel verabredet ist. Sie schaut sich im Wohnzimmer um. Es sieht passabel aus, sie hat gestern vor Mikael Bos Besuch das gröbste Chaos beseitigt.

Pavel stellt sich als kleiner, stämmiger Mann heraus. Alles an ihm hat denselben gelblichen Farbton. Die Haut, die Haare, der Mund, die Augen. Er lächelt und reicht ihr die Hand. »My name is Pavel, Madame.«

Helle schüttelt seine Hand und lässt ihn eintreten. Pavel zieht seine Schuhe aus und stellt sie auf die Fußmatte vor der Tür. Er kommt offensichtlich direkt von einer Baustelle.

»Please call me Helle.«

Pavel zögert, sich aufs Sofa zu setzen, klopft mehrmals seine dreckige Hose ab und schielt zu Helle.

»Oh, it's no problem, sit, sit«, lächelt Helle.

Sie trinken synchron einen Schluck Kaffee.

»Tell me a little about yourself.« Helle nimmt ihren

Notizblock, hauptsächlich, um ihren Händen irgendeine Beschäftigung zu geben.

»Well, ehm, yes. I work here many years. I earn money, good money, I need little room. I have wife and daughter in Police. I am 34 …«

Helle horcht auf und räuspert sich.

»Sorry, did you say your family is with the police?«

»Haha, mój Boże, nie, no no, Police is miasto, you know, city in Poland. Six hours from here, close to Germany. So I'm with family on weekend. Come back here late Sunday evening.«

Helles erleichtertes Lachen ist fast ein bisschen zu viel des Guten, aber das Gespräch fließt anschließend besser. Pavel macht einen netten Eindruck und ist noch dazu an den Wochenenden weg.

Helle zeigt ihm das Zimmer. Es ist nicht das beste des Hauses, aber Pavel scheint zufrieden. Ein paar von Michelles Sachen warten noch in Kisten verpackt darauf, abgeholt zu werden.

»I will clean it all out. You have two closets also.«

»No problem. I don't have many things.«

Sie gehen zurück ins Wohnzimmer. Pavel sieht sie erwartungsvoll an.

»And you understand it is black?«, fragt Helle im Flüsterton.

»Ähhh … I'm not black …«

»No, no, not you, the money …« Helle fuchtelt mit den Händen. »Kary.«

Pavels Miene hellt sich auf. Er zieht ein paar Scheine aus einer der siebenunddreißig Taschen, mit denen seine Arbeitshose ausgestattet ist. Selbst das Geld staubt.

»No, not now«, wehrt Helle ab. »I have one more Polish ... one more person coming to see the room«, verhaspelt sie sich, hustet und ringt nach Luft. Zum Teil wegen ihrer Formulierung, zum Teil aber auch, weil ihre Nase auf einen merkwürdigen Geruch reagiert.

»Money, I can pay upfront. I always have money on me.«

Helles Nase ist sich ihrer Sache nun ganz sicher. Sie nimmt einen durchdringenden, stechenden Geruch nach Salmiak wahr. Ihr Blick fällt auf Pavels Füße, die sich unter dem Sofatisch zusammenkrümmen und kleinmachen. Schuldige Füße. Pavel schaut weg. Helle weiß nicht, wie sie reagieren soll. So etwas kann jedem mal passieren, aber irgendetwas an diesem Geruch deutet darauf hin, dass er Pavels treuer Gefährte ist. Sie hatte ihn vorhin schon bemerkt, jedoch angenommen, es käme vom Müll, den sie längst hätte rausbringen sollen, oder von einem nahe gelegenen Güllefeld. Helle ist wirklich nicht zartbesaitet, doch dauerhaft unangenehme Gerüche machen es ihr unmöglich, an etwas anderes zu denken.

»So nice to see you, Pavel, I will let you know tomorrow.«

Sie stehen auf. Pavel macht ein trauriges Gesicht. »I am never home. I shower only one time in the week.«

Helle lächelt steif. »Oh, yes. Very nice. I will let you know.«

Vor der Tür schlüpft Pavel halb in seine Schuhe und eilt davon, ohne sie zuzubinden.

Helle versucht, zu ihrem Tag zurückzukehren. Die Salmiakfüße sind ein dickes Minus, aber der andere Kandidat, Adamk, hat abgesagt, und sie hat eigentlich nicht die Zeit, erneut zu annoncieren. So viel Gewicht sollte man einem Paar Füße auch nicht geben. Außerdem gibt es Fußspray.

Helle steht unschlüssig im Wohnzimmer. Sie wirft einen Blick auf die Uhr. Die Zeit vergeht im Schneckentempo. So muss es wohl den Jungs gehen, die den ganzen Tag damit zubringen, Ego-Shooter zu spielen und Pornos zu schauen, gefangen in einem Körper mit einem abnorm hohen Dopaminspiegel, da die Wirklichkeit nicht mit der Endlosschleife aus Anal-Gangbang und digitalen Meuchelmorden auf dem Bildschirm mithalten kann.

Helle beginnt frenetisch aufzuräumen, Staub zu saugen, Haare aus Abflüssen zu entfernen und waagrechte Oberflächen von Staub zu befreien. Es ist trotzdem erst zwei. Dann nimmt sie ihr Handy und sucht in ihren Kontakten nach Emil.

Er nimmt beim ersten Klingeln ab. »Helle, alte Socke, verdammt lange her. Was treibst du so?«

»Dies und das. Sag mal, ich wollte fragen, ob du immer noch Schweine hast?«

»Ja, einen großen Wurf von letztem Jahr, acht Monate, die muss ich jetzt mal loswerden.«

»Mädchen oder Jungs?«

»Drei Säue und ein Eber.«

»Den Eber brauchst du nicht, oder? Du hast wohl kaum angefangen, sie zu kastrieren?«

»Das ist gegen den Willen der Natur, Helle.« Emil holt tief Luft. »Auch wenn die Industrie kein Fleisch mit Ebergeruch verkaufen kann, muss ich den Tieren nicht unnötig Leid zufügen.«

»Stopp, stopp. Ich kenne das Lied, du weißt, ich bin ein Fan. Wenn ich die drei Mädels für deinen Hofladen schlachte, bekomme ich dann den Eber?«

»Scheiße, na klar. Ist wohl wie Rad fahren.«

Eine halbe Stunde später parkt Helle auf Emils Hof. Der Betrieb liegt zwei Kilometer vom Solberghof entfernt, und Emil steht inmitten eines kolossalen Blumenfeldes. In seinem Kleinbauernreich tummeln sich mehr Insekten als im übrigen Land zusammengenommen. So kommt es, wenn man einen glühenden Hass gegenüber der traditionellen Landwirtschaft und deren Vorliebe für Pestizide nährt. Emil liebt es, Vorträge über dieses Thema zu halten.

Helle hat ihren Schlachterkittel angezogen und watet durch das summende Paradies. Emil hat mehrere Futtereimer bereitgestellt und winkt viel zu entspannt mit dem Bolzenschussgerät. Er trägt dieselbe Schirmmütze wie dieser Bauer, der seine eigene Reality-Serie im Fernsehen hat. So muss es anscheinend sein, wenn man sich als Hobby-Bio-Landwirtschaftsenthusiast betätigt – man sieht aus wie ein Obdachloser.

Helle erreicht die Koppel. Die kleinen, ovalen Blechhütten der Schweine verteilen sich in der Landschaft und unter den Bäumen. Sie brauchen nicht viel zu reden. Emil weiß, dass Helle ihr Handwerk versteht. Mit jeweils zwei Eimern betreten sie gemeinsam die Koppel.

»Was hältst du davon, wenn du Esben Lunde nimmst?«, fragt Emil und zeigt auf ein großes, hungriges Schwein, das auf sie zutrabt.

»Du benennst deine Schweine also immer noch nach Politikern der Konservativen?« Helle grinst.

»Es ist ein unerschöpflicher Quell. Ich rufe schnell Karen, Inger und Mette zu den Eimern.«

Esben ist bei Helle angekommen. Sie öffnet das Gatter und lässt ihn von der Koppel.

»Du kannst ihn in der Ecke da drüben ausbluten. Die Erde dort kann's gebrauchen.«

Helle geht in die Ecke und stellt Esben den Eimer hin, der hinabtaucht und zu fressen beginnt.

»Lass ihn fertig fressen, ja?«, ruft Emil ihr zu.

Der Boden des Eimers wird unter dem Futter sichtbar, Helle lädt das Bolzenschussgerät und setzt es ein Stück oberhalb der Augen auf die Stirn des Schweins, das sie neugierig anblickt. Der Bolzen stößt hervor, Esben Lundes Beine knicken ein, dann kippt er zur Seite um. Helle nimmt ihr altes Stechmesser und kniet sich mit einem Bein neben Esbens Kopf. Er zuckt noch immer, doch sie zieht sein Bein etwas zurück und setzt einen präzisen Stich in die Brust, um die Hauptschlagader zu durchtrennen. Das Blut schießt auf die Erde.

Helle steht auf. Sie starrt auf das tote Schwein. Steht einfach da und starrt, ohne sich zu rühren.

»Ich fass es nicht, heulst du etwa?« Emil kommt mit den anderen Schweinen im Gefolge zu ihr.

»Was?« Helle führt die Hand zum Gesicht und wischt sich eine Träne von der Wange.

Helle hat Esben Lunde in einem großen Sack mit nach Hause genommen. Sämtliche Regeln bezüglich der Lebensmittelsicherheit wurden gebrochen. Der Kofferraum des Corsa war schwer gefordert. Helle geht ins Bad und holt ein Skalpell aus dem Medizinschrank. Den Kittel übergezogen, durchs Wohnzimmer, weiter durch die Gartentür nach draußen und in die zu diesem Zweck umgerüstete Garage. In die Mitte hat Helle einen großen Metallrost gelegt, der Boden ist mit Epoxidharzlack beschichtet, damit er sich leicht abspülen lässt. Espen Lunde hängt kopfüber an einer verstellbaren Schiene, die Helle aus der Schlachterei hat mitgehen lassen. Er ist beinahe ganz ausgeblutet. Helle streicht mit der Hand über die borstige Haut. Damals, als sie noch in der Grotte arbeitete, wie sie den großen Industrieschlachthof in Køge nannten, mussten zwanzigtausend Schweine am Tag gestochen werden. In Sechser-Gruppen wurden sie mit dem Aufzug in die CO_2-Betäubungsanlage gefahren, anschließend wurden ihre schlaffen Körper ausgeworfen und mittels Kettenzug kopfüber an der Rohrbahn aufgehängt. Helle stand an Station 3 und stach die Klinge eines Stechmessers in die Schweine, die in endloser Abfolge angefahren kamen, und das Stechmesser war an ein Vakuum angeschlossen, das den Schweinen das Blut entzog. Eine Woche hielt sie durch, aber sie weinte kein einziges Mal.

Helle hat ihren Laptop mit in die Garage zu dem toten Schwein genommen. Im Kommentarfeld zur Fernsehserie *Die glücklichen Ärzte* hat sie zwei wichtige Links gefunden. *Vumedi*, eine Online-Ausbildungsplattform, wo man Operationen mitverfolgen kann. Es ist schwer, alles zu verstehen, aber Helle hat bereits eine Blinddarm- sowie eine Knie-OP gesehen. Und dann den Kanal des thailändischen Dr. Somprasong Tongmeesee, eines YouTube-begeisterten Chirurgen, der sämtliche seiner Operationen ins Netz stellt.

Helle beginnt mit einer Blinddarmoperation. Sie zieht Esben Lunde herunter auf ihren Zerlegetisch und startet das Video. Ein Blick auf die Uhr sagt ihr, dass es noch achtunddreißig Stunden bis zum Montagmorgen sind, an dem sie als Natalia Nowak wieder zum Dienst erscheinen wird.

KAPITEL 11

Mikael Bo

07.02

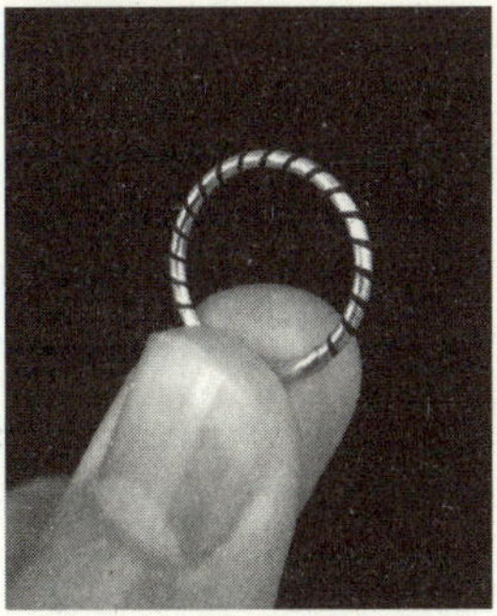

Du bist vollkommen irre. Der hier kam gerade aus meinem Arsch!

Gerichts-Marlene

08.17

Guten Morgen, Helle, hier ist Marlene vom Gericht.
Du hast deine Mails sicher schon gecheckt, aber als deine alte Schulfreundin wollte ich mich vergewissern, dass du es

gesehen hast – dein Vermieter hat das Geld empfangen,
und deine Akte ist geschlossen.
LG und noch einen schönen Tag

08.18
Das freut mich echt, da fällt mir ein Stein vom Herzen. Lieb von dir, dass du persönlich schreibst, vielen Dank. Gruß Helle

Gerichts-Marlene
08.19
Na klar, man will natürlich sein Zuhause behalten. Dein Haus ist übrigens richtig gut geschnitten mit dem großzügigen Flur usw. So, ich werd mir mal ein Tässchen Tee kochen.
Grüßchen, Marlunte

08.33
Hi Michelle, mein Schatz, ruf bitte mal an, hab gute Neuigkeiten. Das restliche Geld müsste schon unterwegs sein <3
Mama

09.00
Guten Morgen Annemette – Räumungsklage abgewehrt, yes!
Mikael Bo hat Aua im Po 💍 ☝
Erklärung folgt, immer noch Chaos, aber nicht nur Chaos.
Ladet ihr mich heute Abend auf ein Gläschen ein?
Helle

Annemette
09.07
Sehr gut, mein Schatz. 🏡🙏)
Hat dieser Bo nicht immer Aua? :-)
Johnny hat Pokerabend.
Wie sieht's morgen aus?

09.39
Melde mich noch mal wegen morgen. Sag Johnny, er soll das Haus nicht verspielen 💸🚘

Annemette
09.40
Haha, freue mich darauf, von MB zu hören – und neuem Job??

09.42
Job noch in der Schwebe, dafür kein Zweifel, was MB angeht. Kuss

22 79 84 63 (vielleicht: Henrik Alm)
12.37
Ich habe eine E-Mail von Jan Guffe Hansen erhalten, der keine Möglichkeit der Zusammenarbeit sieht. Bitte melden Sie sich am Montag um 09.00 Uhr im Jobcenter. Da Sie sich für diese Woche nicht als arbeitssuchend gemeldet haben, besteht kein weiterer Anspruch auf Sozialhilfe.
MFG Henrik Alm

17.02
Michelle, Schatz, ich weiß, ich habe viel wiedergutzumachen. Aber ich könnte wirklich eine neue Frisur gebrauchen. Hast du einen Stuhl im Director's Cut bekommen?

Michelle<3
17.22
Hätte einen freien Termin am Donnerstag um 17.30 Uhr. Ich mache dir die Haare, aber ich will über nichts Persönliches sprechen. Respektier das bitte.

17.23
Freue mich, dich zu sehen, Schatz.

Gerichts-Marlene
18.10
Hi Hellesen,
hab meinen Tee getrunken und mir überlegt, dass dieses Jubiläumsfest eigentlich gar keine so schlechte Idee ist. Ich habe alle Adressen und Handynummern unserer ehemaligen Mitschüler archiviert und aktualisiert, meine Güte, es sind echt viele weggezogen!
Bei dir alles fit und so?
Marlunte over and out

19.45
Hi Marlene,
das würde ich mir gern erst überlegen. War alles ein

bisschen viel in letzter Zeit. Bin nicht sicher, ob ich die Richtige dafür bin :-)

Gerichts-Marlene

19.46

Super. Wir machen das!

20.12

Dear Pavel, thank you for the deposit, the room is ready for you. Let me know when you move in. Best, Helle

Pavel

20.14

Thank you miss Helle. I come today.

Mikael Bo

21.11

Können ab 22 Uhr vögeln

21.14

Ich bring den Ring mit 💩🤭

21.32

Wird eher halb elf, kannst ja noch schnell unter die Dusche hüpfen.

22.40

HALLO! WIE ASOZIAL IST DAS DENN, NICHT ZU ANTWORTEN. DU BIST JA KRANK!

23.30

Übrigens schuldest du mir 47 000 Kr.
Hab keine Lust mehr, dich zu bumsen!
Ich mache einen Abzahlungsvertrag fertig.

4572100100
23.39

Lieber Kunde. Ihr Datenvolumen ist aufgebraucht. Auf call.dk/data erhalten Sie einen Überblick über Ihren Datenverbrauch.
MFG Call me

KAPITEL 12

Helle sputet sich, es ist kurz vor halb sechs. In einem Schaufenster am Axelstorv erhascht sie einen Blick auf ihr Spiegelbild. Die Haare hängen ihr traurig in einer welken braunen Farbe über die Schultern. Es war nervenaufreibend, Guffe in den letzten Tagen im Krankenhaus aus dem Weg zu gehen. Helle braucht eine neue Frisur. Sie hat Stefan begleitet, alles lief bestens, sie haben einen gemeinsamen Rhythmus gefunden, aber Guffe hat ein Talent dafür, ständig an allen möglichen Orten aufzutauchen. Sie ist bereit, sowohl kurzhaarig als auch blond zu werden. Sie wollte immer schon gern eine Blondine sein.

Das Director's Cut ist ein großer Salon mit eng aneinandergereihten Stühlen vor deckenhohen Spiegeln. Das Logo zeigt eine Filmklappe, die in eine Schere übergeht. Die Luft im Salon steht still, das Licht ist hart. Die Musik dudelt so laut, dass man unmöglich in normaler Tonlage miteinander sprechen kann. Helle zieht die Jacke aus, nimmt sich eine Illustrierte und setzt sich. Auf dem Stuhl neben ihr sitzt ein pickliger Jugendlicher.

»Ich will gerne so aussehen«, sagt er und zeigt der Friseurin ein Bild von George Clooney. Die Frau wirft einen Blick darauf und antwortet mit professioneller Miene: »Dann müssen wir dich tönen, um den graumelierten Look hinzubekommen.« Die Stimme der Friseurin säuselt. Es ist eine Art apathischer Heiterkeit, die mit dem Fach kommt. Eine Frau mittleren Alters, die auf der anderen Seite neben dem Jungen sitzt, schaut von ihrer Zeitschrift auf.

»Mach ihm einfach den üblichen Schnitt, Rikke.«

Rikke nickt der Frau, bei der es sich um die Mutter des jungen Clooney handeln muss, bestätigend zu.

»Hallo, Mama, wir gehen direkt zum Waschbecken.« Michelle tritt von hinten an ihren Stuhl, ihre Haare sind pechschwarz und zu einem hohen Pferdeschwanz zusammengebunden, den Pony hat sie sich so schneiden lassen, dass er vier Zentimeter über den Brauen endet. Helle lässt es unkommentiert.

»Schön, dass du Zeit hattest, Schatz.«

»Ich hab dich reingeschoben. Kann sein, dass jemand anders die Farbe macht. Du willst komplett gefärbt werden, oder?«

»Ja bitte, ganz hell.«

»Es muss sehr lange einwirken, wenn wir das Braun vollständig raushaben wollen, sonst kann es leicht pissfarben werden.«

Michelle beginnt, Helle die Haare zu waschen. Der Stuhl ist zu hoch eingestellt im Verhältnis zum Knick, den ihr Nacken machen muss, um den Rand des Waschbeckens zu berühren. Helle lässt auch das unkommentiert.

»Hast du das Geld bekommen, Schatz?«

»Ich überweise es dir zurück, ich will dein Geld nicht«, antwortet Michelle kalt.

Helle schluckt.

»Und wir reden über nichts Persönliches.« Michelle konzentriert sich auf Helles Haare.

Vor dem Spiegel nimmt sie ihrer Mutter das Turban-Handtuch ab und zupft mit resigniertem Gesichtsausdruck in ihren Haaren herum. »Wie wär's mit einem Pixie-Cut, wie ihn die ganzen Stars haben?«, fragt sie und zuckt mit den Achseln.

Helle lächelt verständnislos. »Was für ein Schnitt?«

»Das Deckhaar bleibt etwas länger, die Seiten werden kurz und der Nacken angestuft. Dazu ein Seitenscheitel. Ich glaube, so machen wir's.«

»Okay. Und du meinst, das würde mir stehen?«, fragt Helle.

Michelle sieht genervt aus. »Sonst musst du dir selbst was ausdenken.«

»Nein, nein, klingt doch gut. Das wird sicher hübsch.«

»Bloß an deinem Gesicht kann ich natürlich nichts ändern, Mama.«

Michelle schaut ihre Mutter an. Helle schaut zurück.

Ein Moment vergeht, dann lachen beide. Ein schnelles Lachen. Michelle macht sich mit der Schere an die Arbeit.

»Wie läuft's bei dir und Benjamin?«

»Gut, danke.« Michelles Stimme schwebt irgendwo zwischen sauer und neutral.

»Sag Bescheid, falls ich euch in der neuen Wohnung bei etwas helfen soll«, versucht Helle.

»Okay.« Lange Locken fallen zu Boden, Michelle blickt in den Spiegel, während sie hinter Helle steht und jeweils eine Strähne auf beiden Seite nach vorn zieht, um zu prüfen, ob sie gleich lang sind.

»Wir haben uns verlobt«, sagt sie dann.

Helle beißt sich auf die Backe. »Oh, wirklich? Okay? Also, okay. Glückwunsch. Ich bin glücklich, wenn du es bist.«

»Bin ich. Jetzt kommt Grith und macht die Farbe. Sie ist auch noch in der Ausbildung, aber sie hat's total drauf. Ich sehe nach dir, wenn du unter der Trockenhaube sitzt.«

»Super, danke.«

Michelle geht zu einer anderen Kundin, die mit feuchten Wattepads unter den Augen auf ihrem Stuhl wartet. Michelle trägt mit einem kleinen Pinsel schwarze Farbe auf Wimpern und Brauen auf.

Helle wartet unter der Haube und beobachtet ihre Tochter. Sie bewegt sich mit der Selbstsicherheit einer Frau, die weiß, was sie tut. Bei den Kunden ist sie offensichtlich beliebt, und Helle wird klar, dass sie Michelle noch nie bei der Arbeit erlebt hat. Sie hat sich nie die Zeit genommen, zu sehen, wie tüchtig sie ist.

»Kopf nach vorn«, sagt Michelle, als sie zurückkommt, um Helle die Haare zu föhnen. Die Farbe ist gut geworden, lediglich an den Wurzeln ist der Ton etwas gelblich. Als Helle den Kopf wieder aufrichten darf, nestelt Michelle lange an ihren Haaren herum. Zum Schluss glättet sie ein paar Kräuselhärchen mit einem Anti-Frizz-Produkt, und Helle begutachtet sich selbst im Spiegel. Sie sieht tatsächlich aus wie jemand anders. Jemand, der ihr gefällt.

Michelle lächelt zufrieden. »Das hattest du nötig, was, Mama?«

»Aber wirklich. Es läuft übrigens besser, allmählich bekomme ich die Dinge geregelt.«

»Nicht jetzt, Mama«, unterbricht Michelle sie und geht zur Kasse.

Helle zieht ihre Karte heraus, doch Michelle schüttelt den Kopf. Helle will etwas erwidern, aber Michelle winkt ab.

»Versprich mir, dass du anrufst, wenn ich bei etwas helfen kann.«

Helle umarmt Michelle, die sie leicht zurückumarmt.

»Ja, ja«, sagt sie erst. Und dann: »Danke.«

Am nächsten Morgen wäscht sich Helle nicht die Haare. Die Frisur sitzt immer noch gut, obwohl sie darauf geschlafen hat. Sie zieht ihre alte Lesebrille aus der Tasche, ehe sie durch die Tür des Konferenzraums geht.

Theis, ein Assistenzarzt mit auffallend schlechter Haltung, leitet heute die Frühbesprechung. Die OP-Säle werden zugewiesen, es ist ein ruhiger Tag. Als er am Ende seiner Ausführungen anlangt, schaut Theis nervös zum diensthabenden Oberarzt. Der kommt zu ihm und prüft die Papiere, während er auf seinem Brillenbügel kaut.

»Der ist so knochentrocken«, flüstert Stefan Helle zu. Sie lächelt.

Die Leute beginnen, sich zu unterhalten.

»Ich schlage vor, du gehst erst mal in die Ambulanz und kommst dann um zwanzig nach eins in die Acht, wo wir eine Darmverschlingung haben und ich dich als Assistentin brauche«, sagt Stefan.

Helle nickt. Sie hat beides schon gemacht. Und wie es der Zufall will, hat sie gestern Abend mit ihrem Laptop auf dem Schoß den thailändischen Dr. Somprasong Tongmeesee in Folge 27 *Small bowel volvulus* gesehen, die Operation einer Darmverschlingung mit entspannender Hintergrundmusik. Helle hat Verständnisfragen im Kommentarfeld des Videos gepostet, und Dr. Somprasong, oder Dr. SoMe, wie er unterschreibt, war gerne mit vertiefenden Antworten behilflich. Er freue sich immer über die Gelegenheit, sein Englisch zu verbessern.

Stefan steht auf, und Helle tut es ihm gleich.

»Moment noch«, ruft der Oberarzt, als die Leute sich bereits auf den Weg zu ihren jeweiligen Aufgaben machen wollen. »Natalia Nowak.« Der Oberarzt blickt finster über die Versammlung, und Helle bleibt wie angewurzelt stehen. Stefan neben ihr ebenfalls.

»Ja.« Helle vergisst, das »a« langzuziehen.

»Irgendetwas stimmt da bei Ihnen nicht.« Der Oberarzt schaut wieder in seine Papiere. Helles Hals schnürt sich zusammen. Alle Blicke sind auf sie gerichtet.

»Wie ich sehen kann«, fährt der Arzt fort, »scheinen Sie krankgemeldet zu sein und sind daher nicht im Dienstplan eingetragen. Ich nehme an, da ist etwas falsch gelaufen, aber klären Sie das doch bitte rasch in der Verwaltung.«

Helle kann sich weder rühren, noch bringt sie ein Wort heraus. Theis, der direkt hinter ihr steht, beugt seinen Hals noch weiter als ohnehin schon, bis er auf Augenhöhe mit Helle ist: »Der Dienstplan ist einer der wenigen Dinge in unserem wunderbaren Intranet, die normalerweise einigermaßen funktionieren. Neulich habe ich drei Wochen auf ein Röntgenergebnis gewartet, das mir automatisch zugeschickt werden sollte. Jedes Mal, wenn ich es dem System als unerledigte Aufgabe gemeldet habe, kam eine standardisierte Antwort, dass meine E-Mail bearbeitet werde. Weiter nichts!«

»Dieses System ist ein schlechter Witz, und all die zusätzliche Zeit, die wir vor dem Bildschirm verplempern, fehlt uns später für die Behandlung der Patienten. Aber es hilft nichts, Natalia. Wende dich einfach an die Verwaltung, sie sind sehr hilfsbereit dort.«

Helle muss etwas sagen. »Ja, ich verstehe nicht.«

Stefan legt ihr eine Hand auf die Schulter. Helles Körper wird butterweich unter der Berührung.

»Geh am besten gleich, sonst kann ich dich nachher streng genommen nicht operieren lassen. Die regeln das im Handumdrehen.« Stefan lächelt beruhigend.

»Ja. Ich muss das schnell regeln. Okay.« Helle bemüht sich, nicht allzu gestresst auszusehen. Es gleicht einem Kunststück. Von all den Orten, die Helle mit ihrem fast fotografischen Hirn lokalisiert und archiviert hat, war keiner die Verwaltung. Sie wird sie schon finden, das ist es nicht. Es ist einfach alles.

Die letzte Woche ist wie im Flug vergangen. Jeden Morgen auf der Zugfahrt zur Arbeit hat Helle sich ausgemalt, was passiert, wenn man sie entlarvt. Sie hat sich im Geiste Reißaus nehmen sehen, während alle ihr nachrufen und Guffe, einen Schraubenschlüssel schwingend, hinter ihr herrennt. Sobald sie aber im Krankenhaus angekommen war und ihren Kittel angezogen hatte, war sie Ärztin. Sie hat Stefan wie eine Kollegin begleitet und einen Patienten nach dem anderen operiert, und zum ersten Mal seit langem hatte sie das Gefühl, das Richtige zu tun. Am richtigen Ort zu sein. Diese Blase einer bedeutsamen Existenz macht Helle glücklich und tut ihr gut.

Helle steht bei der Aufnahme, sie hat die Verwaltung lokalisiert. Sie liegt rechts von ihr. Links ist der Ausgang, sie braucht bloß hinauszugehen.

»Hallo, hallo.« Eine freundliche Frau, über fünfzig, mit pinkem Brillengestell, begrüßt Helle fröhlich. »Was kann ich für Sie tun?«

»Ich habe ein Problem mit dem System, es sagt, ich bin krank, aber ich bin nicht krank.« Helle steht an der äußersten Kante der Klippe und schaut in die Tiefe, bereit für den Sturz.

»Ach herrje, spinnt es schon wieder. Beugen Sie sich kurz vor, damit ich an Sie rankomme.«

Die Sekretärin langt nach Helles Brust und zieht das Namensschildchen zu sich hin, bis über den Computer, wo sie es durch ein Kartenlesegerät zieht. Biep.

»So, dann wollen wir mal sehen«, sagt sie, und an ihrem Gesicht ist abzulesen, dass der Computer zu langsam ist. Sie studiert Helles Schild.

»Meine Güte, da hat sich aber viel getan, seit das Foto gemacht wurde. Blond steht Ihnen.«

»Danke. Hier ist es besser mit kurz.«

Die Sekretärin wirkt konzentriert. Ernst, um genau zu sein.

»O nein.«

»Nein?«

»Was für ein Start. Sie hatten die Stelle ja kaum angetreten, als sie krankgeschrieben wurden. Das muss schwer für sie gewesen sein. Geht es Ihrem Vater besser?«, fragt sie mitfühlend.

Helle nickt langsam. »Äh. Ja. Es geht besser.«

»Es ist schlimm, wenn unsere Lieben ernsthaft krank werden. Da kann man schon mal den Boden unter den Füßen verlieren.«

»Ja, es ist ein bisschen schwer.«

Die Sekretärin schüttelt mit einem tiefen Seufzer den Kopf und klickt ein paarmal mit der Maus.

»Also, Natalia, laut System sind Sie wegen Burn-outs krankgeschrieben.«

Sie schaut auf. »Haben Sie schon versucht, sich einzuloggen und wieder gesundzumelden?«

Helle nickt. »Das hat nicht funktioniert.«

»Eigentlich müssen Sie es selbst tun, das läuft über die Verwaltung in Ribe, allerdings dauert es eine Ewigkeit, und in der Zeit können Sie nicht arbeiten.«

Helle schaut die Sekretärin hilflos an, sie weiß nicht, was sie tun soll.

»So lange können wir nicht warten. Ich melde Sie hier im System wieder gesund, dann brauchen Sie sich bloß noch einzuloggen.«

Helle will bereits erleichtert aufatmen, da schiebt ihr die Sekretärin die Tastatur hin. »Sie müssen nur schnell ihr Passwort eingeben.«

Helle starrt steif auf die Tastatur, zögernd nähern sich

ihre Hände den Tasten. Sie spreizt die Finger, sie krümmt sie, sie tanzt ein wenig mit ihnen in der Luft, bevor sie wieder zur Sekretärin schaut. Jetzt platzt die Blase.

»Wissen Sie was, meine Liebe. Das muss der Stress sein, er kann unser Kurzzeitgedächtnis beeinflussen. Ich schicke Ihnen stattdessen eine E-Mail, dann können Sie das Passwort einfach zurücksetzen, wenn Sie zu Hause sind.«

»Ohh, vielen Dank«, sagt Helle. »Ich bin ganz leer.« Das ist nicht mal gelogen. Tausend Gedanken versuchen in ihrem Kopf, Form anzunehmen und sich zu sammeln, aber sie bleiben ein diffuses Wirrwarr, das sich auflöst und Helle gänzlich leer zurücklässt.

»Aber gern doch, wir müssen einander helfen, wo wir können.«

Helle nickt.

»Übrigens müssen Sie ihr polnisches Gehaltskonto wieder öffnen. Wie ich sehe, steht Ihr Gehalt von letztem Monat noch aus, weil es nicht überwiesen werden konnte. Das gilt dementsprechend auch für das nächste.«

Helle nickt wieder. Zwei Gedanken nehmen Gestalt an: die künftig ausbleibende Sozialhilfe und die Miete, die weiterhin fällig wird.

»Wie viel ist es?«, bricht es aus ihr heraus.

Die Sekretärin schaut auf den Bildschirm. »Den genauen Betrag kann ich nicht sehen, aber als Assistenzärztin liegt der Grundtarif bei 31 364 Kronen netto plus 5 171 Kronen fürs Rentenkonto. Außerdem haben Sie einige Überstunden diese Woche, die kommen natürlich obendrauf. Im Augenblick haben wir viel zu wenige Hände in der Viszeralchirurgie, und bei der langen Warteliste würde ich denken, dass Sie nächsten Monat auf um die fünfzigtausend Kronen kommen.«

Auf dem Weg zur Tür wendet sich Helle noch einmal um und lächelt die Sekretärin an. »Danke für die Hilfe. Ich mag Ihre Brille.«

Die Sekretärin schaut verdutzt hoch und greift sich ans Haar, doch ehe sie antworten kann, ist Helle bereits verschwunden. Ihre Schritte tragen sie automatisch vorwärts. Es ist, als ob ihr Körper sich selbständig gemacht hätte. Die Beine eilen zielstrebig die Gänge entlang, während ihr Kopf raucht. Sie nähert sich der Ambulanz, wo etwa ein Dutzend Patienten warten. Zwei Krankenschwestern sitzen hinter dem Tresen für die Anmeldung. Helle kann weder ihre Beine aus eigener Kraft bremsen noch sich selbst, wenn das alles hier enden soll, muss jemand anders es für sie tun.

»Ich bin da. Muss ich irgendwie gebrieft werden?«

Eine der Krankenschwestern schaut auf. »Nein, Sie können direkt weiter in die Fünf.«

»Super, danke.« Helle wendet sich zum Gehen, als sie eine wohlbekannte Stimme hinter dem Tresen vernimmt.

»So, die Damen, das hätten wir.« Guffe kommt unter dem Schreibtisch hervorgekrabbelt. »Man soll ja keine versauten Gedanken haben, aber ich glaube, ihr werdet das Stückchen Arbeit zu schätzen wissen, das ich unter dem Tisch verrichtet habe.«

Die beiden Schwestern schütteln nachsichtig den Kopf. Die eine drückt auf einen Knopf unter dem Tisch, der ein mechanisches Summen von sich gibt und nach oben fährt. »Tatsächlich, es geht wieder. Phantastisch!«

Guffe macht ein zufriedenes Gesicht und lupft einen imaginären Hut.

Helle fummelt hektisch an ihrer Brille herum, die sie an einer Schnur um den Hals hängen hat. Die beiden Krankenschwestern sind schon wieder beschäftigt, aber Guffe schaut Helle direkt an, als er hinter dem Schalter hervorkommt und sich den Staub von den Knien klopft. Er blinzelt ihr zu: »Ich glaube, die schwitzen ganz schön auf ihren Stühlen. Riecht ein bisschen nach altem Fisch da unten.«

Helles Gesicht legt sich in Falten, die sie selbst nicht wiedererkennt. Sie starrt Guffe in die Augen, und ihr wird klar, dass er nicht den leisesten Schimmer hat, wer sie ist. Sie macht ein paar Schritte rückwärts, dreht sich mechanisch um und stakst auf steifen Beinen davon. Guffe bemerkt nichts, er verschwindet in die andere Richtung.

Helle stürzt ins nächstbeste Untersuchungszimmer und drückt sich an die Wand. Sie ist schweißgebadet und spürt ihr Herz im Hals hämmern. Dann bricht sie in ein panisches Gelächter aus.

»Dürften wir um etwas Ruhe bitten?«

Helle dreht sich um und sieht eine Krankenschwester, die neben einem älteren Mann sitzt und ein Ultraschallgerät auf seinen Penis hält. Der Mann macht ein sorgenvolles Gesicht, während die Maschine Vibrationen durch sein schlaffes Glied sendet. Es ist ein rohes Bratwürstchen, auf Lautsprecher.

»Tut mir leid«, kichert Helle, eilt zurück auf den Gang und zieht ihr Handy heraus.

08.22

Bin gesundgemeldet und zurück in der Ambulanz. Melden Sie sich, wenn Sie mich brauchen.

Stefan

08.23

Super. Ich hole Sie für die OP ab.

Ein Plan beginnt in Helles Kopf Form anzunehmen. Er hat damit zu tun, dass Helle erstmals seit vielen Jahren einen Sinn darin sieht, morgens aufzustehen. So falsch es auf dem Papier auch sein mag, so richtig fühlt es sich für sie an. Sie will Natalia Nowak sein. Sie will Ärztin sein. Helle will ihr Leben zurückerobern. Es einnehmen, so wie es vorherbestimmt war. Helle braucht dieses Passwort, und sie hat es verdient, für ihre Arbeit bezahlt zu werden. Natalia Nowak zu werden ist der Schlüssel zu einem sinnhaften Leben.

Als erste Station auf dem Weg dorthin gilt es, einen Problemknacker zu kontaktieren und ihn von der Richtigkeit ihres Plans zu überzeugen. Helle hofft, dass sie dabei nicht auf allzu schmutzige Methoden zurückgreifen muss.

08.23

Johnny, ich brauche deine Hilfe. Bist du heute Abend zu Hause, wenn Annemette die Pferde longiert?

KAPITEL 13

»Johnny?«

»Ich bin hier!« Johnnys Stimme klingt weit entfernt.

Helle wirft den letzten Bissen eines Panini in den Mülleimer und geht die Treppe nach oben zu Johnnys Zimmer. Die Tür ist geschlossen. Helle klopft an und tritt, ohne eine Antwort abzuwarten, ein.

»Was geht, Schnuckibär?«, begrüßt sie Johnny, der in seinem Gamer-Sessel sitzt, und umarmt ihn von hinten. Im Zimmer sind etliche Computer aufgebaut, es sieht aus wie der Kontrollraum einer Person mit reichlich zwielichtigen Machenschaften. Die Welt wird von kauzigen, fehlernährten Männern gesteuert, die bei schummriger Beleuchtung entweder Ordnung oder Chaos schaffen. Johnny reißt sich vom Bildschirm los und tätschelt Helle liebevoll den Arm.

»Das sollte ich dich wohl eher fragen. Wo brennt's?«

Helle dreht sich um und schließt die Tür.

»Ist Annemette bei den Pferden?«

»Ja, sie müsste noch eine gute Stunde draußen sein.« Johnny kneift misstrauisch die Augen zusammen. »Wieso musst du wissen, wo Annemette ist?«

Helle zieht einen Stuhl neben Johnny und setzt sich.

»Du musst mir helfen, mich in ein fremdes Mailkonto zu hacken, damit ich ein neues Passwort festlegen und mich einloggen kann ... als Mitarbeiterin des Nykøbing-Falster-Krankenhauses.« Helle spricht sehr schnell, um es nicht ganz so verrückt klingen zu lassen.

Johnny zieht skeptisch die Brauen hoch. »In was bist du da reingeraten? Das ist ja illegal hoch zehn.«

Helle macht eine wegwerfende Handbewegung. »Ach was, es ist nur ein winziges Stückchen auf der anderen Seite der Grauzone. Ich würde dich nicht um einen so großen Gefallen bitten, wenn es nicht absolut notwendig wäre. Annemette braucht nichts davon zu erfahren, es würde sie nur beunruhigen. Ich kann dir versichern, dass niemand, weder Mensch noch Tier, dadurch Schaden nehmen wird. Ganz im Gegenteil, ich kann anderen helfen – wenn du nur erst mir hilfst.«

Johnny rollt auf seinem Stuhl zurück, weg vom Bildschirm, weg von Helle. »Helle, du weißt genau, dass diese Zeiten vorbei sind. Ich gehe kein Risiko mehr ein, auch nicht für eine gute Sache.«

Helle unternimmt einen neuen Versuch: »Lass mich kurz erklären, weshalb es so wichtig für mich ist.«

Johnny öffnet zwei Dosen Cola Zero und reicht ihr eine. Seine Augen werden immer größer, während Helle erzählt. Als sie bei Gerda und dem Stock und Natalia Nowak ankommt, fällt ihm die Dose aus der Hand.

Helle verstummt. Das schwache Brummen der Computer und ein wiederkehrendes Piepsen, das die kontinuierliche Gewinnung von Kryptowährung meldet, welche die Familie über Wasser hält, sind die einzigen Geräusche.

»Das ist totaler Wahnsinn, Helle!«

»Du musst mir helfen.«

Er schüttelt energisch den Kopf. »Vergiss es, du hast sie ja nicht mehr alle, du musst sofort damit aufhören. Wenn ich nicht diese dämliche Fußfessel hätte ... also, so was meldet man eigentlich der Polizei.«

»Johnny, du bist mein Freund.«

»Ich habe Annemette versprochen, keine Dummheiten mehr zu machen. Beim Leben unserer Tochter habe ich ihr ge...« Er steht auf und öffnet die Tür. »Du solltest jetzt gehen, ich will nichts mit dieser Sache zu tun haben.«

Helle bleibt sitzen und hält seinen Blick fest. »Es tut mir leid, aber du zwingst mich dazu.«

Johnny sieht sie verwirrt an.

»Es ist das Letzte, was ich möchte, Johnny, aber ich muss dich leider an damals erinnern, als Alma ihre Diagnose bekam und du zwei Tage lang verschwunden warst.«

Johnny wird sichtlich nervös. Langsam schließt er die Tür wieder. »Worauf spielst du an, Helle?«

»Du kennst sicher noch meinen alten Metzgermeister Laust?«

»Ja?« Johnny hebt die Brauen.

»Ich stand ihm ziemlich nahe, als ich noch bei ihm in die Lehre ging. So nahe, dass ich auch gut mit seiner Tochter Selina befreundet war. Sie sah in mir eine erwachsene Freundin, der man sich anvertrauen kann.«

Johnnys Ausdruck ist ein loses Puzzle. Er geht zum Schreibtisch zurück und lässt sich in seinen Sessel sinken.

Helle fährt in aller Seelenruhe fort: »Selina hatte eine Schwäche für reife Männer. Es brauchte nicht viel, schon war sie verliebt.«

Johnnys Gesichtsmuskeln beginnen zu zucken, wie sonst immer, wenn er Rotwein trinkt. Er greift sich an den Hals. Räuspert sich, als wolle er etwas sagen, bringt aber keinen Ton heraus.

»Als sie neunzehn war, erzählte sie mir von ihrer neuesten Eroberung. Sie nannte ihn einen ›richtigen Teddy-Papa‹ und sagte, dass sie nur eine einzige Nacht mit ihm verbracht habe. Sie erwähnte auch, dass der Mann alles über Online-Gaming und Pferde wisse. Man brauchte kein Genie zu sein, um zwei und zwei zusammenzuzählen ...«

Johnny ist aufgesprungen, er läuft im Zimmer auf und ab. »Nein. NEIN!« Er starrt Helle mit roten Augen an. Dann hämmert er mit der Faust auf ein zufälliges Foto eines Pferdes mit Turnierschleife in der Mähne. »Wer bist du, Helle?«

Helle treten die Tränen in die Augen. »Ich bin die, die fünfzehn Jahre lang dieses Wissen mit sich herumgetragen hat. Den grausamen, unverzeihlichen Verrat an meiner geliebten Freundin. Ich hatte vor, das Geheimnis mit ins Grab zu nehmen.«

Jetzt schluchzen beide. Johnny läuft der Rotz aus der Nase.

»Jetzt hör mir gut zu, Johnny. Ihr seid meine Familie. Ihr seid die liebenswertesten Menschen, die ich kenne, und ihr zwei macht einander nur besser. Annemette muss niemals von dieser Sache erfahren. Aber ich brauche deine Hilfe, Johnny. Mir geht der Arsch auf Grundeis, verstehst du?«

Johnny hat sich wieder gesetzt. Seine Atmung versucht, sich zu beruhigen. »Versprichst du, ihr nie davon zu erzählen? Ohne Annemette kann ich nicht leben.«

»Ja. Hilf mir, und wir verlieren nie wieder ein Wort darüber«, wiederholt Helle.

Johnny starrt auf den Teppich. »Ich schäme mich so, ich habe versucht, es zu verdrängen.«

Helle drückt seine Hand. »Du standst unter Schock. Die ganze Sache mit Alma ... Wir brauchen nie wieder darüber zu sprechen.«

Ein Schauer überläuft Johnny, er schüttelt ihn ab, rollt mit dem Sessel vor den Bildschirm und strafft die Schultern.

»Was du brauchst, ist ein E-Mail-Konto, das aussieht, als gehöre es zu einer Abteilung des Krankenhauses.«

»Aber wie kriegen wir ...«, setzt Helle an, doch Johnny ist bereits im Arbeitsmodus.

»Wir werden ein Phishing-Tool runterladen ...« Er scrollt über irgendeine Seite. Helle versucht, ihm zu folgen, aber sie kommt kaum mit.

»Langsam, Johnny, es ist wichtig, dass du mich durch den ganzen Prozess leitest.«

Johnny verdreht die Augen.

»Sollte ich eines Tages auffliegen, muss ich erklären können, wie ich Natalia Nowak wurde, damit niemand Verdacht schöpft, du könntest involviert gewesen sein.«

Johnny nickt erleichtert.

»Okay. Pass auf. Alle reden über Hacking und die Chinesen, die überall eindringen. Für so etwas muss man irre gut im Programmieren sein, und das wollen wir gar nicht.«

Helle nickt.

Johnnys Augen huschen über den Bildschirm, während er mit der Maus in einer Art Onlineshop herumklickt. Es muss das Amazon der Kriminellen sein. Programme sind aufgelistet und mit Sternen und Kommentaren im üblichen expressiven Internetstil bewertet. Helles Blick fällt auf eine Bewertung mit einem Stern: *This piece of crap had the police at my doorstep in less than 30 minutes.*

Johnny ist bei den Kommentaren zu einer Software hängen geblieben, deren Logo einen fröhlichen Fischer in Anglerstiefeln zeigt.

»Phishing Frenzy, das sieht vielversprechend aus. Gut dokumentiert. Ich kann einen lokalen Test machen, indem ich die Mail zuerst an dich sende, Helle.«

»Ein Fischer«, sagt Helle.

»Es erinnert tatsächlich stark ans Fischen. Ich muss die richtigen Informationen aus dem IT-Administrator des Krankenhauses herausfischen«, erklärt Johnny, klickt auf Download und rollt mit dem Sessel zu einem seiner anderen Computer. »Es muss über einen anderen Computer laufen, der mit einem VPN-Server verbunden ist.«

Helle setzt eine Miene auf, die verbirgt, dass sie sich wie eine Neandertalerin vorkommt.

»Es dauert einen Moment, es zu installieren und zu testen. Das muss ich heute Abend machen, wenn du gegangen bist. Aber die Idee ist, dass ich eine falsche E-Mail an den IT-Administrator schicke, die sich als Standard-Informations-Mail des Krankenhauses ausgibt. Wir fügen das Logo des Krankenhauses ein und wählen irgendeinen plausiblen Betreff. Wie wär's mit *Quartalskündigungen*?«

Helles Lippen verziehen sich zu einem bittersüßen Lächeln beim Gedanken daran, dass keiner der Kollegen, mit denen sie jemals zusammengearbeitet hat, auch nur eine Sekunde zögern würde, eine E-Mail mit diesem Wortlaut zu öffnen.

Johnny fährt mit seiner digitalen Alchemie fort. »Hier habe ich eine geeignete Malware gefunden.«

»Malware. Klingt wie eine schlechte Klamottenmarke«, bemerkt Helle.

»Das ist eine kleine Software, ein Schadprogramm, das den Computer des IT-Administrators infiziert, sobald er oder sie die Mail öffnet. Wir hacken nichts, wir tricksen uns mittels sozialer Manipulation in einen Computer. Kannst du mir folgen?«

Helle glaubt schon.

»Ungefähr so, als würde man sich mit einem Fake-Bändchen auf ein Festival schleichen?«

Zum ersten Mal, seit Selinas Name gefallen ist, lächelt Johnny. Der Schmerz ist kurzzeitig durch Dopamin und Adrenalin ersetzt worden.

»Wenn der Administrator die E-Mail öffnet, voller Angst, seinen Namen auf der Kündigungsliste zu finden, bekommt er die Malware auf seinen Computer und wird mit meinem PC verbunden. Es wird also ein Tunnel geöffnet, ohne dass der Administrator davon weiß. Auf diese Weise kann ich ein RAT uploaden und ...«

»Moment, jetzt geht es etwas schnell. Was ist ein RAT?«, fragt Helle.

»Remote access tool. Das bedeutet, dass ich mittels eines Keyloggers Zugriff auf alles bekomme, was der Administrator auf seinem Computer tut.«

»Keylogger?«

Johnny stöhnt ungeduldig.

»Das ist eine Software, die jeden Buchstaben registriert, den der Administrator auf seiner Tastatur drückt.

Ich kann alles sehen, was er eingibt oder sucht, ich kann ihn sogar durch die Webcam seines Computers sehen.«

»Wenn er also schreibt ›Wie wird man ein besserer Liebhaber‹, dann kann man es sehen? Ist ja voll gruselig.«

»Ja, Helle. Es ist nichts für Kleinkinder.«

Helle denkt an das Gefühl, das sie durchströmt, wenn sie im OP steht. Lebenstauglicher denn je zuvor.

»Ich *muss* dieses Passwort haben«, sagt sie und zieht eine trotzige Schnute.

Johnny wirft ihr einen ernsten Blick zu. Helle starrt auf den Bildschirm, und Johnny fährt fort: »Gibt der IT-Administrator sein Passwort ein, taucht natürlich auch das auf meinem Bildschirm auf, was bedeutet, dass ich mich nun ins Netzwerk des Krankenhauses einloggen kann und Zugriff auf das gesamte System erhalte. Anschließend gehe ich auf das Konto, auf das ich zugreifen möchte.«

»Und änderst das Passwort?«, fragt Helle.

»Nein, ich ändere die Mail-Adresse, die mit dem Profil verknüpft ist.«

»Hä?« Gerade hatte Helle gedacht, sie könnte ihm folgen.

Johnny klickt ein paarmal mit der Maus und erstellt im Handumdrehen eine E-Mail mit dem Logo des Krankenhauses. Er ist fit.

»Wenn ich dir morgen Bescheid gebe, versuchst du,

dich mit deiner ID-Karte im Krankenhaus einzuloggen. Das System wird dich nach deinem Passwort fragen, woraufhin du auf *Passwort vergessen* klickst. Dann werden dir deine vorläufigen Login-Informationen zugeschickt.«

»Und weil du die E-Mail-Adresse in Natalias Profil geändert hast, erhalte ich diese Informationen und kann mein eigenes Passwort erstellen und alles. Das ist genial.«

Helles Stimme überschlägt sich. Sie ist wie im Rausch.

Johnnys Körpersprache ist zurückhaltend, aber seine Augen leuchten.

»Tut mir leid, hab mich mitreißen lassen«, murmelt Helle.

»Dafür kann es zwischen fünf und zehn Jahre Knast geben, Helle. Und wenn du nicht meine Eier in einer Schraubzwinge halten würdest, hätte ich dich längst mit einem Tritt in den Hintern aus der Tür befördert.«

»Ich bin dir unendlich dankbar, ich weiß, du bist stinksauer auf mich. Aber das hier ist meine Chance auf ein neues Leben.«

Unten geht die Haustür.

»Helle? Bist du das?«

Johnny wird panisch. Helle legt ihm eine Hand auf die Schulter, sie ist überrascht, wie ruhig sie ist.

»Ja. Ich sitze hier oben mit dem Bitcoin-Meister, er ist ein Genie.«

Helle gibt Johnny die notwendigen Informationen,

damit er eine glaubwürdige Krankenhaus-E-Mail zusammenschustern kann. Sie machen aus, dass er ihr den Text später am Abend schickt, und dann heißt es nur noch abwarten. Helle nimmt ihre Tasche und ihre Jacke. Johnny steht auf. Einen Moment lang stehen sie sich gegenüber.

»Mir gefällt das alles nicht, Helle. Es ist gefährlich. Und was, wenn du das neue Passwort hast? Soll dein Gehalt dann etwa an eine Frau mit einem Konto bei einer polnischen Bank ausgezahlt werden? Willst du mit gefälschtem Pass nach Polen fahren und denen dort eine Schmierenkomödie vorspielen, oder was zum Teufel hast du dir gedacht?«

Helle greift Johnny mit beiden Händen an die Schultern.

»Eins nach dem anderen. Jetzt konzentrierst du dich erst mal auf die Mail. Ich werde mir schon was überlegen«, sagt sie.

Johnny schüttelt den Kopf und fährt sich über die Bartstoppel. In dem kleinen Raum ist zweifellos eine Masse freigesetzter Energie zu spüren.

»Mann, Helle. Du machst mich echt fertig. Ich kann mich nicht erinnern, wann du zum letzten Mal so entschlossen warst.«

Helle umarmt Johnny. »Danke.«

Mehr sagen sie nicht. Helle eilt die Treppe hinunter.

»Was treibt ihr denn da oben im Kämmerchen?«, fragt Annemette lachend.

»Johnny wollte gern ausführlich über seine Gefühle sprechen«, antwortet Helle und umarmt ihre Freundin. »Bierchen gefällig?«

Helles Gesicht ist verquollen, sie hat unruhig geschlafen. Bis um drei Uhr nachts war sie wach, um die Mails zu checken, die Johnny ihr geschickt hat, und ihr Kopf war ein einziges Gedankenkarussell. Sie wirft einen Blick in den Spiegel und erblickt ein Gummibärchen.

Helle geht nach unten in die Küche. In der Küche steht ein halbnackter Mann an der Spüle und wäscht sich. Helle entfährt ein unbeabsichtigter Schrei, und Pavel zuckt erschrocken zusammen.

»Sorry, sorry, Pavel, I forgot you were here«, stammelt Helle.

Verlegen setzt Pavel seine Waschroutine fort.

Helle öffnet den Kühlschrank, um ihn nach etwas Essbarem zu durchforsten. Frühstückt die Chirurgin Helle dasselbe wie die alte Helle?

Im Kühlschrank herrscht gähnende Leere, nur das mittlere Fach ist gefüllt mit polnischen Spezialitäten. Eingelegtes Gemüse und Aufschnitt mit herausfordernden Namen wie Boczek Cyganski und Karczek Pieczony Krolewski. Die Illustration auf einer der Packungen stellt entweder die Schulter oder das Hinterteil eines Schweins dar. Helles alter Metzgerfunke erwacht. Früher hätte sie sofort versucht, alle möglichen Experimente mit den exotischen Lebensmitteln durchzuführen. Aber das ist Schnee von gestern. Jetzt ist sie in der Lehre, um die weibliche Version von Frank William Abagnale Junior zu werden. Bloß, ohne sich erwischen zu lassen.

»Pavel, you can use all the space in the refrigerator, you don't have to squeeze it all in one shelve.«

»Please taste them all.«

Pavel versucht, sich so natürlich wie möglich unter den Armen zu waschen. Als er das Bein hebt, um seine Ammoniakfüße unters Wasser zu halten, unterbricht ihn Helle.

»Why are you not using the bathroom?«

»Is that included?«

»Of course.«

Helle schnuppert an ihrer Milch, die wild entschlossen scheint, sich in einen Joghurt der Marke Eigenproduktion zu verwandeln. Pavel hastet ins Bad und summt dabei einen europäischen Sommerhit vor sich hin, den Helle aus den Neunzigern wiederzuerkennen meint. Sie schaut auf die Uhr und will gerade ihre Jacke anziehen, als ihr das Namensschildchen einfällt. Es liegt an seinem Platz auf dem Tisch im Flur. Nicht auszudenken, wenn sie ausgerechnet das vergessen hätte. Neben dem Kärtchen liegt ein roter Pass. Pavels Pass. Helle schlägt ihn auf. Pavel ist eins vierundsiebzig mit Schuhen. Helle legt ihn wieder weg. Ein polnischer Pass, der dem polnischen Mann gehört, der in ihrem Haus wohnt. Na, wenn das kein Wink des Schicksals ist.

Auf dem Weg zur Arbeit checkt sie im Sekundentakt ihr Handy, um zu sehen, ob eine Nachricht von Johnny gekommen ist. Die Frühbesprechung beginnt in fünfunddreißig Minuten, und auch wenn Helle bereits gestern in der Verwaltung gesundgemeldet wurde, ist es entscheidend, dass sie sich einloggen kann, wenn sie ihren Dienst antritt. Sämtliche Risse in Helles neuem Leben müssen geschlossen werden. Sie steht im Umkleideraum, als ihr Handy vibriert.

Johnny.

Der Benutzername des Administrators lautet KEMO. Das Passwort ist Darth Vader. Lösch die SMS.

Helle spürt einen Knoten im Bauch, es ist schwer zu sagen, ob vor Nervosität oder Aufregung. Sie zieht sich fertig um, steckt das Handy in die Brusttasche und verlässt die Umkleide, um den nächsten Computer zu finden. Sie kommt am Schalter der Ambulanz vorbei, wo eine einzelne Krankenschwester sitzt. Helle grüßt sie und setzt sich an den am weitesten von der Schwester entfernten PC. Sie ruft das Netzwerk des Krankenhauses auf und loggt sich als Administrator ein. Sie ist im System! Sie geht auf die Nutzerprofile und scrollt mit der Maus nach unten, bis sie bei Natalia Nowak ankommt.

Helle tauscht Natalias Nowaks Informationen aus. Sie hat sogar so weit mitgedacht, einen USB-Stick mit einem Foto der neuen, kurzhaarigen Natalia mitzubringen.

Helle speichert die Änderungen, klickt sich aus unzähligen Untermenüs heraus und stolpert über Stefans Profil. Sie hat keine Zeit für so was. Aber sie macht ein schnelles Foto von seinen Informationen mit ihrer Handykamera. Sie loggt sich aus, der Schweiß läuft ihr über die Stirn und zeichnet sich als große Flecken auf ihrem Kittel ab. Irgendjemand muss sich doch wundern. Dieser Jemand wird mit aller Wahrscheinlichkeit annehmen, dass Helle Ebola hat, woraufhin der Alarm ausgelöst und Helle entlarvt werden wird. Helle kneift sich fest mit den Fingernägeln in die Innenseite der Oberschenkel, der Schmerz lässt sie wieder klarsehen, und ihre Augen richten den Fokus auf den Login-Button für die verschiedenen Fachgruppen. Sie gibt Natalia Nowak ein, klickt auf *Passwort vergessen* und öffnet ihr Postfach. Pling, da trudelt eine Mail vom System ein, und Helle kann ihr Passwort von *Prinzessin Leia* in *Metzgerin* ändern.

Willkommen Natalia Nowak. Nykøbing-Falster-Krankenhaus.

Oh, wie hell plötzlich alles um sie herum wird. Helle hat nicht die Zeit, auf der Seite auf Entdeckungsreise zu gehen, aber sie weiß, dass sie nun offiziell als Chirurgin am Nykøbing-Falster-Krankenhaus tätig ist. Helle hat bisher nie richtig verstanden, wozu der Ausdruck »leichtfüßig« genau gut sein soll, aber auf dem Weg zur Frühbesprechung spürt sie, wie sich ihre Beine in einem beinahe schwebenden Gang vorwärtsbewegen, den sie nur als »leichtfüßig« beschreiben kann.

KAPITEL 14

Helle kann Stefan nirgends im Konferenzraum entdecken. Sie soll heute zwischen neun und vierzehn Uhr einem anderen Arzt assistieren, und um 14.30 Uhr eigenständig ein Aufklärungsgespräch bei Gerda durchführen, die für eine Koloskopie eingetragen ist. Sie hat Blut im Stuhl, da ist es Standard, eine Darmspiegelung vorzunehmen. Erwartungsgemäß wird man eine aufmüpfige Hämorrhoide oder Polypen finden, das kommt sehr häufig bei älteren Menschen vor, aber man muss natürlich sichergehen, dass das Blut keine Folge der Operation ist. Helle freut sich darauf, die alte Dame wiederzusehen.

Als alle Aufgaben verteilt sind, kommt Theis zu ihr. Er wirkt weniger gebeugt als sonst und fragt, ob sie zum Qualmen mit nach draußen kommen will. Ein zweisamer Raucherplausch ist Helle zu brenzlig, bei der Gelegenheit bietet sich allzu viel Raum für persönliche Fragen, daher schiebt sie vor, noch einen Stapel Patientenakten lesen zu müssen, bevor es losgeht. Sie sagt »müssen« mit »u«, weil viele Ausländer Schwierigkeiten haben, das »ü« auszusprechen. Helle hält nach Stefan Ausschau. Er ist nach wie vor nirgends zu sehen.

Mit einem Gefühl, als kenne sie diesen Ort schon ihr Leben lang, geht Helle durch die Gänge, hebt ein zerknülltes Stück Papier vom Boden auf, grüßt Mitva vom Reinigungsteam und schaut nach einer Patientin, die gerade aus der Narkose aufwacht, damit sie sie anschließend in *Hitlers Logbuch* abhaken kann, wie sämtliche Ärzte und Pflegekräfte das verhasste Intranet nennen. Sie ist ein Teil des Systems. Ein Wolf im Schafspelz, der fröhlich mit der Herde meckert. Sie ist glücklich.

Um 14.29 Uhr sitzt Helle startklar am Schreibtisch und klickt mit ihrem Kugelschreiber. Sie rückt den Stiftebecher zurecht, und den Wackeldackel, der ebenfalls auf dem Schreibtisch steht. Auf dem Bildschirm hat sie Gerdas Krankenakte geöffnet. Sie kennt sie auswendig. Gerda war praktisch nie beim Arzt, bis sie sich vor knapp zehn Jahren wegen eines pflaumengroßen Knubbels in der Achselhöhle untersuchen ließ. Es war Brustkrebs.

Draußen auf dem Flur nähert sich Lärm. Es klingt nach Streit. Helle scrollt wahllos mit der Maus herum und klickt ins Leere. Dann realisiert sie, dass sie die Tür aufmachen sollte, um die Patienten wissen zu lassen, dass sie sie erwartet. Sie steht auf und öffnet.

»Jetzt geh schon rein, du Dumpfnase. Du brauchst

dich nicht wie ein Musketier aufzuführen. Guten Tag, Natalia, Sie waren beim Friseur.«

Alfred versucht mit einer Armbewegung, seiner Frau den Vortritt zu lassen, bekommt jedoch einen Stupser von Gerda. Sein Stock schlägt gegen irgendein Gerät, das in ein rhythmisches Piepsen verfällt. Helle schaltet es aus.

»Hallo, Gerda, schön, Sie zu sehen. Und Sie auch, Alfred.« Helle streckt ihre Hand aus, doch Gerda zieht sie in eine Umarmung.

»Die Haare gefallen mir, sieht schick aus«, sagt Gerda.

Alfred will Helle auch umarmen.

»Immer mit der Ruhe, Casanova«, tadelt Gerda mit einem kaum merklichen Lächeln.

Sie gehen zum Schreibtisch. Alfred macht Anstalten, einen Stuhl für Gerda zurechtzurücken, doch die wirft ihm einen strengen Blick zu, und er gibt auf.

»So, Gerda.« Helle setzt eine Autoritätsmiene auf. »Sie haben Blut bei sich im Stuhl entdeckt und deshalb am Mittwoch einen Termin für eine Koloskopie.«

Gerda beugt sich nach vorn über den Schreibtisch. »Aber nur, weil Alfred keine Ruhe geben will. Dieser Quälgeist liegt mir unaufhörlich damit in den Ohren, also bekommt er jetzt seinen Willen und ich hoffentlich meinen Frieden.«

Helle schaut zu Alfred, der auf einem etwas weiter zurückgezogenen Stuhl sitzt. Er ist nicht ganz bei der Sache, was am Stock liegt, der nicht gegen den Tisch gelehnt stehen bleiben will.

»Wenn sich Blut im Stuhl findet, ist es absolut richtig zu reagieren. Wir müssen ein paar Dinge ausschließen.«

»Meine Frau hat seit anderthalb Jahren Blut im Stuhl, das ist nicht normal.« Es ist das erste Mal, dass Helle Alfred einen ganzen Satz sprechen hört.

»So ein Quatsch. Es liegt an der ganzen Rote Bete, die du dauernd ins Essen tust.«

Alfred sieht sie mit traurigem Blick an. »Das stimmt nicht, Gerda. Du isst sie ja nie.«

»Darum kümmern wir uns jetzt. Ich gebe Ihnen diese Unterlagen hier mit. Darin steht alles genau erklärt, unter anderem wann Sie vorher zum letzten Mal essen und trinken dürfen. Außerdem müssen Sie ein paar Tage lang ein Abführmittel nehmen, um den Darm zu reinigen. Vor der Untersuchung bekommen Sie ein Beruhigungsmittel, es kann schwer sein, in ... diesem Bereich ... zu entspannen.«

»Ach papperlapapp, doch nicht, wenn man schon über achtzig ist. Mein *Bereich* ist so entspannt, da hören Sie nicht mal einen Laut, wenn ich einen fahren lasse.«

Helle muss lachen.

»Ihr Dänisch ist wirklich gut«, lobt Gerda, und Alfred nickt eifrig.

Helle sieht vom einen zum anderen. »Danke, ich ube viel.«

Gerda legt Alfred die Hand auf den Arm. »Geh doch

mal schnell zum Automaten und hol uns drei Tassen Wiener Melange, dann kann ich kurz allein mit Natalia sprechen.«

Alfred runzelt die Stirn. »Ich will aber gern hören, was die Ärztin sagt.«

»Es ist eine Frauensache. Hör jetzt endlich auf, mich mit diesem dämlichen Dackelblick anzuschauen, das ist ja nicht zum Aushalten.«

Alfred steht auf und geht zur Tür. Winzig kleine Schritte, der Stock verrichtet Schwerstarbeit. Helle und Gerda folgen ihm mit ihren Blicken. Alfreds Bewegungen haben etwas Paradoxes an sich, weil sie ein gewisses Tempo ausstrahlen, tatsächlich aber in Slow Motion ablaufen.

Helle nimmt den Kugelschreiber und beginnt, hektisch damit herumzuklicken, bis ihr klarwird, welchen Stresswert das Geräusch aussendet.

Endlich schließt Alfred die Tür hinter sich.

Beide Frauen atmen aus.

»Ich kann Sie gut leiden, Natalia«, beginnt Gerda und dreht sich zu Helle.

»Ich mag Sie auch, Gerda.«

»Ich will nicht lange um den heißen Brei herumreden.«

Helles Hals schnürt sich zusammen. Sie macht sich bereit, ihr blühendes Dänisch mit einem Privatlehrer und einem Ohr für Sprachen zu erklären. Es ist durchaus machbar. Man denke an Kronprinzessin Mary. Australierin und hat so gut Dänisch gelernt. Dabei war es für sie mit der gerundeten Phonetik des Englischen eine zusätzliche Herausforderung, während sowohl Dänisch als auch Polnisch eine eher kratzige Aussprache haben. So kann sie es Gerda erklären.

»Ich weiß es«, sagt Gerda.

»Entschuldigung?«, fragt Helle.

»Es ist Krebs. Ich bin mir sicher.« In Helle fließt ein dicker, trüber Strom von Erleichterung und Traurigkeit zusammen.

»Es kann so vieles sein, Gerda. Polypen, Hämorrhoiden, äh …«

»Ich weiß mit jeder Körperzelle, dass es Krebs ist. Ich habe seit über zwei Jahren Blut und Schleim im Stuhl und immer wieder Verstopfung.« Gerdas Stimme hat etwas Mildes.

»Wenn Sie recht haben, gibt es heutzutage viel, was man tun kann.«

»Genau das versuche ich Ihnen ja zu sagen. Wir werden gar nichts tun.«

Helle hat die Sache mit ihren Dänischkenntnissen völlig vergessen. »Natürlich werden wir das. Es gibt etliche Behandlungsmöglichkeiten …«

Gerda unterbricht sie. »Sie haben meine Akte gelesen. Sie wissen, dass ich Brustkrebs hatte. Sie wissen, ich hatte Chemotherapie, einen Rückfall und erneute Chemotherapie. Das ist zehn Jahre her. Und ich mache das nie wieder.«

»Aber Sie sind doch gesund geworden, und die Chemo ist inzwischen viel besser.« Helle gerät ins Stocken, ihre Chemo-Kenntnisse sind reichlich begrenzt.

»Das spielt keine Rolle. Ich bin dreiundachtzig, ich hatte ein gutes Leben und habe vor, es weiterhin zu genießen, bis es zu Ende geht.«

»Sie möchten also keine Behandlung, falls es tatsächlich Krebs ist?«

»Unter keinen Umständen. Wir haben nur dieses eine Leben, Natalia. Es wurde uns geschenkt, es liegt in unseren Händen, und es ist kostbar. Ich möchte das Beste aus meinen letzten Jahren machen. Meine größte Sorge ist, was aus diesem Taugenichts werden soll, wenn ich nicht mehr bin.«

Helle treten Tränen in die Augen. Gerda ist die Ruhe selbst.

»Jeden Morgen genehmige ich mir ein Bierchen mit meiner Vitaminpille, und damit hat sich's. Ja, und dann mache ich hin und wieder einen Ausflug in die Stadt und besorge mir einen ordentlichen Kanister Haschöl, heutzutage lernt man das ein oder andere beim Bingo. Alfred sage ich, ich würde eine Freundin besuchen. Was wissen Hähne vom Eierlegen. Ich bin dankbar für jeden neuen Tag, an dem ich Alfred den Marsch blasen kann. Aber er hat nichts davon, die Wahrheit zu wissen. Wenn's passiert, passiert's. Das Leben ist jetzt. Das verstehen Sie doch, oder, Natalia?«

Helle lehnt sich in ihrem Stuhl zurück. »Ja. Erst mal

müssen wir das Resultat abwarten, aber ich höre, was sie sagen. Es ist Ihre Entscheidung.«

Draußen auf dem Gang ist ein Aufschrei zu hören, dann läuft ein brauner See durch den Spalt unter der Tür ins Untersuchungszimmer herein.

Gerda steht auf und schiebt den Stuhl zurück auf seinen Platz am Schreibtisch. Dann öffnet sie die Tür und trifft auf Alfred, der gerade mit einer Verbrennung zweiten Grades von einer Krankenschwester untersucht wird. Trotz des Schmerzes blickt er Gerda liebevoll an.

»Ich hab einen gerettet, Schatz«, sagt er und reicht Gerda einen halbvollen Becher.

»Egal, wir sind hier eh fertig. Gib ihn der Frau Doktor.«

»Aber ...«

»Die Frau Doktor und ich haben alles Nötige besprochen. Es ist also alles in Butter. Wenn du deine steifen Beine runter zum Kiosk kriegst, spielen wir eine Runde Lotto.«

Helle geht auf Alfred zu, der den heißen Kaffee in der Hand balanciert.

»Danke, Alfred«, sagt sie.

Alfred dreht sich mühsam um, Gerda fasst ihn unter dem Arm, und dann zockeln sie davon.

Helle schaut ihnen nach. Sie weiß ganz genau, wie Gerda sich fühlt. Wenn man alles zu verlieren hat, scheiß drauf, lass die Lunte abbrennen.

Rastlos geht sie im Untersuchungszimmer auf und ab. In einer Dreiviertelstunde hat sie einen Nabelbruch. Sie geht in die Kantine, hier ist Stefan auch nicht. Sie bezahlt einen Salat und den Fisch des Tages, setzt sich und isst, während sie einen Artikel über einen neuen Durchbruch in der Behandlung von Darmkrebs liest. Jedes Mal, wenn jemand den Raum betritt, hebt sie den Blick. Ob Stefan krank ist?

Sie stellt ihr Tablett in den Geschirrwagen und geht auf die Toilette, wo sie sich die Hände wäscht und ein Pfefferminzbonbon in den Mund steckt.

Helle hat ihr Handy im Untersuchungszimmer vergessen und muss noch mal zurück. In der Kantine sind Menschen, auf den Gängen, in den Zimmern, und trotzdem fühlt sich sie allein. Das Handy liegt zum Glück immer noch auf dem Schreibtisch. Einen Augenblick bleibt sie stehen und schaut aus dem Fenster. Ein Baum mit ausladender Krone, die dünnen Zweige bewegen sich leicht im Wind. Von außen betrachtet sieht das Leben aus wie immer. Innerlich aber empfindet Helle ein starkes Gefühl von Veränderung. Sie zuckt zusammen, als sie eine Hand auf der Schulter spürt. Nur ein winziger Moment, dann ist ihr Körper Butter.

»Hier sind Sie also.« Stefan steht hinter Helle, ein unverstelltes, sexy Lächeln spielt um seine Lippen.

»Hallo. Ich habe nach Ihnen gesucht«, rutscht es Helle heraus.

»Jetzt haben Sie mich ja gefunden.« Die Möglichkeit,

diesen kleinen Wortwechsel als den Wendepunkt zu interpretieren, den die meisten Jennifer-Aniston-Filme früher oder später nehmen, rumpelt durch Helles Kopf und macht sie verlegen. Sie räuspert sich.

»Wo waren Sie den ganzen Tag?«, fragt Stefan.

»Hier«, antwortet Helle, die ganz vergisst, verlegen zu sein, und stattdessen seinen Blick einfängt. Sein Blick ist warm, ermutigend, dann wechselt er und beginnt, Helles verlegenem Blick von vorher zu gleichen.

»Wann haben Sie Feierabend?«, fragt Stefan.

»Um sechs«, antwortet Helle und wagt sich bis ganz hinaus, wo der kleinste Windstoß sie umwerfen könnte. »Wollen wir anschließend ein Bier trinken gehen?«

»Gern. Treffen wir uns um Viertel nach an meinem Auto?«, schlägt Stefan vor.

Sie schauen einander an wie zwei Teenager, die Spannung ist Herrscherin des Raums, bis Helle den Stier, das heißt Stefan, bei den Hörnern packt und ihn in einen innigen Kuss zieht.

Helle steht am Auto und wartet. Sie ist in Zivil und würde wünschen, sie hätte heute Morgen etwas anderes angezogen. Die hellblaue Bluse von Vila zeigt leichte Ermüdungserscheinungen, aber sie hat sich mit einem Hauch kirschfarbenem Lipgloss und einem Highlighter, den sie mal von Michelle bekommen hat, frisch gemacht. Schaum hat Helles Haaren neues Volumen verliehen. Stefan lächelt, als er sie sieht. Er wirkt entspannt. Sein

T-Shirt hat einen ganz gewöhnlichen Ausschnitt, und Helles Schultern fallen nach unten.

Sie fahren mit Stefans Volvo V70 in Richtung Karrebæksminde. Seine Familie besitzt ein Sommerhaus am Wasser, das immer leer steht. Das Auto hat ein Schaltgetriebe, und Helle ist noch nie mit jemandem gefahren, der so locker und mühelos zwischen den Gängen wechselt wie Stefan. Sie schaut auf seine Hand, die auf dem Schaltknüppel ruht, während sie ihm eine Frage nach der anderen stellt. Ihr Gespräch plätschert unbeschwert dahin. Stefan arbeitet seit Abschluss seiner Ausbildung am Krankenhaus, er ist unverheiratet und hat keine Kinder. Helle hatte keine Ahnung, dass sie Stefan so sehr mag, wie sie es tut. Ganz ohne Vorbehalte. Die Sonne scheint, sie fahren nach Enø, an den Strand. Theoretisch riskiert Helle, jemanden zu treffen, den sie kennt. Aber es ist ein Arbeitstag, sie sieht nicht aus wie sie selbst, und so viele Leute kennt sie auch wieder nicht in Karrebæksminde.

Sie setzen sich ins Café Fiskerlejet, wo ein Duo zum Tanz spielt, ohne dass jemand tanzt. Das Duo besteht aus einem Vater und seiner Tochter. Helle lauscht dem dünnen, unsicheren Gesang der Tochter, und als sie singt *Wo soll'n wir schlafen heute Nacht*, während der Vater liebevoll von seinem Keyboard zu ihr aufschaut und zurückträllert *Ich weiß, wohin wir gehen können*, müssen sie beide lachen. Sie rücken näher zusammen. Ihre Schenkel berühren sich. Inzwischen haben sie eine

Flasche Wein getrunken, und sie gehen hinunter ans Wasser, wandern den Strand entlang, bis er menschenleer ist. Hier, wo das Schilf beginnt und Schutz vor dem Wind bietet, legen sie sich in den kühlen Sand. Helle ist zwanzig, betrunken und sehr lebendig. Stefans Körper fällt in ihren, es ist, als wären sie aus derselben Form gegossen. Sie schlafen nicht miteinander, sie küssen sich, erkunden sich gegenseitig und unterhalten sich zwischendurch. Bis eine Möwe Stefan auf den Kopf kackt und sie zum Sommerhaus fahren.

Drinnen riecht es typisch nach Sommerhaus, ein wenig abgestanden, aber auch angenehm. Alle Räume haben Teppichboden, und sie legen sich in ein knarrendes Fichtenholzbett in einem kleinen Zimmer. Sie behalten das meiste an Kleidung an, und so bleiben sie einfach nebeneinander liegen, gegossen in die Form, die anscheinend so gut zusammenpasst. So hat sie nie mit Mikael Bo gelegen. Stefan riecht nach Sommerhaut und Waschpulver.

KAPITEL 15

Helle wird vom Ton eines mechanischen Flötens geweckt und schlägt die Augen auf. Die Luft steht still in dem kleinen Raum, ihre Haut ist klamm, sie muss sich erst orientieren. Ein Arm liegt schwer auf ihr. Stefans Arm. Helle hebt ihn vorsichtig an und greift nach ihrem Handy.

Mikael Bo
07.12
Da unsere persönliche Beziehung keinen günstigen Ausgang gefunden hat, sehe ich mich gezwungen, reinen Tisch zu machen und Ihnen eine endgültige Aufstellung meiner Außenstände zukommen zu lassen. Zum heutigen Tag schulden Sie dem Unterzeichneten 68 974 Kronen. Da ich Sie mehrfach erfolglos bzgl. der Forderungen zu erreichen versucht habe, werden Verzugszinsen geltend gemacht. Der Betrag kann in vier Raten zurückgezahlt werden, wobei die letzte in drei Monaten vom heutigen Datum fällig wird.

Es sei angemerkt, dass der Ring mit einem Wert von 299 Kronen bereits in vollem Umfang gegengerechnet wurde. MFG Mikael Bo, Gastwirt/Gründer/Direktor

Helle legt das Telefon auf ihrer Brust ab und schließt die Augen. Eine Schuldenaufstellung per SMS, formuliert in opulenter Amtssprache. Es erschreckt Helle, wenn sie daran denkt, welche Rolle Mikael Bos Geld für die Beziehung gespielt hat, die sie in den letzten Jahren geführt haben. Sie hat sich immer wieder eingeredet, dass es nicht um das Geld ging, das er ihr lieh, sondern um seine Bereitschaft, ihr zu helfen. Dass es viel über seinen Charakter aussagte. Hand aufs Herz, sie ist sich nicht mehr sicher. Eines allerdings steht zweifelsfrei fest: Helle ist entschlossen, das Geld für Mikael Bo umgehend zu beschaffen. Sie will sich völlig frei von ihm machen.

Stefan schläft. Sein Atem ist schwer, aber er schnarcht nicht. Anders als Mikael Bo, der wie ein Sägewerk klingt. Neben manchen Menschen gewöhnt man sich nie daran zu schlafen, aber heute Nacht hat Helle tief und fest geschlummert, sie kann sich nicht erinnern, sich auch nur ein einziges Mal umgedreht zu haben. Sie greift wieder nach dem Handy und googelt Natalia Nowak. Gestern gab es mehrere Situationen, wo sie ins Stocken geraten ist. Helle muss sich zumindest ein gewisses Hintergrundwissen über ihr neues Ich aneignen, damit sie im Gespräch die passenden Antworten parat hat, falls

Stefan sie etwas Persönliches fragen sollte. Zum Glück scheint Natalia auf keinerlei sozialen Netzwerken aktiv zu sein. Dafür hat sich Helle alle Informationen über die echte Natalia Nowak aus dem Netzwerk des Krankenhauses gemerkt und googelt ihre polnische Adresse.

Wie sich zeigt, lebt Natalia gemeinsam mit ihrem Vater in einem kleinen Reihenhaus in Krakau, und im Gegensatz zu ihr ist er ein eifriger Facebook-Nutzer. Google Translate ist nicht unbedingt ein verlässliches Werkzeug, aber Helle ist recht sicher, dass Natalia noch eine Schwester hat, die Mutter nicht mehr da ist und der Vater regelmäßige Updates zu seiner Krankheit und seinem Hund postet, der es sich offenbar trotz wiederholter Verbote beharrlich in seinem Bett bequem macht. Helle setzt das Puzzle zusammen und kommt zu dem Schluss, dass Natalia aufgrund der Belastung durch die Krankheit ihres Vaters selber krankgeschrieben wurde und ihre Ausbildung unterbrechen musste, weshalb der Vater sich schuldig fühlt, was Natalia wiederum noch mehr belastet. Alles in allem klingt es nicht, als ob Natalia so bald zurückkäme. Es sei denn, der Hund würde sich eines Nachts auf das Gesicht des Vaters legen und ihn unbeabsichtigt ersticken, aber das ist ein absurder und unwahrscheinlicher Gedanke. Ungefähr so, als würde sich eine Metzgerin als Ärztin ausgeben.

Der Vater liefert Helle genügend Stoff, um ein paar oberflächliche Gespräche über ihre Vergangenheit meistern zu können.

Stefan wird wach. Er küsst sie auf die Stirn.

»Was hältst du von Brunch?«, fragt er.

Stefan muss eine Jeans im Einkaufszentrum von Næstved umtauschen, daher enden sie im Starbucks gleich neben dem Eingang zum Supermarkt. Helle behält ihre Sonnenbrille auf, bis sie einen Tisch in einer Ecke gewählt haben. Sie hat sich zwar eine neue Frisur zugelegt, aber es gibt keinen Grund, übermütig zu werden. Stefan geht zum Tresen, um zu bestellen, und Helle lässt sich tief in ihren Sessel sinken, da entdeckt sie Gerichts-Marlene, die mit schnurlosen Kopfhörern in den Ohren und einem voll beladenen Einkaufswagen aus dem Supermarkt kommt. Sie hat einen Großeinkauf gemacht. Küchenrollen, Hackfleisch, Tütensoße, stapelweise Zeug. Helle schaut weg und liegt fast in ihrem Sessel, als Stefan mit einem Tablett zurückkommt.

»Bist du sehr müde?«

»Ich bin nur ein bisschen zusammengesackt, weil ich so einen Bärenhunger habe.«

»Es ist wirklich beeindruckend, dass du bereits solche sprachlichen Bilder verwenden kannst.«

»Äh ... danke. Das habe ich der Frau meines Großvaters zu verdanken. Wir standen uns sehr nah. Sie war ein Fan von Redewendungen ...«

Stefan hat griechischen Joghurt mit Beeren gekauft, Wraps mit Feta und Spinat, Muffins und Schokocroissants. Und zwei große Latte Macchiato. Vor dem Supermarkt verteilt ein junger Mann in Wolfskostüm Süßigkeiten und Flaggen an die Kinder.

»Darf ich fragen, woran dein Vater leidet? Wie mir scheint, ist es etwas sehr Ernstes.«

Helle holt tief Luft. »Er hat einen Gehirntumor, er ist gutartig, aber er war sehr groß, als sie ihn gefunden haben, und hat auf sein Nervenzentrum gedrückt. Jetzt wurde er zweimal operiert, und es geht ihm schon besser. Es war ... hart, du weiß ja, ich war krankgeschrieben. Mir fällt es immer noch schwer, darüber zu reden, ich hoffe, du verstehst das ... Mmh, ich kann mich nicht erinnern, wann es mir zum letzten Mal so gut geschmeckt hat. Isst du dein Croissant nicht auf?«

Stefan reicht Helle den Rest seines Croissants, steht auf und bringt das Tablett weg. Helle schaut ihm nach. Er ist einfach aufgestanden. Sie hat keine Zeit gehabt, in seinem Gesicht zu lesen.

»Es ist völlig in Ordnung, wenn du noch nicht darüber reden möchtest. Nimm dir erst mal Zeit, um die Sache für dich zu bearbeiten. Aber versprich mir, dass du irgendwann mit jemandem darüber sprichst.« Stefan blickt sie mitfühlend an, als er zurückkommt und sich wieder setzt. Helle fällt es schwer, ihm in die Augen zu sehen. Sie nickt, den Blick immer noch nach unten gerichtet. Einen Moment sagt keiner etwas.

»Hallo, Stefan. Entschuldigung, hallo!«, bricht eine Stimme das Schweigen.

Sie schauen auf.

»Guffe, hallo!«, begrüßt Stefan Jan Guffe Hansen, der schnaufend und mit rotem Gesicht auf sie zukommt. Helles Augen flackern. Von sämtlichen Momenten der Welt. Ausgerechnet jetzt. Von sämtlichen Männern der Welt. Ausgerechnet Guffe. Sie überlegt, aufzuspringen und wegzurennen, sie überlegt, was eine Kuchenplatte aus der Vitrine mit Guffes Gesicht machen könnte. Stattdessen erstarrt sie. Guffe steht nun direkt bei ihnen und ringt nach Atem.

»Entschuldigen Sie ... Entschuldigen Sie, dass ich Sie an Ihrem freien Tag störe.« Er nickt Helle kurz zu, er hat immer noch keine Ahnung, wer sie ist. Dann schaut er wieder zu Stefan.

»Es tut mir wirklich leid, aber es geht um meine Frau, es geht ihr sehr schlecht, eine alte Blinddarmwunde. Sie sitzt im Auto. Ich will versuchen, irgendein Schmerzmittel in der Apotheke zu bekommen, aber es geht ihr wirklich schlecht.« Er wirft Helle einen Blick zu, und sie kann beim besten Willen nicht den Guffe erkennen, den sie neulich getroffen hat.

»Und da habe ich Sie hier sitzen sehen. Sie sind Ärzte, ich kenne Sie aus dem Krankenhaus. Ich bin Guffe, Service-Guffe. Könnten Sie nicht mitkommen und kurz nach ihr sehen?« Guffe sieht aus, als würde er jeden Moment in Tränen ausbrechen.

»Natürlich.« Stefan steht auf und nimmt ihre Jacken. Helle kann nichts tun. Sie erwägt, die Sonnenbrille wieder aufzusetzen, aber dafür ist es jetzt auch zu spät. Außerdem hat Guffe gerade ganz andere Sorgen.

Sie landen im selben Flügel der Drehtür, die aus dem Einkaufszentrum führt. Der Schweiß läuft Guffe über die Stirn, als sie nach draußen auf den Parkplatz kommen. Er läuft voran und dreht sich immer wieder um, um sicherzugehen, dass sie noch folgen. Helle hält sich in Stefans Schatten. In Reihe zehn hält ein Daewoo Matiz mit offenen Fenstern, in dessen Inneren der Umriss einer kleinen Frau zu erkennen ist.

»Hey, kleiner Schatz. Mali, Liebling, ich habe zwei Ärzte mitgebracht. Die können dir helfen. Alles wird wieder gut.«

Mali sitzt zusammengekrümmt auf dem Beifahrersitz, die eine Hand gegen das Handschuhfach gepresst. Sie hat offensichtlich Schmerzen.

»Es ist okayyy. Mir geht sehr gut. Muss nur bisschen sitzen.«

Guffe öffnet die Beifahrertür und streicht Mali zärtlich über die Stirn. »Kleiner Schatz, gleich geht es dir besser. Das ist Stefan und das ... äh ... tut mir leid, wie ist Ihr Name?«

Helle versteckt sich noch immer hinter Stefan. Sie hebt die Hand zu einem linkischen Gruß. Mali schaut auf und fängt ihren Blick.

»Natalia. Ich heiße Natalia«, murmelt Helle.

Stefan macht einen Schritt auf Mali zu, doch Guffe hält ihn vorsichtig zurück. »Ich glaube, es wäre besser, wenn Natalia nach ihr sieht. Es ist nichts Persönliches, so ist ihre Kultur, sie sagt, sie möchte lieber mit einer Frau darüber sprechen.«

Stefan tritt überrascht zurück. »Oh, natürlich.«

Guffe streichelt Mali nochmals, bevor er Helle Platz macht. Seine Berührung strahlt eine Sanftheit aus, die Helle nie von Guffe erwartet hätte, die aber ganz natürlich für die beiden zu sein scheint. Selbst Guffes Stimme ist anders. Weicher.

Guffe fasst Helle am Arm und sagt vertraulich: »Ihr wurde der Blinddarm entfernt, als sie noch in Thailand gelebt hat. Seitdem gibt es immer wieder Probleme. Ich glaube, die Ärzte dort sind nicht so gut wie unsere.«

Da ist Helle anderer Meinung. Dr. Tongmeesee, ihr thailändischer Chirurgen-Brieffreund, ist fähiger und wissbegieriger als so manch dänischer Arzt, dem sie begegnet ist. Aber dieser Einwand dürfte in der aktuellen Situation keine Relevanz haben.

Helle dreht ihr Gesicht von Guffe weg, klopft ihm aber beruhigend auf die Schulter. Dann geht sie ums Auto herum und setzt sich auf den Fahrersitz neben Mali. Sie hat einen trockenen Mund und atmet in kurzen Stößen aus. »Ja. Hallo Mali. Natalia. Haben Sie im ganzen Bauch Schmerzen?«

Mali schüttelt mit zusammengepressten Zähnen den Kopf.

»Haben Sie Fieber? Vielleicht ist es ja ein Virus?« Helle bewegt sich auf Glatteis.

Mali nimmt die Hand von ihrem Bauch und schiebt die Bluse hoch, damit Helle es sehen kann. Ein Wald von Narben, die in zufälliger Anordnung unterhalb des Nabels verteilt sind, kommt zum Vorschein, die Haut bis zu den Schamhaaren ist geschwollen und bläulich verfärbt.

»Ist *das* eine Blinddarmwunde?« Helle hat noch nie etwas Vergleichbares gesehen. Michelle wurde mit neun Jahren der Blinddarm entfernt, und sie war immer beeindruckt von der diskreten, kaum mehr als drei Zentimeter langen Narbe, die sich auf der rechten Seite abzeichnet. Das hier ist ein Krater, und im Übrigen nicht nur rechts.

»Ja. Blinddarm. Schlechte doctors. Do you speak English?«

»Yes?«, antwortet Helle.

»Appendix burst inside me, very hard to fix ...«

»No, this is not that, it looks nothing like an appendix scar. I need to talk to my colleague.« Helle will aufstehen, doch Mali greift ihr Handgelenk. Ihr kreideweißes Gesicht ist ganz nah an Helles. Ihre Augen huschen von Guffe und Stefan zu Helle. Dann flüstert sie mit kaum hörbarer Mäuschenstimme: »Can I trust you, woman to woman, can I trust you not to tell G?«

»G?«, fragt Helle.

»Guffe. Please. Do not tell Guffe.« Helle dreht sofort den Kopf zu Guffe. »He cannot understand any Englisch«, erklärt Mali mit einem Schulterzucken.

Guffe steckt den Kopf zur Autotür herein.

»Wie sieht es hier drinnen aus? Können Sie etwas für meinen Liebling tun? Muss sie untersucht werden?«

»Es sieht gut aus, Sie müssten nur bitte ein Stück zurücktreten.«

»It's okay. I am just talking to Doctor Natalia and ...«, setzt Mali an.

Guffe macht ein verlegenes Gesicht. »Du weißt doch, dass ich kein ...«

»Und ich weiß nicht, wie man eine Warmwasseranlage belüftet, wir können nicht alle alles können, Guffe«, sagt Helle. Schließlich wurde sie seinerzeit nicht ohne Grund zur Vertrauensperson der Metzgerei gewählt, damals, als sie noch an das Leben glaubte und die Fähigkeit besaß, mit jedem sprechen zu können.

Guffe schaut von einer zur anderen und geht dann zu Stefan zurück, der an der Heckseite des Autos steht. Sie unterhalten sich. Stefan ist gelassen wie immer.

»Sie können mir alles sagen, ich verrate es niemandem«, flüstert Helle und meint es aus tiefstem Herzen.

Mit vor Schmerz gepresster Stimme erzählt Mali, dass die Narben von einem Messer stammen. »They are cuts from a knife. They are old, okay.« Wie sich herausstellt, war Mali Prostituierte, als sie noch in Phuket wohnte, und wäre fast gestorben, als sich ein Kunde weigerte zu bezahlen und daraufhin ein Messer zog. Mali hat Guffe nie die Wahrheit erzählt, sondern immer nur gesagt, sie habe im Verkauf gearbeitet, woraus Guffe schloss, dass sie einen Laden meinte. Und dann hatte sie die Geschichte mit dem Blinddarm erfunden. »He assumed it was at the grocery store and I didn't want to tell him the truth.« Malis Miene bleibt unbewegt, während sie spricht. Es sind nüchterne Fakten, die sie aus medizinischer Notwendigkeit mitteilt.

»Ich verstehe. Aber warum ist jetzt alles so geschwollen?«

Helle legt Mali vorsichtig die Hand auf den Bauch, die Haut ist heiß.

Mali lässt sich erschöpft in den Sitz zurücksinken. »He hit my pancreas with the knife.«

»Pancreas?«, fragt Helle. »Ah, die Bauchspeicheldrüse. Er hat die Bauchspeicheldrüse mit dem Messer getroffen.«

Mali erklärt, dass es sich ab und zu um die Bauchspeicheldrüse herum entzündet und sie normalerweise Antibiotika von ihrer Ärztin bekommt. Sie betont das Wort *Ärztin.* »But now she has retired, and I cannot explain to the new male doctor about my situation. I cannot. And I cannot let Guffe know about this ... and ... and ... I just need my medicine.«

Helle beugt sich vor und greift Malis Hand. »Machen Sie sich keine Sorgen. Ich kann Ihnen die Antiobiotika verschreiben. Das ist kein Problem.«

»Really? I would be so grateful, thank you, thank you.«

»Ja. Ich kann mich gleich von meinem Handy aus einloggen und es bestellen, dann können Sie es in spätestens einer Stunde in der Apotheke abholen. Es gibt eine im Einkaufszentrum.« Helle lächelt. »Aber erst mal bekommen Sie die hier gegen die Schmerzen.« Helle kramt in ihrer Tasche und holt eine Ibuprofen und zwei Paracetamol für Mali heraus.

Mali sagt etwas auf Thai. Sie schaut Helle an und macht ein Zeichen mit der einen Hand.

»We are connected now«, flüstert sie. Sie zieht Helles Stirn zu sich und drückt sie gegen ihre, während sie weiter auf Thai murmelt. Und dann auf Englisch. »Same spirit.«

»Sometimes women must stand together, right«, nickt Helle.

»Sometimes they must«, antwortet Mali.

»Aber Mali, ich denke nicht, dass sie den Leuten ihre Narbe zeigen und ihren Blinddarm dafür verantwortlich machen sollten. Ich glaube, man braucht kein Arzt zu sein, um zu sehen, dass es nicht stimmt. Ich bin sogar ziemlich sicher.«

»But G never doubted«, antwortet Mali etwas skeptisch.

»Yes, well, that's on G«, murmelt Helle.

»Ist alles okay bei euch?«, fragt Stefan und kommt nach vorn zum Fahrersitz.

Helle lehnt sich aus dem Fenster. »Ja, alles gut. Es ist nichts Ernstes, eine kleine Infektion, weiter nichts.«

»Okay«, sagt Stefan und gibt die Information an Guffe weiter, der ihm um den Hals fällt.

»Wissen Sie, welche Antibiotika Sie sonst immer bekommen?«, fragt Helle.

Mali bückt sich und klaubt ein kleines pinkes Täschchen vom Boden des Fußraums auf. Es ist mit Strasssteinchen verziert. Sie öffnet es und zieht einen Zettel heraus. Helle macht ein Foto davon.

»Sie sind guter Mensch, Natalia.«

»Ach, jetzt übertreiben Sie aber.«

Helle steigt aus dem Auto, und Stefan und Guffe kommen ihr entgegen. Guffe umarmt sie. Es ist eine viel zu lange Umarmung, die Helle nach Möglichkeit gern vermieden hätte. Ihr Blick trifft Stefans. Er kann sehen, dass sie sich unwohl fühlt. Guffe schluchzt laut.

»Ich weiß nicht, was ich ohne Sie getan hätte. Sie ist mein Licht. Danke. Vielen Dank für die Hilfe.«

»Das war doch eine Kleinigkeit.«

»Nein, war es nicht. Nicht für mich.« Guffe schaut zu Mali, die sich wieder einigermaßen im Sitz aufgerichtet hat.

Stefan hat Helle in der Nähe des Axeltorvs abgesetzt, sie muss noch ein paar Besorgungen machen. Sie haben sich lange im Auto geküsst. Seine Küsse waren schön, gespickt mit kleinen Pausen, dann wieder tief und leidenschaftlich, und ihre Zunge war auf Entdeckungsreise gegangen, bis sie ganz vergaß, an die Zunge zu denken, und der Kuss zu einem Strom wurde, der durch den ganzen Körper floss.

»Bis bald«, hatten sie zum Abschied gesagt, und das war genug.

Helle kommt an dem Laden vorbei, der eigentlich für Michelles und ihr biologisches Sonnenöl vorgesehen war. Direkt gegenüber der Löwen-Apotheke. Die Räume stehen immer noch leer. Sie überquert die Straße und bleibt vor dem Schaufenster stehen. Hätte sie nur diese verdammten siebentausend Kronen beschafft und Michelles Anteil nicht gestohlen, um die Mietschulden zu bezahlen, würde Michelle jetzt dort drinnen stehen und die Kundschaft in der schweren Kunst beraten, wie man am besten die Haut schützt, während man sie in der Sonne brutzeln lässt. Das war der Plan. Der kleine Laden sollte zunächst vor allem als Lager für den Online-Verkauf dienen. Michelle hatte alles genau ausgerechnet. Sie hat ein Gefühl für Timing und Ahnung von Plattformen, dem Ladensterben und den Möglichkeiten im Internet, und dazu kennt sie die richtigen Leute, um das Produkt auf Instagram, Snapchat und sämtlichen digitalen Wegen zu bewerben.

Helle kann nicht begreifen, dass sie noch vor kurzer Zeit bereit war, das hart ersparte Geld ihrer Tochter herzugeben. Das alles scheint auf einmal so fern. Sie ist jetzt eine Frau, die die Verantwortung für ihr Handeln und ihre Tochter übernimmt. Helle *muss* ihr Gehalt vom Krankenhaus haben. Sie hat das Geld verdient. Soll sich die echte Natalia eben mit dem Krankengeld zufriedengeben, was weiß sie. Auf Natalia warten zwei Monatsgehälter, und das dritte wird in einer Woche ausbezahlt. Dieses Geld gehört Helle. Sie muss nur irgendwie drankommen. Und dann bye-bye Mikael Bo, bye-bye lästige Schuldscheine, bye-bye Geldsorgen. Helle tritt ans Fenster. Auf einem Schild an der Scheibe steht eine Telefonnummer. Michelle würde es glücklich machen, sie würde ihr verzeihen.

Helle wählt die Nummer.

»Hier ist Helle Janning. Ich rufe wegen der Ladenfläche am Axeltorv 8 an …«

KAPITEL 16

Die Dunkelheit auf dem Land ist eine andere als die in der Stadt, stumm umfängt sie Wiesen und Felder, ungestört vom Schein der Lampen. Helle hatte Nachtschicht und fährt nun mit Fernlicht auf der schmalen Landstraße.

Johnny

17.21

Komm zum Burger King in Nørre Alslev. Punkt 21 Uhr.
Jetzt gibt es keinen anderen Weg.

Die SMS beunruhigt sie. Weshalb besteht er plötzlich darauf, sie dort zu treffen, statt zu Hause? Dieser Szenenwechsel hat irgendeinen Grund, und Helle kann sich nicht erklären, welchen. Sie versucht, nicht zu grübeln und stattdessen die Fahrt ihre entspannende Wirkung entfalten zu lassen.

Helle ist jetzt seit bald fünf Wochen am Krankenhaus.

Sie fühlt sich nicht länger wie jemand, der den anderen mit seiner Unwissenheit zur Last fällt. Im Gegenteil, die Leute haben angefangen, sie um Rat zu fragen.

In der Schicht heute ging es vor allem um den zweiundzwanzig Jahre alten und zweihundertvierunddreißig Kilo schweren Allan, dem die Krankenkasse einen Magenbypass genehmigt hat. Ein lieber Kerl. Helle hatte zuvor noch nie bei einer Magenoperation assistiert und musste sich erst das nötige Wissen anlesen, um das vorherige Aufklärungsgespräch durchführen zu können. Was niemand wusste, war allerdings, dass Allan eine Nadelphobie hat, und als die Krankenschwester eine Kanüle hervorzog, um die erforderliche Blutprobe zu nehmen, sprang Allan mit einem Schrei auf und rannte, seinem Gewicht zum Trotz, aus dem Zimmer und den Gang hinunter. Es muss die Panik gewesen sein, die Allan die Glasscheibe der Raucherkabine übersehen ließ. Allans zweihundertvierunddreißig Kilo mit Vollkaracho ließen die Kabine in einen Ozean rasiermesserscharfer Glassplitter zerspringen. Fünf Kittel waren nötig, um zweihundertvierzehn Schnittwunden zu nähen, während zwei Anästhesisten dafür sorgten, dass Allan dabei nicht starb. Helle hatte sich mitverantwortlich für Allans Unfall gefühlt, aber Stefan hatte sie wegen ihrer Schuldgefühle geneckt, und die anderen Ärzte schienen die Situation mit einer ähnlichen, nicht anklagenden Leichtigkeit zu nehmen.

Helle schaut aufs Navi. Sie nimmt die Ausfahrt 43 nach Nørre Alslev. Die Straße ist menschenleer. Das Burger-King-Logo leuchtet von seiner zehn Meter hohen Stange auf die verlassene Landschaft.

Sie fährt auf den Parkplatz. Kein Johnny. Helle steigt aus und geht in die Burger-Bar. Es ist viel zu hell im Verhältnis zur draußen herrschenden Dunkelheit, und Helle kommt sich vor wie eine Figur in einem abgedrehten David-Lynch-Film. Hinter der Theke steht eine junge Frau, die die Schwester des dicken Allan sein könnte. Sie starrt mit leerem Blick vor sich hin. Helle erwartet jeden Augenblick, einen Zwerg im Anzug aus der Toilette kommen zu sehen.

Aus der hintersten Ecke des Raums ertönt ein Pfiff. Sowohl Helle als auch Allans Schwester schauen zu Johnny, der mit einem Liter Cola und einer unangerührten Portion Pommes an einem Tisch sitzt.

Helle geht zu ihm. Er sieht nicht sauer aus. Er sieht stocksauer aus.

Helles Lippen zittern nervös. »Hallo, Johnny. Hier ist die Nachtärztin«, sagt sie und versucht es mit einer weiteren saloppen Bemerkung: »Es ist wie in einem schlechten Film, wo sich die Bösen immer nachts in irgendeiner düsteren Spelunke treffen.«

Johnny lacht nicht. »Bringen wir es hinter uns, Helle. Es ist ehrlich gesagt zu früh für Witze.«

Helle nickt und spürt einen Stich im Herzen.

Sie rutscht auf die Kunstlederbank neben Johnny.

»Was ist mit deiner Fußfessel?« Sie lugt unter den Tisch.

»Darum hab ich mich gekümmert.«

Helle seufzt, die ganze Angelegenheit kann unüberschaubare Konsequenzen für ihre Freundschaft haben.

Er klappt einen Laptop auf. »Ich habe getan, worum du mich gebeten hast. Jetzt erkläre ich dir den ganzen Prozess, damit du das nötige Verständnis bekommst.«

»Okay, danke.«

Helle steckt sich eine von Johnnys Pommes in den Mund, sie ist kalt und labberig.

Johnny tippt konzentriert.

»Warum treffen wir uns nicht auf dem Hof?«

Johnny antwortet, ohne aufzusehen. »Ich will diese stinkende Angelegenheit nicht in meinem Zuhause haben. In Annemettes und Almas Zuhause.«

Helle beißt sich auf die Lippe. »Es tut mir leid.«

Johnny schaut sie an, sein Blick ist gleichzeitig hart und verletzt. »Nicht jetzt, Helle. Du kannst hier nicht so eine Nummer abziehen und dich im selben Atemzug dafür entschuldigen. Du hast dich für diesen Weg entschieden, jetzt geh ihn auch, ohne zu schlingern, bis zum Ende. Das ist wirklich pathetisch.«

Helle brennen die Tränen in den Augen. Aber sie macht sich innerlich hart. »Verstanden.«

»Gut. Also, das Erste, was ich gemacht habe, Korrektur, was *du* gemacht hast …«

Johnny wirft Helle einen vielsagenden Blick zu.

»Schon klar, Johnny. Was *ich* gemacht habe.«

Johnny nickt und fährt fort: »Ich bin ins Darknet gegangen, soll heißen das dunkle, verborgene Internet. Um ins Darknet zu kommen, habe ich den TOR-Browser heruntergeladen, ein Verschlüsselungswerkzeug, das alle Spuren löscht.«

Helle macht sich Notizen auf ihrem Block, den sie extra dafür mitgenommen hat. Es ist zu gefährlich, die Informationen auf dem Handy zu speichern. Sie schreibt fertig und schaut auf.

»Aber warum Burger King? Ich nehme nicht an, dass du den Ort wegen des Essens gewählt hast.«

»VPN, Helle. Man loggt sich in einen VPN-Server, der die IP-Adresse des Computers zwischen etlichen Servern in der ganzen Welt herumschickt. Auf diese Weise ist er unmöglich aufzuspüren. In der Theorie. Aber ich will kein Risiko eingehen, deshalb machen wir es hier im Niemandsland über das WLAN dieses lausigen Schuppens.«

Es entsteht eine Pause. Helle schaut wieder auf ihren Block. »Okay. Darknet?«

Johnny fährt fort: »Das Darknet, was soll ich sagen ... Na ja, da sich deine Aktivitäten nicht nachverfolgen lassen, kannst du dir ja vorstellen, dass es ein Eldorado ist für Pädophile, ganz allgemein Kriminelle, Psychopathen ... aber auch für die CIA, den dänischen Geheimdienst, China ...«

Helle grinst verschmitzt. »Oder sehr verzweifelte Frauen?«

»Anscheinend«, gibt Johnny zurück, ohne auch nur eine Augenbraue zu heben. »Ich habe diese Seite hier gefunden«, erklärt er und öffnet einen neuen Tab. »Silkroad. Sie funktioniert wie Ebay, nur werden etwas andere Waren angeboten. Drogen zum Beispiel, Auftragsmörder und falsche Identitäten. Um einen polnischen Pass bestellen zu können, brauche ich ein paar Informationen von dir.«

Helle greift in ihre Tasche und legt Pavels Pass auf den Tisch. Johnny schaut sie an, etwas überrascht, bevor er wieder seine geschäftsmäßig neutrale Miene aufsetzt. »Okay, das ist schon mal was, aber wir müssen uns noch mit jeder Menge spezifischer Details auseinandersetzen, bevor wir …«

Helle zieht eine Mappe aus der Tasche und setzt ihre Brille auf. »Ich habe die Sache untersucht«, erklärt sie. »Die polnische Identitätsnummer heißt PESEL. Es ist ein elfstelliger Code, der mit dem Geburtsdatum beginnt, gefolgt von einer vierstelligen Nummer, aus der das Geschlecht hervorgeht. Die letzte Ziffer ist eine sogenannte Prüfziffer, durch die sich, indem man die Summe aller elf Ziffern berechnet, verifizieren lässt, dass die Nummer gültig ist und zu einer realen Person gehört. Im Unterschied zu sonst üblichen Datumsangaben beginnt die PESEL mit der Jahreszahl, gefolgt von Monat und Tag.«

Johnny starrt sie mit leicht offenem Mund an.

»Mach den Mund zu, der Furz wird kalt«, sagt Helle.

»Man muss etwas bestellen, wenn man hier sitzen will.«

Helle und Johnny schrecken zusammen und drehen sich ruckartig um. Hinter ihnen steht Allans dicke Schwester mit Kehrbesen und Schaufel. »Das sagt mein Chef.« Das junge Mädchen scheint Angst vor ihnen zu haben.

Helle lächelt und folgt ihr zur Kasse.

»Kriege ich einen Kaffee mit Milch?«, fragt sie.

»Wollen Sie ein Stück Kuchen oder ein Softeis für nur zehn Kronen dazu?«, erwidert Allans Schwester.

»Nein danke. Nur einen Kaffee mit Milch.«

»Sie können einen großen Kaffee für nur zehn Kronen haben?«, fährt das Mädchen fort.

»Keinen großen. Standardkaffee, Milch, Schluss«, sagt Helle entschieden.

»Sind Sie Mitglied im Club King?«

»Sehe ich so aus?«, antwortet Helle.

Das Mädchen schaut sie an. »Ich verstehe nicht.«

»Nur Kaffee mit Milch«, sagt Helle leise.

»Vollmilch, fettreduziert, laktosefrei oder Soja?«

»Fettreduziert.« Jetzt ist Helle wirklich genervt.

Das Mädchen tippt es in die Kasse. »Fünf Kronen.«

»All das Trara für fünf Kronen, meine Güte.« Helle zückt ihre Karte.

Johnny pfeift aus der Ecke. Sie dreht sich um.

»Bar«, ruft er.

Helle legt eine Münze auf den Tresen und bekommt ihren Kaffee. Sie geht zurück zum Tisch.

»Wird Annemette nicht misstrauisch, wenn du spätabends noch bei Burger King rumhängst?«

Johnny blättert durch die Papiere, die Helle mitgebracht hat.

»Annemette ist zu einem Gestüt in Nordjütland gefahren. Sie will sich eine vierjährige Stute mit drei guten Gangarten und sehr aktiver Hinterhand anschauen«, antwortet Johnny mürrisch.

Helle verschluckt sich vor Lachen und prustet den Kaffee über den Tisch.

Zum ersten Mal während ihres Treffens zucken Johnnys Mundwinkel.

»Die Pferdeflüsterin«, hickst Helle und wischt mit ihrem Ärmel den Kaffee vom Tisch.

»Ich weiß nicht, ob ich lachen oder weinen soll, aber deine kriminellen Fähigkeiten scheinen recht weit entwickelt zu sein.« Johnny sammelt Helles Recherchearbeiten zu einem Stapel zusammen, den er ein paarmal auf den Tisch klopft. Dann schiebt er die Unterlagen wieder in den Ordner.

»Ich war immer schon gut darin, Dinge zu recherchieren und auf die Details zu achten. Das habe ich Lars zu verdanken. Als er abgehauen ist, hat es zwei Jahre gedauert, bis ich mich durch den ganzen Regeldschungel für das Kindergeld und den Alleinerziehendenzuschuss gekämpft hatte. Wenn Menschen unter Druck stehen, kommen ganz neue Talente zum Vorschein.«

»Und Seiten der Persönlichkeit«, bemerkt Johnny.

»Ich habe Natalias dänische Identifikationsnummer im System gefunden«, sagt Helle und schaut zu Johnny, der beginnt, die Daten in eine Eingabemaske zu tippen.

Dann hebt er den Blick. »Ich glaube, ich war psychotisch, als das damals mit Selina passiert ist ... Natürlich war es *mein* Körper, der mit ihr geschlafen hat, aber mein Kopf war nicht anwesend, irgendwas muss bei mir ausgesetzt haben ...«

Für einen Augenblick ist sein Zorn verschwunden. Er ist ein verletzter Mann. Helle hat die Wunde geöffnet.

»Ich weiß. Oder das heißt, zu diesem Schluss bin ich auch gekommen. Als mir klarwurde von wem Selina da sprach, habe ich mich übergeben, es war, als hätte ich den Glauben an das Gute verloren. Eure Liebe war immer mein Anker.«

»Ich kann nicht erklären, wie ...« Johnnys Stimme bricht.

»Und das brauchst du auch nicht. Das habe ich geschworen. Die Sache ist begraben, es war nie meine Absicht, sie gegen dich zu verwenden. Das hier ist eine völlig verrückte Zeit, ein Ausnahmezustand«, sagt Helle, und Johnny schüttelt den Moment ab und richtet den Blick wieder auf den Bildschirm.

»Ich habe eine Seite gefunden, Rainbow World. Anscheinend kann man hier alle Arten Pässe kaufen.«

Johnny scrollt nach unten. Helle passt auf, dass sie alles mitbekommt.

»Fällt dir auch auf, was es für Preisunterschiede gibt?«, fragt sie.

Johnny klickt ein paar Links an.

»Das ist total irre. Anscheinend können wir einen polnischen Pass für ungefähr tausend Dollar bekommen, und ... und ...«

»Ein amerikanischer kostet zehntausend!«, beendet Helle seinen Satz. »Das ist ja Wahnsinn.«

»Rassistisch, so würde ich es nennen.«

»Das ist echt das Letzte, wer zum Teufel hat bestimmt, dass Amerika zehnmal besser ist als Polen? Schließlich hat Polen die World Steak Challenge gewonnen, nicht die USA.«

Die angespannte Stimmung lockert sich durch ihren gemeinsamen Zorn.

Johnny schnaubt.

»Was?« Helle ist bereit für eine Diskussion.

»Man bekommt Mengenrabatt, wenn man drei Pässe kauft, das ist ja wie im Supermarkt«, murmelt er. »Möchtest du zu deinem polnischen vielleicht noch einen litauischen Pass, der kostet nur zwölfhundert Dollar, und ... einen spanischen?« Johnny klingt spöttisch.

»Nur einen polnischen, bitte.«

»Na dann. Hast du eine PESEL?« Johnny legt die Finger auf die Tastatur.

Helle zieht ein Papier hervor. »79091501449.« Sie liest jede einzelne Ziffer mit größter Sorgfalt.

»Wir bezahlen jetzt erst mal mit Bitcoins, das ist am einfachsten, und dann gibst du mir das Geld später. Welche Adresse nehmen wir? Sollen wir den Pass direkt ans Krankenhaus schicken lassen?«

»Ja, das müsste gehen. Wir Ärzte haben unser eigenes Fach, wo man die Post unbemerkt holen kann.«

»Haben *wir Ärzte* auch ein Foto?« Johnny hält die linke Hand auf, und Helle, die ebenso aufmerksam ist, wie wenn sie Stefan im Operationssaal assistiert, reicht ihm prompt ihren USB-Stick.

»Okay, ich schneide es noch schnell auf das richtige Format zu, damit wir es als Passbild verwenden können.

Auf dem Bildschirm ist ein Pass mit Helles Foto und Natalia Nowaks persönlichen Daten zu sehen.

In Johnnys Tasche piepst es. Er liest die Nachricht auf seinem Handy und tippt eine kurze Antwort.

»Zeit zu gehen«, sagt er knapp.

Helle nickt. Johnnys Stimmung ändert sich im Minutentakt. Erst ist er wütend, dann vergisst er es, dann ist er wieder wütend. Sie packt ihre Sachen zusammen und macht Anstalten aufzustehen.

»Wie hast du eigentlich vor, das Geld aus Polen zu schaffen?«, fragt Johnny beiläufig.

»Na ja, ich habe herausgefunden, dass ausländische Mitarbeiter, die nur für eine begrenzte Zeit angestellt sind, ihr Gehalt im Heimatland ausgezahlt bekommen.

Daher ist der Plan, ein Konto in Polen zu eröffnen, sobald ich den Pass habe«, antwortet sie nicht ohne Stolz.

Johnny will sie unterbrechen, aber Helle kommt ihm zuvor. »Ich weiß, was du sagen willst. Aber ich habe alle persönlichen Daten aus Natalias altem Krankenhaus-Login gespeichert, und meinen Recherchen zufolge hat die Bank ihres Vaters eine Filiale in einer Stadt namens Police.«

»Police? Heißt die wirklich so?« Johnny kann ein Grinsen nicht verbergen.

»Ich werde nach Police in Polen fahren und einer Bank namens Pekao einen Besuch abstatten«, sagt Helle.

Johnnys Blick ist nicht zu deuten. »Klingt, als hättest du alles bedacht.«

Allmählich geht Helle der Sarkasmus auf die Nerven. »Ich weiß, du willst keine Entschuldigung, daher sage ich stattdessen Danke. Ich hoffe wirklich, wirklich, dass du mir eines Tages verzeihen kannst. Ich bin dir aufrichtig dankbar.«

Johnny bekommt eine neue Nachricht. Er checkt sein Handy. Helle wendet sich kleinlaut zum Gehen.

»Verrätst du mir noch, wie du ein Konto in Polen eröffnen willst, ohne Polnisch zu können?«, hört sie jetzt von hinten.

Jeder einzelne Muskel in Helle erstarrt. Das wohlbekannte Unbehagen nach einem langen Tag in der Metzgerei kehrt zurück. Augenblicklich tut ihr der ganze Körper weh. Sie sackt in sich zusammen wie eine alte Frau, dreht sich um und erwartet, in Johnnys triumphierendes Gesicht zu blicken.

»Vergiss nicht zu atmen, Helle.« Johnny Gesicht zeigt keine Regung.

Helles Knie sind willenlos, haltsuchend greift sie nach einem Stapel Tabletts, die scheppernd zu Boden fallen.

»Stimmt, ich kann kein Polnisch«, stammelt sie.

Johnny schaut sie an, immer noch ohne jedes Gefühl. »Ich weiß«, sagt er.

»Scheiße, damit ist der ganze Plan kaputt.« Helle schwankt noch immer.

Johnny lächelt, eher hämisch denn warm. Helle hat ihn noch nie zuvor so lächeln gesehen. »Du bist wirklich weit gekommen mit deiner Betrügerei. Weiter als die meisten anderen.«

Helle tritt gegen ihren Stuhl, auf einmal kocht die Wut in ihr hoch. »Was zum Teufel bringt das, wenn es doch nicht klappt?«, ruft sie.

»Man darf nicht gegen die Stühle treten«, lässt sich Allans Schwester hinter dem Tresen vernehmen.

»Man darf verdammt nochmal auch keine hundertdreißig Kilo wiegen, wenn man nur eins sechzig groß ist!« Das ist Helle so rausgerutscht.

Das Mädchen gibt keine Antwort, aber ihre Unterlippe bebt.

»Beruhig dich, Helle«, sagt Johnny. »Setz dich wieder. Was du brauchst, ist ein Maultier.«

Helle lässt immer noch mutlos die Schultern hängen. »Was?«

Johnnys Handy piepst erneut. Er wirft einen Blick darauf.

»Du brauchst ein Muli.«

Er steht auf. Helle schaut ihm nach.

»Gehst du einfach?!«

Johnny winkt sie mit sich. Sie folgt ihm nach draußen auf den Parkplatz, wo Johnny in sein Auto steigt.

Helle bleibt vor dem Wagen stehen.

»Spring rein, dann zeig ich dir, wie du es machen musst«, sagt er.

Helle setzt sich auf den Beifahrersitz von Johnnys Pick-up. Er fährt vom Parkplatz, und sie lassen Nørre Alslev hinter sich.

»Wo fahren wir hin? Und was meinst du mit Muli?« Jetzt ist es an Helle, sauer zu werden.

Johnnys Laune dagegen hat sich deutlich gebessert, er wirkt richtig aufgekratzt. »Du brauchst jemanden, der dir in einer Situation weiterhilfst, die du nicht allein lösen kannst. Am besten jemand, der auch noch den Kopf für dich hinhält, falls es schiefgehen sollte.«

Helles Gedanken wirbeln unkoordiniert in ihrem Kopf herum, sie ist wütend auf sich selbst, und es fällt ihr schwer, sich zu konzentrieren.

Johnny biegt auf einen Lastwagen-Rastplatz ein, der zu einer Werkstatt von Volvo Trucks gehört. Er ist öde und verlassen. Johnny senkt die Geschwindigkeit wie auch seine Stimme. »Pass auf. Du musst eine Möglichkeit finden, wie du die Schwächen einer anderen Person ausnutzen kannst, damit sie deine Hilfe benötigt. Sie muss von dir abhängig sein.«

Helle nickt und versucht nachzudenken.

»Also so wie du es bei mir gemacht hast, versteht du?«, flüstert Johnny.

»Johnny …« Helle wird wieder traurig.

»Schhhht. Du hast mich drangekriegt, aber weißt du was?« Johnny schaut sie an. In seinen Augen geschieht alles und nichts. »Du kannst es wieder geradebiegen.«

Sie rollen auf futuristische, rot leuchtende Ständer zu. *Tesla*, steht darauf geschrieben.

»Wo sind wir?«, flüstert Helle.

»Willst du den Schaden wiedergutmachen?«, fragt Johnny.

Vor den Ständern steht nur ein einziger Tesla. Johnny hält den Wagen an, und ein großer Mann steigt aus dem Tesla. Ein langer, dunkler Schatten in der Dunkelheit.

»Johnny, was passiert hier? Jetzt krieg ich Angst.«

Sie schauen auf die Gestalt, die vor dem teuren Elektroauto steht. Johnny zieht einen Umschlag hervor und reicht ihn Helle.

»Geh zu dem Typen da, gib ihm diesen Umschlag, nimm dafür den Umschlag, den er dir gibt, und ich helfe dir mit der Bank in Polen.«

»Du sprichst doch genauso wenig Polnisch wie ich!« Helle ist in einer neuen Szene eines David-Lynch-Films gelandet. Ein Mann, der in Zungen spricht, und ein potenzieller Psychopath in der Dunkelheit.

Johnny sieht sie ernst an. »Du schuldest mir was, Helle. Du hast mich durch eine Tür gestoßen, die ich geschlossen hatte. Jetzt sind wir hier.«

Helle nimmt den Umschlag und steigt aus dem Auto. Langsam geht sie auf den Mann zu. Ein einziges Mal dreht sie sich zu Johnny um. Er nickt ihr zu, sie geht weiter, bis sie eine Stimme hört.

»Ich muss wissen, ob das alle Dateien sind, der ganze Scheiß?«, blafft die Stimme.

Helle bleibt stehen, sagt aber kein Wort.

»Du bist eine verflucht dreckige Bitch. Ich hoffe, du kannst mit dir selbst leben.« Die Stimme des Mannes hat eine unangenehme Tonlage.

»Ich brauche einen Umschlag von Ihnen.« Helle versucht, mit fester Stimme zu sprechen.

Der Mann tritt einen Schritt vor.

»Klaus Riskær?«, fragt Helle verblüfft.

»Wer zum Teufel sollte es sonst sein?«

Der berüchtigte Finanzmann wirft Helle einen Umschlag hin. Schnell hebt sie ihn auf.

»Die Dateien, na los! Wehe, du verarschst mich wieder!«

Helle wirft ihm jetzt ebenfalls ihren Umschlag hin. Als er sich danach bückt, dreht sie sich um und läuft zurück zu Johnny. Sie springt ins Auto, und Johnny gibt mit ausgeschalteten Scheinwerfern Gas.

Er lacht.

»Klaus Riskær! Was war das eben?«, ruft Helle.

Johnny schlägt immer noch lachend aufs Lenkrad. Helle hat ihn noch nie so gesehen.

»Ha, dieser Volltrottel ist drauf reingefallen!«

Er reißt den Umschlag mit den Zähnen auf, während er gleichzeitig das Auto zu steuern versucht, das er über die Autobahn jagt. Ein paar dicke Bündel Scheine fallen heraus.

»Was zur Hölle? Hast du Klaus Riskær erpresst?«, bringt Helle heraus.

»Nicht ich habe Klaus Riskær erpresst. *Du* hast Klaus Riskær erpresst.«

Johnny wirkt höchst zufrieden mit seinem Betrug.

»Er hat mich gesehen …« Helle schaut Johnny an und versteht.

»Mach den Mund zu, der Furz wird kalt«, sagt er.

Helle weiß nicht, ob sie wütend oder erleichtert ist. Zumindest ist die Stimmung besser.

»Aber warum, Johnny?«

»Annemette wünscht sich diese Stute. Aber wir haben nicht genug Geld für Almas Medizin, das Internat und noch mehr Pferde. Also habe ich mir gedacht, wo ich wegen dir schon diese Phishing-Software herunterladen musste, weshalb sie nicht für etwas Vernünftiges benutzen?«

Helle ist sprachlos. O nein, die Abwärtsspirale. Die kriminelle.

»Ich musste mal Schadensersatz wegen illegalem Download von Filmen zahlen. Zehntausend Mäuse. An CyberCity. Die Firma gehörte Klaus Riskær. Ich habe ewig nicht mehr daran gedacht, aber jetzt ist es mir wieder eingefallen, und da habe ich beschlossen, es ihm heimzuzahlen. Na ja, jetzt, wo wir schon dabei sind. Ich habe seine Daten gefischt. Hab ihm eine Mail geschickt, in der ich mich für seine Exfrau ausgegeben habe. In sämtlichen Klatschblättern steht, dass sie ihn hasst.«

»Was hast du geschrieben?«, schmunzelt Helle.

»Nur einen Link und dazu eine einzige Zeile: Sind das Bilder von dir und unserem Au-pair?« Johnny lacht sich halb schlapp. »Und der Idiot hat auf den Link geklickt. Irgendeinen Dreck hat er also am Stecken.«

»Hast du dich dann auf seinem Computer umgesehen und etwas gefunden?« Helles neue Cyberkriminalitätshirnpartie läuft auf Hochtouren.

»Er hat allen möglichen abgefahrenen Scheiß am Laufen. Unter anderem bin ich auf ein paar Mails gestoßen, wo er irgendwelche korrupten Zollbeamten in Nicaragua besticht, damit sie bei dem Cannabis, das er aus dem Land schmuggelt, zwei Augen zudrücken. Er hat eine Plantage für medizinisches Cannabis da drüben. Ich hab ihn übers Telefon erpresst, es war schon fast zu einfach, es gibt eine App, mit der sich die Stimme verstellen lässt. Sorry, aber du warst leider perfekt für die Rolle der middle aged lady. Oh, übrigens, das Handy müssen wir loswerden.«

Sie fahren gerade über die Farøbrücke zwischen Seeland und Falster, und Johnny schleudert das Handy aus dem Fenster in die Tiefe.

»Ich habe ihn mit fünfundsiebzigtausend wegkommen lassen, das sind Peanuts für so einen Typen.«

Helle entwischt ein Lächeln. Dann wird sie wieder ernst.

»Du bist ja verrückt. Du hast das alles geplant. Dass ich mitkommen und dein Maultier sein sollte?«

Johnny nickt.

»Aber was mache ich jetzt? Ein Bankkonto kann man durch Phishing wahrscheinlich nicht eröffnen, oder?«

»Hast du nicht gesagt, du kennst einen Polen?«, fragt Johnny.

»Ja, einen«, sagt Helle vorsichtig. »Aber nicht sehr gut.«

Johnny schnippt mit den Fingern in Helles Richtung. »Welche Beziehung hast du zu ihm?«

»Ich habe ihm ein Zimmer untervermietet. Er heißt Pavel.«

»Er ist dein Mieter. Gut. Dann braucht er etwas von dir. Jetzt brauchst du etwas von ihm. Was ist er für ein Typ? Handwerker?«

»Das ist sehr vorurteilsbehaftet. Er könnte alles Mögliche sein ...«

»Was ist er dann?«, fragt Johnny ungeduldig.

»Handwerker.« Helle weigert sich, Johnny in die Augen zu sehen.

Er lässt es dabei bewenden. »Was noch? Welchen Eindruck hast du von ihm?«

»Er ist ja praktisch gerade erst eingezogen, aber na ja ... ich weiß, dass er eine Frau und eine Tochter hat, die er besucht, wenn er es sich leisten kann. Er wirkt sehr bescheiden. Sitzt abends meistens in seinem Zimmer. Es klingt, als ob er Sport bei irgendeinem polnischen Streaminganbieter schaut. Er ist ordentlich. Spricht passabel Englisch. Seine Zehen stinken. Sie stinken wirklich extrem.«

Johnny sinnt über die Informationen nach: »Er ist also daran interessiert, häufig nach Polen zu kommen. Er klingt vernünftig. Ruhiges, unauffälliges Verhalten. Keine Ahnung, wieso du mir das mit den Zehen erzählst.«

»Das war mehr, weil es mich sehr beschäftigt.«

»Du musst schnellstmöglich mit ihm reden und versuchen herauszufinden, ob er ein äh ... entspanntes Verhältnis zum Gesetz hat. Er arbeitet ja bestimmt schwarz, oder?«

»Du stellst einfach Vermutungen an, ohne ...«

»Helle! Meinst du vielleicht, du bist in der Position, hier den Moralapostel zu spielen?« Seine Stimme trieft vor Ironie.

Helle weiß selbst nicht, warum sie es ständig wieder tut.

»Er hat die Taschen immer voller Bargeld, und die Miete ist schwarz, daher, ja, ich denke schon ...«

»Du musst einen Weg finden, ihn zu deinem Maultier zu machen. Gib ihm Privilegien, damit er dir etwas schuldet. Wenn er verheiratet ist, bietet es sich an, mit ihm zu vögeln und euch dabei zu filmen.«

Helle schlägt Johnny so hart auf den Arm, dass das Auto ausschert.

»Tut mir leid, aber das ist eine gängige Methode. Die Honigfalle. Klassische Form der Erpressung mit Sex. Du kannst drauf wetten, dass es bereits ein Video mit Trump gibt, wie er im warmen Pipi einer jungen Russin badet.«

»Nächster Vorschlag, Johnny«, sagt Helle trocken.

»Du musst irgendeinen Schwachpunkt bei Pavel finden, wo du ihm helfen kannst, damit du Macht über ihn gewinnst. So wie ich dich dazu gekriegt habe, das Risiko mit Klaus Riskær einzugehen. Er muss abhängig von dir werden oder in deiner Schuld stehen.«

»O Mann, ich kriege echt Herzklopfen bei dem Gedanken.«

Johnny schaut sie gelassen an. »Schatz, dein Herz dürfte konstant auf Hochtouren arbeiten.«

»Das stimmt natürlich.«

»Es sollte nicht weiter schwierig sein. Er gehört zur unteren sozialen Schicht, solche Menschen sind generell leichter zu überzeugen. Und bevor du etwas sagst, es gibt wissenschaftliche Untersuchungen, die diese Theorie belegen.«

»In genau einer Woche muss das Gehalt auf irgendein Konto eingehen. Wie soll ich Pavel innerhalb so kurzer

Zeit überreden, mit mir nach Polen zu fahren? Das schaffe ich nie!«

»Sagte die Metzgerin, die in fünf Wochen zur Chirurgin wurde.«

Helle strafft die Schultern. Johnny hat recht. Sie kann und wird Pavel dazu bringen, nach Polen zu fahren.

KAPITEL 17

»Man könnte zum Beispiel die Decken abhängen und überall Spots anbringen, falls Sie einen zeitgemäßeren Look wünschen.« Der Makler reicht Michelle und Helle je eine Broschüre über das Mietobjekt am Axeltorv. Michelle muss ihre vor der Brust verschränkten Arme lösen, um die Unterlagen entgegenzunehmen.

»Ich finde es eigentlich sehr schön mit den hohen Decken und der Stuckrosette und so ...«, meint Helle.

»Wenn Sie mich fragen, ist die ein übler Staubfänger, aber das bleibt natürlich Ihnen überlassen. Sehen Sie sich am besten erst mal um, hinten gibt es noch eine kleine Teeküche, und wenden Sie sich gern jederzeit an mich, falls Sie Fragen haben.« Der Makler stellt sich ans Fenster, den Blick auf die Straße gerichtet.

Jetzt können Helle und Michelle so tun, als wären nur sie beide hier. Es war nicht einfach gewesen, Michelle mit zur Besichtigung zu schleifen. Sie hat nicht vor, kampflos klein beizugeben, das merkt Helle.

»Du kannst deine Liege ja hinter einen Vorhang stellen«, schlägt Helle vor und zeichnet einen Winkel mit den Händen. »Dann hast du eine Ecke für deine Behandlungen, und den Rest des Raums verwendest du als Verkaufsfläche. Es gibt mehr als genug Platz für beides.«

Michelle nickt widerstrebend. »Ich weiß bloß nicht, weshalb ich dir auf einmal glauben sollte«, sagt sie.

»Das verstehe ich. Aber diesmal bekommst du das Geld. Meine Jobsituation hat sich verändert, außerdem habe ich einen Untermieter. Er ist zuverlässig und bezahlt regelmäßig.«

Zum ersten Mal für heute schaut Michelle ihre Mutter an. »Vögelst du für Geld, Mama?«, fragt sie. Ihr Gesicht ist ernst.

»Was ist das denn für eine Frage!? Ich verdiene Geld, indem ich dein Zimmer vermiete und für diesen Hippiebauern schlachte. Du erinnerst dich doch an Jesper, oder? Ich habe das Geld, Michelle.«

»Letztes Mal hattest du das Geld auch, und dann hast du es ausgegeben.« Michelle sieht mehr verletzt als wütend aus.

»Ich weiß, Schatz. Es tut weh, nur daran zu denken.« Helle legt Michelle den Arm um die Schultern. »Dein Auszug hat mich zur Vernunft gebracht. Mir ist klar, dass ich viele Fehler gemacht habe. Und es waren sicher nicht meine letzten. Aber ich bin gründlich in mich gegangen und habe erkannt, dass ich etwas ändern muss.«

Michelle beugt den Kopf und schaut zu Boden. Sie sieht so jung und rein aus.

»In einigen seltenen Fällen können sich Menschen tatsächlich ändern. Dann bekommen sie die Möglichkeit, jemand anders zu werden.«

Michelle beißt sich auf die Wange. »Fuck, manchmal weiß ich echt nicht, was mit dir los ist, Mama.«

»Ich glaube, du bist ganz einfach ein besserer Mensch als ich«, antwortet Helle.

Michelle schüttelt den Kopf und geht zu der Stelle, die Helle für die Liege vorgeschlagen hat. Sie geht umher, prüft die Fläche und den Raum.

»Ich wäre ja bescheuert, wenn ich anfangen würde, dir wieder zu vertrauen«, sagt sie, nicht ganz, ohne bereits nachzugeben.

»Aber es wäre doch schade, es nicht zu versuchen.« Helles Stimme zittert.

Michelle zieht ein Fläschchen aus ihrer Tasche und reicht es ihrer Mutter. »Es besteht aus Raps, Weizenkeimen und kaltgepressten Himbeeren«, sagt sie. Helle öffnet die Flasche und schmiert sich etwas von dem Öl auf den Handrücken.

»Das riecht ja phantastisch.«

»Sonnenschutzfaktor dreißig und voller Antioxidantien. Ich habe eine neue Methode ausprobiert. Das Öl sättigt die Haut, ohne sie fettig zu machen.«

Michelle beginnt, mit großen Schritten die Wand auszumessen.

»Ich möchte das Öl gern direkt im Laden mischen, dann können die Leute dem Prozess auf Insta und Snap folgen und selbst die Dufttropfen wählen. Außerdem habe ich vor, die Skifahrer anzusprechen. Ein spezielles Öl für den Schutz im Schnee. Und die Segler. Die geben gestört viel für ihre Ausrüstung aus.«

Helle ist so stolz auf Michelle. »Na also dann, lass uns den ganzen reichen Säcken in Designer-Outdoorjacken und Segelschuhen ein bisschen Geld aus den Taschen ziehen.«

Der Makler kommt zu ihnen. »So. Ich habe morgen noch eine weitere Besichtigung. Das hier ist und bleibt natürlich eine der besten Ladenflächen der Stadt.«

»Schon, aber dafür riecht es nach Fisch, das spielt durchaus mit rein«, gibt Helle zu bedenken.

»Nach Fisch?« Der Makler schnuppert.

»Dieser ganz typische Fischgeruch, ja, ich weiß nicht, ob es die Wände sind, aber ich bin bestimmt nicht die Einzige, der es auffällt. Michelle, du riechst es auch, oder?«

In Michelles Augen blitzt ein Funke auf, und zum ersten Mal seit langem wird sie wieder die Tochter ihrer Mutter.

»Ziemlich durchdringend, es riecht ja auch leider nicht nach frischem Fisch, sondern eher nach welchem, der schon deutlich über dem Verfallsdatum ist. Die Frage ist, ob man den Geruch wegkriegt …?«

»Ja, das müssen wir uns auf jeden Fall gut überlegen«, ergänzt Helle.

Der Makler erkennt, dass er zu hoch gepokert hat, und lenkt ein. »Ich denke, wir könnten Ihnen preislich durchaus etwas entgegenkommen. Und wie wäre es, wenn ich mal beim Vermieter nachfrage, ob er bereit wäre, die Heizkosten für die ersten sechs Monate zu übernehmen?«

Michelle lächelt, sie bekommen ihren Willen. Der Makler gibt ihnen die Hand, der bemüht feste Händedruck steht in scharfem Kontrast zu den schwitzigen Handflächen. »Meine Sekretärin wird Ihnen alle notwendigen Unterlagen schicken. Hier haben Sie noch meine Karte zur Sicherheit.«

Der Makler tut sein Bestes, um die Oberhand zurückzugewinnen. Er macht ein paar Schritte rückwärts und dreht sich um. Dann knallt er mit dem Gesicht gegen die Glasscheibe der Ladentür. Fast muss man Mitleid mit ihm haben.

Michelle und Helle halten sich die Hand vor den Mund, als er ohne einen weiteren Blick aus dem leeren Geschäft eilt. Er hinterlässt einen ovalen Fettfleck auf der Tür.

Michelle lacht und klaubt ihre Tasche vom Boden auf.

»Wollen wir einen Kaffee im Mejsner's trinken? Hast du Zeit?«, fragt Helle, als sie auf der Straße stehen.

»Ich bin mit Benjamin verabredet. Er kommt gleich und holt mich ab.«

»Er könnte ja mitkommen. Ich meine, falls du Lust hast?«

Michelle zögert, ehe sie antwortet. »Wir haben anderswo einen Termin. Wir gehen zum Ultraschall.«

Helle erstarrt. Ihr Blick wandert zu Michelles Bauch, der nicht flach ist, aber Michelle hat schon immer dazu geneigt, etwas aufgebläht zu sein, und eine richtige Wölbung ist es jedenfalls auch nicht. Allerdings sieht man einen Babybauch ja auch erst so ab dem dritten Monat. Helle realisiert, dass sie noch immer nichts gesagt hat. Michelles Mund ist geschlossen, das Kinn trotzig vorgeschoben. Helle bricht ihr eigenes Schweigen, indem sie Michelle um den Hals fällt.

»Glückwunsch, mein Schatz, das ist ja eine tolle Neuigkeit!«, stammelt sie mit heiserer Stimme, aber die Umarmung ist vertraut, echt, und Michelle lässt sie geschehen. In diesem Moment kommt Benjamin auf sie zugeschlendert. Er lächelt, die Jacke hat er sich über die Schulter geworfen. Helle fällt auf, dass er auf die exakt selbe Weise geht wie Michelles Vater. Langsam schaukelnd, und den einen Fuß leicht nach innen gedreht, wenn er auf dem Boden abrollt. Lars, dieser Mistkerl. Aber eigentlich war er schon auch okay. Er hat nie aus Boshaftigkeit gehandelt.

»Hallo«, sagt Benjamin. »Na, wie ich sehe, ist die Neuigkeit angekommen«, fügt er dann etwas verlegen hinzu.

Jetzt umarmt Helle auch ihn. Sie kann einfach nicht anders. »Glückwunsch, ihr zwei.« Allmählich legt sich der Schock, und diesmal klingt Helles Glückwunsch besser. Sie lässt Benjamin los und schaut die beiden an. Benjamin hat immer noch unreine Haut in der T-Zone. Sie sind so jung. Genau im selben Alter wie Helle, als sie sich fürs Tiermedizinstudium eingeschrieben hatte und schwanger wurde.

»Ja okay, danke, Mama. Wir müssen jetzt wirklich los.«

»Natürlich. Wollt ihr ein Bonbon?«, fragt Helle und zieht eine Packung Fishermen's Friend heraus. Sie hält ihnen die Tüte hin.

»Die Dinger sind viel zu stark für mich, das weißt du doch«, lehnt Michelle ab.

Benjamin lächelt Helle zum Abschied zu und nimmt Michelles Hand, während er mit einem Kopfnicken auf den Laden weist. »Und, steht hier bald Sonnenöl auf dem Tresen?«

»Ich erzähl's dir auf dem Weg.« Michelle winkt ihrer Mutter zu. »Wir telefonieren. Ruf mich morgen an, wenn du vom Makler gehört hast.«

»Na klar. Und Michelle?« Helle sucht nach den richtigen Worten.

Michelle und Benjamin sind spät dran. »Ja?«, fragt Michelle, bereits im Gehen.

»Es ist nur ... ich möchte, dass du weißt ... oder dass ihr wisst ... Ich werde für euch da sein und euch auf jede erdenkliche Art helfen. Auch finanziell.«

Michelle dreht sich um. »Okay, Mama«, sagt sie. Ein Okay ist manchmal genug.

Das junge Paar geht den Bürgersteig entlang. Die Sonne steht perfekt, und man könnte meinen, sie befänden sich in einer Seitenstraße von Paris statt in Næstved. Benjamin legt Michelle den Arm um die Schultern, sie lehnt ihren Kopf an seinen.

Helle denkt an sich selbst und an die Geschichte, die folgt, wenn die Sonne untergegangen ist, wenn die langen Nächte die Jugend fortwischen und zwei unerfahrene Menschen im Mahlstrom des Erwachsenenlebens zurücklassen. Helle braucht dieses Arztgehalt dringender denn je zuvor.

Am Tag darauf verbringt Helle ihre Pause mit einer Illustrierten in der Kantine. Auf dem Cover ist eine bekannte Autorin abgebildet. Sie hat rote Lippen und trägt hohe Sandalen mit klobigen Absätzen und Riemchen. Es ist die Art Schuhe, die dafür designt sind, dass man trotz Absätzen den ganzen Tag bequem darin laufen kann, wie es so schön heißt. Helle muss herausfinden, wo man so welche bekommt. Wenn sie es schafft, Stefan für einen romantischen Kurztrip nach Polen zu locken, muss sie ein bisschen was aus sich machen. So ein Paar Absätze verleiht einem gleich eine völlig andere Körperhaltung. Helle hat ein Spahotel entdeckt, das ganz in der Nähe von Police liegt. Sie muss nur noch ein Zimmer reservieren.

Ihr Handy piept.

Stefan
14.12
Not-OP in Abschnitt D, OP 15. Komm so schnell du kannst.

Helle rennt zur Notaufnahme und schaut auf die Triagetafel, wo die zu behandelnden Patienten nach Dringlichkeit eingestuft sind. Es gibt keine Aufnahmen in Rot, eine einzelne in Orange, die restlichen aber sind grün und sicher Allergiker, denen die ersten Frühjahres-Pollenstürme zu schaffen machen. Helle macht kehrt und hastet zu Abschnitt D. Sie hat kein Problem mit dem Adrenalinrausch während der Operationen, aber sie möchte vorher nach Möglichkeit genau wissen, worum es geht, damit sie noch schnell auf dem Klo das Nötigste googeln kann, ehe sie die Höhle des Löwen betritt.

Helle war noch nie in Abschnitt D, der weit von der Notaufnahme entfernt liegt. Es ist eine gynäkologische Ambulanz. Sie öffnet die Tür zu OP 15. Er ist leer. Ein Fenster ist gekippt, der Raum sieht verwaist aus. Helle dreht den Kopf und schaut den Gang hinunter. Genau genommen sieht die gesamte Abteilung geschlossen aus.

»Stefan?«

Helle betritt den Raum.

»Natalia.« Die Stimme erklingt hinter ihr. Helle dreht sich um und erblickt Stefan, der mit ruhigen Schritten auf sie zukommt. Er hat seinen Kittel ausgezogen. Die Ärmel seines grünen T-Shirts spannen über seinen muskulösen Oberarmen. Seine starken Arme, die deutlich hervortretenden Adern und, ganz ernsthaft, der goldene Schimmer auf seiner Haut rauben ihr den Atem. Es sind genau diese Arme, die Helle gegen die Wand drücken und die sich so warm anfühlen. Die sie instinktiv wissen lassen, dass die Stimmung im Raum Körper ist und sie kein Wort zu sagen brauchen, um zu wissen, dass keine Worte nötig sind. Stefan küsst sie. Zunächst widersetzen sich ihre Lippen, in gewisser Weise gleicht es einer Kapitulation, den Mund so weit zu öffnen. Doch schnell geben die Muskeln nach. Stefans Hände sind fordernd. Sie fragen nicht. Sie knöpfen ihre Hose auf und lassen sie nach unten fallen. Er hebt Helle hoch, presst sie gegen die Wand. Öffnet seine eigene Hose und versucht, in sie einzudringen. Es ist keine gute Stellung für die Penetration. In einer Filmszene mag das funktionieren, in Wirklichkeit aber ist es ein völlig unsinniger Winkel, der der Reichweite des Penis in keiner Weise gerecht wird. Stefan merkt es und trägt sie zur Fensterbank, wo Helle sich zurücklehnen und die Hüfte anheben kann und Stefan vollständig hinein- und hinauskommt, Helle hat das Empfinden, ganz woanders zu sein, und sie gibt sich dem Gefühl hin, mit Stefan zu verschmelzen. Sie steigern das Tempo, doch kurz bevor Helle den Atem anhält, um zu schreien, legt Stefan ihr den Arm auf den Hals. Fragend schaut er ihr in die Augen, Helle erwidert den Blick und lässt ihn den Druck eine Spur verstärken, so dass es ihr ganz leicht die Luft abschnürt. Mit Stefan wagt sie es. Sie keucht, verschwindet ein bisschen. Es fühlt sich an wie der Moment in Phil Collins' *In the Air Tonight*, wo er nach einem langen harmonischen Aufbau seinen irrsinnig gut performten Schlagzeug-Break abfeuert. Der Rausch ist wie eine Schleuderfahrt in die Atmosphäre, und beide lassen ihre Stimmen und alles andere frei.

»Wollen wir nicht zusammen wegfahren?«, flüstert Helle. Sie hat keine Lust, sich um den praktischen Aspekt zu sorgen, sie würde alles Unmögliche möglich machen, um mit Stefan zusammen sein zu können. Sie haben sich angezogen und sitzen einander gegenüber auf der Fensterbank.

»Willst du abhauen?«, lächelt Stefan.

»Nur ein verlängertes Wochenende, in einem Spahotel oder so. Sich ein bisschen verwöhnen lassen.«

»Ich bin dabei.« Stefan hält Helle die Hand hin. Sie greift sie. Ihre Finger verflechten sich.

»Theis, du weißt, der Bucklige, hat mir mal von einem Ort in Rom erzählt, der der Wahnsinn sein muss«, fährt Stefan fort.

»Ehrlich gesagt hatte ich überlegt, ob wir nicht nach Polen fahren könnten ...«, unterbricht ihn Helle.

»Nach Polen?« Stefan sieht sie überrascht an.

»Damit du siehst, wo ich herkomme. Und ich könnte vielleicht meinen Vater besuchen. Nur kurz?«

»Oh. Möchtest du, dass ich ihn treffe?«

»Ja, das ... aber erst, wenn es ihm wieder besser geht.

Davon haben alle mehr.« Helle tänzelt durch die Lüge. Es war nicht einmal schwer. Sie zieht ihre Hand zurück.

»Ja, ich möchte gerne ein Wochenende in Polen mit dir verbringen«, sagt Stefan und schwingt sich vom Fensterbrett. Er küsst sie auf den Mund.

»Ich gehe zurück und bereite mich auf eine Blinddarmoperation vor. Wartest du zwei Minuten, bevor du den Raum verlässt?«

Helle schüttelt lachend den Kopf. »Na klar, Doktor Schteefan«, antwortet sie und verpackt die Worte in ihren ulkigen osteuropäischen Akzent.

»Ich mag es, wenn dein polnischer Akzent durchkommt.« Stefan schließt die Tür hinter sich. Helles Lächeln erstarrt.

Der Frühling hat die Tage verlängert, das Licht scheint klarer, und Bäume und Büsche sind grün. Aber es ist der Gestank des Todes, der Helle ins Gesicht schlägt, als sie endlich nach Hause kommt und die Tür zum Flur öffnet. Es fühlt sich an, als würde sich der Geruch in ihre Haut ätzen, sie hastet zu den Fenstern, um sie weit aufzureißen, und befördert Pavels Arbeitsschuhe in hohem Bogen aus der Haustür. In Pavels Zimmer läuft der Fernseher. Sie klopft an.

»Can we talk, Pavel?« Helle hört, wie er aufsteht.

»Yes?« Es klingt, als würde er über irgendetwas stolpern. Pavel öffnet die Tür. Helle weicht zwei Schritte zurück und hält sich die Nase zu, es ist reiner Reflex. Das kleine Zimmer in Verbindung mit der Quelle des Geruchs ist eine brutale Kombination.

Der kleine Pole linst verschreckt hinter der Tür hervor.

»I'm sorry. I know my feet are smelly.« Pavel starrt auf den Boden.

Helle bemüht sich um einen lässigen Tonfall, aber es fällt schwer, bei dem Gestank die Fassung zu bewahren. »Actually, this is what I wanted to talk to you about.«

»Oh.« Pavel sieht aus, als würde er jeden Moment in Tränen ausbrechen. »I was terminated before. Two times. Because of my feet. They are a curse. You don't have to explain, I will go pack my things.«

Helle ist verdutzt. Zum einen ist es das längste Gespräch, das sie seit seinem Einzug mit Pavel geführt hat, zum anderen überrascht sie der Inhalt.

»Wait a minute«, sagt sie. Aber sie hat einen Punkt getroffen, der Pavel dazu bringt, ihr sein Herz auszuschütten.

»Even my wife can't stand me being at home. We don't sleep in the same room. She doesn't want to talk to me. I think she is going to divorce me, and that would be terrible. I am a family man, and my daughter ...«

Helle legt ihm eine Hand auf die Schulter. Pavel laufen die Tränen übers Gesicht.

»Let's go in the Schuppen and talk, we will work this out«, beruhigt sie ihn. Pavel schluchzt und folgt ihr. »But first I want you to wash your feet.«

»It doesn't help for more than …«

Helle unterbricht ihn. »I know, but I might have something that does.«

Helle hat sich vorbereitet. Sie hat Pavels Symptome gegoogelt und die passende Medizin herausgesucht. Wirklich krasses Zeug. Die Pillen sind teuer, aber nicht, wenn man das Rezept für Patienten wie beispielsweise Gerdas Mann Alfred ausstellt. Helle gefällt sich selbst in der Rolle eines Menschen, der anderen hilft. Weit weniger gefällt ihr der Gedanke, wie sehr sie darauf angewiesen ist, dass Pavel ihre Gutherzigkeit erwidert.

Pavel kommt barfuß in den Schuppen getappt. Helle zieht Handschuhe und Mundschutz über. Sie holt Tabletten, Spray und Salbe aus der Tasche. Dann klopft sie sich auf die Schenkel. Vorsichtig legt Pavel seine Füße in ihren Schoß. Es nässt zwischen den Zehen, sowohl die Haut auf der Oberseite als auch auf den Ballen ist entzündet und feurig rot, die Nägel sind gelb angelaufen. Manche Stellen sehen aus, als wären sie von Würmern zerfressen, und haben sich vom Fleisch gelöst.

»You take this prescription medicine every day for three months, it will kill the fungus very fast. But keep taking them. I hope you are not trying to get your wife pregnant these days?«

Pavel schüttelt den Kopf.

Helle inspiziert die Füße, mindestens sechs Nägel müssen entfernt werden, um den Pilz loszuwerden.

»Pavel, I need to remove some of the nails. I am a doctor. But since you are not a Danish citizen, we have to do it here.«

Pavel bricht weinend zusammen.

»I have never met anyone as kind as you, Doctor Helle!« Pavel schluchzt. »Do I need to drink vodka and bite on a stick?«

Helle schüttelt den Kopf.

»I can make a lokal anesthesia, you won't feel. I promise.«

Sie zieht zwei Einwegkanülen aus der Verpackung und spritzt Pavel eine lokale Betäubung, wie sie es so oft während des letzten Monats getan hat. Dann schneidet sie entlang der Nägel, tupft das Blut weg und zieht die verfaulten Nägel aus der Haut. Unter den Nägeln quillt Eiter hervor. Sie reinigt alle gründlich und legt mehrere drainierende Wundverbände an.

Helle gibt Pavel eine Tablette und schneidet die übrigen Nägel zurecht. Dann trägt sie eine Salbe auf und anschließend das Spray.

»You need to take a break the next week. Go home to Poland. Your feet need rest.«

»But my wife, I promised her not to come back too often.«

»If you apply the balm every day and don't do any heavy lifting, your feet should be healed by the end of this week.«

Pavel sieht wieder aus, als würde er jede Sekunde zusammenbrechen, aber diesmal ignoriert Helle den Anblick und fährt fort: »Now remember that the perfect condition for the bacteria to thrive is warm, dark and moist. You need to start fresh with new shoes. Okay?«

»Okay.« Pavel atmet erleichtert aus. Die Salbe verschafft bereits Linderung. Er schaut sie an wie ein Hund, der auf das Kommando seines Besitzers wartet. Dann lächelt er. »Thank you.« Für einen Moment legt er sich die Hand aufs Herz: »Is there anything, anything at all I can do for you? Please let me know.«

Helle schaut Pavel direkt ins Gesicht. Ihr Blick ist sanft, doch fest entschlossen. »Now that you mention it, there is ... something.«

KAPITEL 18

Sie stehen ganz vorne am Bug. Helle und Stefan teilen sich eine Portion Pommes. Die Fähre schert durchs Wasser, und auf den ersten Blick könnte man meinen, das Meer sei besiegt, doch dann schaut man sich um und erkennt, dass weit und breit nur Meer ist und es sich bloß entschließen bräuchte, die Zähne zu zeigen, dann wäre es aus mit der Fähre, denn die Natur gewinnt immer, der Mensch ist ihr gleichgültig. Gerade allerdings hat Helle andere Sorgen, hier auf der Fähre nach Rostock. Pavel, die Bank, das Geld, Michelle, Stefan, der Pass, die Lügen, der falsche kranke Vater. Helles Gedanken befinden sich im Krieg. Ihr gesamtes Konstrukt besteht aus losen Enden und Fäden, die jeden Moment auffliegen können.

Stefan taucht eine Fritte in die Mayo und hält sie Helle an die Lippen. Gehorsam öffnet sie den Mund.

»Ich möchte nicht so weit gehen und behaupten, die Pommes wären gut, aber das hier«, Stefan breitet die Arme aus und lächelt, »das hier ist gut.«

Helle nickt heftig. Oh, wenn er wüsste, dass er sich in eine Schwindlerin verliebt hat.

»Wie findest du eigentlich Hunde?«, fragt Stefan, als eine Frau mit einer französischen Bulldogge im Arm vorbeigeht. Der Hund trägt einen Strickpullover und starrt mit ergebenem Blick ins Leere.

Helle kaut fertig und überlegt. »Ich bin nicht direkt ein Hundemensch«, antwortet sie dann.

»Hmm, das verstehe ich. Mir geht es wie bei Menschen. Es gibt nette und weniger nette. Ich mag nicht per se alle Hunde.«

Helle kann ihm nur beipflichten. »Ja. Sie müssen gut erzogen sein. Ich kann es zum Beispiel nicht leiden, wenn sie an mir hochspringen und mich begrüßen, indem sie an meinem Schritt schnuppern.«

Gerade beginnt Helle, ihre schwermütigen Gedanken durch das Hundegeplauder etwas zu vergessen, als ihr Handy klingelt. Sie zuckt zusammen. Annemettes Name steht auf dem Display, und Helle bedeutet Stefan, dass sie das Gespräch annehmen muss. Sie geht ein Stück weg. Stefan legt sich auf eine Bank, verschränkt die Hände im Nacken und schaut in den Himmel.

»Hi, Süße. Hast du deine neue Stute?«

Annemette spricht schnell. »Nein, ja, das heißt, es ist Johnny. Ich mache mir Sorgen um ihn. Er ist nicht er selbst. Den ganzen Tag hockt er in seinem Zimmer. Er ist gereizt. Gestern hat er mich angeschrien, weil keine Zero mehr da war. Irgendwas stimmt nicht.«

Helle spürt augenblicklich die Unruhe zurückkehren.

»Aber ist es nicht auch alles ein bisschen viel momentan? Ich meine, mit dem Geld und so, das stresst ihn natürlich.«

»Ja, aber normalerweise spricht er mit mir darüber. Jetzt sagt er nichts, scheucht mich nur weg. Das macht mir richtig Angst. Was, wenn er mich verlässt?«

Helles Stimme wird fest. »Das tut er nicht. Ich verspreche dir, das tut er nicht. Er steht unter Druck, sicher geht es bald besser. Ich spreche mit ihm, das wird schon alles wieder.«

»Aber es sieht ihm überhaupt nicht ähnlich.«

»Das wird schon alles«, wiederholt Helle. Auch für sich selbst.

»Wo bist du?«, fragt Annemette. »Sind das Möwenschreie? Bist du am Strand, es ist doch schweinekalt?!«

Helle hat einen Lügengenerator entwickelt, der inzwischen tadellos funktioniert. Im Krankenhaus läuft er auf Autopilot, und sie kommt sich ein bisschen wie ein Tausendsassa vor, wenn ihr Mund eine fabelhafte Lüge nach der anderen ausspuckt. Aber Annemette erwischt Helle auf dem falschen Bein, buchstäblich dem falschen Bein. Helle übersieht die Treppe hinunter zum Express-Café, es muss Annemettes Frage sein, die ihre gesamte Aufmerksamkeit beansprucht und ihr Gehirn den Gleichgewichtssinn verlieren lässt, jedenfalls stürzt Helle vier, fünf Stufen nach unten, schlittert die letzten drei Stufen auf dem Steißbein und landet schließlich in der Pommesschlange, wo die Leute mit ihren leeren Tabletts stehen und sie verärgert anstarren. Ein Einzelner gibt sich nicht mit einem wütenden Blick zufrieden, sondern ergänzt: »He, hier ist eine Schlange, vordrängeln gibt's nicht!«

»AHHH! Süße, ich muss auflegen, es ist … es ist ein Hund!« Helle rappelt sich auf und drückt das Gespräch weg.

Helle schmerzt das Steißbein, vor allem aber schmerzt ihr das Herz. Die Lügen verbreiten sich wie Ringe im Wasser, und sie hat keinerlei Kontrolle darüber, was sie anstoßen. Stefan liegt noch immer auf der Bank, als sie die Treppe heraufgehumpelt kommt.

»Alles okay?«, fragt er mit einem Stirnrunzeln und setzt sich auf.

»Ja, es war meine Freundin. Sie macht sich Sorgen um ihren Mann. Sicher nichts Ernstes.« Helle setzt sich dicht neben ihn.

»Ich weiß, wir kennen uns noch nicht lange, und ich weiß, es gibt viel, was wir noch nicht übereinander wissen, aber ich bin gern mit dir zusammen. Ich mag mich selbst, wenn ich mit dir zusammen bin.« Stefan sagt die Worte mit derselben Stärke und Präzision, wie wenn er sein Skalpell führt. Helle greift seine Hand und küsst ihn. Sie ist glücklich. Und sie hat Angst. Plötzlich hat sie das Bedürfnis, ihm all ihre Geheimnisse anzuvertrauen. Vielleicht würde er sie verstehen. Vielleicht könnten sie zusammen alles wieder in Ordnung bringen. Dann denkt sie an Michelle. Und an das Kind. Sie muss um alles in der Welt das Versprechen halten, das sie Michelle gegeben hat.

»Wie kommt es, dass du nie geheiratet hast?«, fragt sie.

»Das hätte ich fast. Meine Freundin aus der Oberstufe. Aber dann bekam sie einen Job in Kopenhagen, und wir haben ein halbes Jahr nicht zusammengewohnt. Wir merkten, dass wir uns nicht vermissten. Nicht als Partner jedenfalls.«

Helle blinzelt in die Sonne. »Trefft ihr euch noch manchmal?«

»Wir sind gute Freunde, ja.«

»Dein Leben ist so sauber, so geordnet.«

»Das klingt, als wäre ich langweilig. Ich habe schon zwei Strafzettel bekommen«, grinst Stefan.

»Du bist nicht langweilig. Ich bin beeindruckt.«

Stefan sieht aus, als nehme er Anlauf, etwas zu sagen. »Ich habe nachgedacht. Ich würde deinen Vater gerne schon auf dieser Reise treffen. Du weißt, dass mir der Umgang mit kranken Menschen keine Probleme bereitet.«

Helle bemüht sich, ihre Stimme ruhig zu halten. »Das ist lieb von dir, aber er möchte niemanden außer seiner Familie sehen. Es würde ihn nur stressen.«

Stefan gibt nicht auf. »Ich glaube, es könnte trotzdem ein entspanntes Treffen werden, wenn ...«

»Es ist zu früh, Stefan. Er ist zu krank.« Helles Tonfall klingt bittender als geplant. Stefan schweigt. Er sieht verletzt aus. Auf die Weise, bei der man sich zusammenreißt, um es nicht zu zeigen.

»So war es nicht gemeint.«

Stefan steht auf. »Du brauchst es nicht noch mal zu erklären. Ich verstehe es vollkommen.«

Sie halten einander im Arm, als die Fähre im Rostocker Hafen anlegt. Und während sie die Treppe zum Autodeck hochgehen, sind ihre Arme auf ihren Rücken miteinander verschränkt. Sie verschmelzen mit dem Strom polnischer Reisender, die sich in dieselbe Richtung bewegen. Um sie herum herrscht unverständliches Stimmengewirr, doch das weiß Stefan nicht, er glaubt, Helle befände sich unter ihren Landsleuten. Helle ist noch nie so nervös gewesen. Der raffiniert ausgeklügelte Plan scheint auf einmal undurchführbar. Wie in einem der alten Filme über die Olsenbande, wo zunächst alles glatt für das Ganoventrio läuft, bis es dann wie immer fürchterlich schiefgeht.

Sie steigen in Stefans Wagen. Sie küsst ihn lange, während sich die Bugklappe öffnet und Licht in den Bauch des Schiffes dringen lässt. Die Autos rollen los, die Rampe hinunter.

Während der Fahrt nach Polen denkt Helle daran, was sie erwartet, sie denkt an die Bank, probt die Details noch einmal im Kopf. Sie merkt nicht, dass sie bremsen und an der Grenzkontrolle anhalten. Erst, als

Stefan nach ihrem Pass fragt, setzt sie sich mit einem Ruck auf.

»Was?«

»Dein Pass«, wiederholt Stefan und lächelt.

»Ja aber, doch erst in der Bank?«, fragt Helle und merkt im selben Moment, dass sie es verbockt hat. Die Grenzkontrolle kommt in ihrem Plan nicht vor. Um ehrlich zu sein, hatte sie gedacht, dass es so etwas nur im Post-Flüchtlingswelle-Dänemark gäbe. Helle fummelt in der Tasche nach ihrem neuen roten Pass. Sie ist schweißgebadet.

»Sorry«, sagt Stefan zu dem wartenden Grenzbeamten.

Endlich jongliert Helle den Pass zu Stefan.

»Here you go«, sagt er dem Beamten, einem hageren Mann mit beachtlichem Schnurrbart. Er inspiziert zunächst Stefans, dann Helles falschen Pass.

Helles Reptilhirn geht ihre Möglichkeiten durch, falls sie auffliegen sollte. Der Drang, eine Waffe zu besitzen, macht sich bemerkbar. Sie könnte sich aus dem Auto stürzen, Stefan als Geisel nehmen und verlangen, zurück nach Dänemark geschifft zu werden. In diesem Augenblick spürt sie, dass sie zum Töten bereit wäre.

Der Scanner piepst, und der Kontrolleur reicht ihnen die Pässe zurück. Er winkt sie weiter, sie sind durch. Helles Hand wandert nach unten, um zu sehen, ob sie sich in die Hose gemacht hat.

»Alles okay?« Stefan schaut sie besorgt an.

Helle zittert, sie kann es nicht länger für sich behalten. Sie fängt an zu weinen. Stefan muss erfahren, wer sie ist.

»Hey, hey, Natalia, warum weinst du?«

Helle kann es nicht kontrollieren, alles stürzt aus ihr heraus. Stefan streichelt ihr übers Haar, während er nach einer Möglichkeit zum Anhalten sucht.

Er blinkt und nimmt die Ausfahrt zu einem Rastplatz. Außer ein paar Lastwagenfahrern, die bei laufenden Motoren Kleidung auf den Kühlerhauben ihrer Lkws trocknen, ist niemand hier.

»So, Nat, erzähl mir, was los ist.« Stefan zieht die Handbremse. Er beugt sich über die Mittelkonsole und nimmt sie in den Arm. Helle lässt sich fallen und weint und weint.

»Mein Liebling, was ist denn los? Habe ich etwas gesagt?«, fragt Stefan sanft.

»Es tut mir so leid, bitte verzeih mir, Stefan.« Ein Bild von Michelle gleitet flüchtig vor ihrem inneren Auge vorbei.

Helle steigt aus dem Auto. Sie braucht Luft und Raum. Sie geht ein paar Schritte und atmet tief durch, während sie versucht, sich zu sammeln. Stefan folgt ihr dicht auf den Fersen. Helle setzt sich an einen Picknicktisch und blickt über die Felder. Sie warten auf Regen.

»Sollen wir nach Hause fahren?« Stefan setzt sich neben sie und nimmt sie in den Arm.

Helle schüttelt den Kopf. »Nein, nein, es geht gleich wieder.« Sie zieht die Nase hoch.

Eine Weile sitzen sie so und lauschen den Vögeln, die im Chor für die vorbeirauschenden Autos singen.

»Geht es zu schnell mit uns?«, fragt Stefan.

Es geht nicht zu schnell, es geht überhaupt nicht, denkt Helle.

»Es ist das Leben, wie es einen erwischt. Erst lief alles so gut. Das Tiermedizinstudium, aber dann kam das Kind, weißt du?« Sie plappert drauflos.

Stefan schaut sie an und versucht, ihr wirres Gebrabbel zu irgendeiner Art von Plot zusammenzufügen.

»Und sie war so süß, aber das Studium musste an den Nagel gehängt werden. Also stattdessen die Metzger-Ausbildung. Und es lief phantastisch, aber dieses blöde Würstchendebakel hat alles ruiniert.«

»Würstchendebakel?« Jetzt kommt Stefan wirklich nicht mehr mit.

»Ja, man kann nicht einfach einen Jahrgang Schweine für die Großproduktion von Würstchen bestellen und erwarten, dass man den Betrag in Raten abzahlen kann, nein, man muss die ganze Summe auf einmal hinlegen!«

»Aha.« Stefan lässt sie reden.

»Aber der Metzgermeister, er dachte, es sei Betrug, also kam der Fall zur Anzeige, die Polizei hat ermittelt, und da war alles vorbei. Es lief völlig aus dem Ruder.«

Jetzt zieht Stefan die Hand weg, sein Lächeln ist verschwunden. Helle kann nicht aufhören.

»Der Wirtschaftsprüfer sollte den Karren aus dem Dreck ziehen, aber dann kam der Job in der Industrieschlachterei, und das war ein einziger langer Zusammenbruch. Da verschwand das Licht. Nichts hat mehr Sinn gemacht.« Helle weint leise. »Kennst du das? Wenn man ganz am Boden ist und absolut nichts mehr tun kann? Es ist wahnsinnig schwer, wieder hochzukommen.«

Stefan steht auf. Er macht einen Schritt von Helle weg.

»Und dann bietet sich eine Chance, und man ergreift sie. Verdammt, ist das so verkehrt?«

Langsam beginnt die Welt um sie herum, wieder Gestalt anzunehmen. Helle hat sich ausgeweint, sie hat sich Stefan anvertraut.

»Was willst du damit sagen?« Stefan ist verwirrt, aber auch etwas kühl.

Helle schaut ihm in die Augen. »Mein Vater.« Helle ist zurück. »Mein Vater war Metzger, und dann ging alles für ihn den Bach runter wegen eines Betrugsfalls, der nicht seine Schuld war, oder zumindest war es keine Absicht, er wollte nur sein Talent unter Beweis stellen. Also wurde er Industrieschlachter, und das hat ihn völlig fertiggemacht, und wenig später wurde er gefeuert, weil er seinen Kollegen helfen wollte. Da erlosch das Licht in ihm. Er war am Ende.«

Sie wischt sich die Tränen weg. Jetzt kennt Stefan ihre Geschichte. Er weiß es bloß nicht.

Die Wärme kehrt zurück in sein Gesicht.

»Deshalb wurdest du also krankgeschrieben und bist zurückgegangen, um dich um ihn zu kümmern?«

Helle nickt.

»Die Chance ... bin das ich?«, fragt er dann zögerlich und schaut zu Boden.

Helle lächelt aufrichtig. »Ja, du hast mir den Funken zurückgegeben«, flüstert sie und meint es ernst. Die ganze Wahrheit wird sie ihm nie offenbaren können, doch der wichtige Teil der Geschichte ist erzählt. Mit einem polnischen Vater als Double, aber trotzdem.

Stefan tritt vor und umarmt sie mit seinen hübschen Armen. Er drückt sie an sich.

»Ich bin dabei, mich in dich zu verlieben, Natalia Nowak«, sagt er in ihre Haare.

Heilige Scheiße. Helle fängt wieder an zu weinen.

KAPITEL 19

Helle sitzt auf der Rückbank des Taxis, das nach Rauch und tropischem Lufterfrischer riecht. Der Sitzbezug ist an mehreren Stellen aufgerissen, und gelblicher, harter Schaum quillt unter dem Leder hervor. »Ich möchte den Besuch bei meinem Vater gerne hinter mich bringen, damit ich anschließend in Ruhe die Zeit mit dir genießen kann«, hatte sie gesagt. Und sie hatte im Hotel einen Tisch für acht Uhr reserviert, und er hatte sie zum Abschied geküsst, unverkrampft, ohne ein weiteres Wort über den Besuch beim Vater.

Die Fahrt nach Police sollte nicht länger als vierundzwanzig Minuten dauern. Der Taxifahrer spricht nur ein paar Brocken Englisch, und als sie versucht, Police auszusprechen, wird er bleich. Helle müht sich, es zu umschreiben, kommt in der Eile jedoch auf nichts Besseres als »You know, like cops«. Dieses Wort versteht der Taxifahrer mühelos, was zur Folge hat, dass er fluchtartig aus dem Wagen springt und mit schriller

Stimme ruft: »No, no, no, it was not me! It was Slavok, who did it!«

Helle muss aus dem Auto steigen, um den Mann zu beruhigen, und da kommt ihr der geniale Gedanke, ihm das Ziel auf ihrem Handy zu zeigen.

Jetzt lacht der Taxifahrer nervös und zeigt in den Himmel. »Nice sun.«

Dann können sie losfahren.

Helle konzentriert sich darauf, tief in den Bauch zu atmen. Sie hat nichts mehr von Pavel gehört, seit sie Dänemark verlassen hat. Als sie ihm erklärt hatte, welche Art von Hilfe sie konkret benötigte, war er erneut in Tränen ausgebrochen, und Helle schien es, als begehe sie allein durch das Aussprechen der Worte einen Übergriff. Sie hatte betont, dass die Reise nach Polen eine Wiedervereinigung mit der Familie bedeutete, doch Pavel schien außer sich vor Angst, und zum Schluss hatte sie ihm zwanzigtausend Kronen angeboten. Kary. Sie war das Szenario in der Bank genau mit ihm durchgegangen. Als Helle ihm ihren Plan erklärte, in der Rolle der taubstummen Polin mit Pavel als Begleitperson aufzutreten, hatte er den Blick zur Decke gehoben, als bitte er den Himmel um Hilfe. Nichtsdestotrotz hatte er eingewilligt. Helles Maßnahmen für Pavels Füße zeigten bereits erste Wirkung, was zweifellos der Tropfen war, der seine Dankbarkeit dazu brachte, in eine kriminelle Handlung überzuschwappen.

Aber ein kleines Lebenszeichen, das beweist, dass er

auf dem Weg ist, würde guttun. Im Grunde weiß Helle nicht einmal, ob Pavel überhaupt nach Polen gekommen ist.

Das Taxi passiert das Ortsschild von Police, einer Provinzstadt von der Größe Ringsteds, dieselben Kreisverkehre und dieselben weitgehend ausgestorbenen Gehsteige. Das Stadtwappen zeigt einen Adler mit Krone, der Feuer speit, und sieht vor allem aus wie ein in die Jahre gekommenes Werbebild für ein Produkt gegen schlechten Atem. Der Wagen hält vor der heruntergekommenen Fassade der Pekao-Bank. Helle bittet den Fahrer, noch ein Stück weiterzufahren, ehe sie aussteigt.

Auf dem gegenüberliegenden Gehsteig steht Pavel. Aber er ist nicht allein. Eine blonde Frau mit deutlich herausgewachsenem Ansatz hat sich bei ihm untergehakt. Das ist jetzt der Teppich, der Helle unter den Füßen weggerissen wird. Jetzt passiert es. Helles Beine gehen weiter auf Pavel und die Frau zu, während sie im Geiste schreiend davonläuft. Als sie noch zwei Meter von dem Paar entfernt ist, lässt die Frau Pavels Arm los. Helle schließt die Augen und bereitet sich auf eine rechte Gerade vor, aber die Frau fällt ihr um den Hals.

»Thank you so much, thank you so much«, flüstert sie und küsst Helle auf beide Wangen.

Pavel strahlt voller Stolz. »This is my wife, Irina.«

Irina hält Helle ein Stück von sich weg, behält aber den festen Griff um ihre Schultern bei. »I cannot tell you how happy I am. You saved our marriage.« Das mit dem Weinen liegt offenbar in der Familie.

Helle lächelt verlegen. »No problem«, bringt sie heraus.

»We will help you. Pavel was nearly giving up«, sagt sie und gibt Pavel einen Klaps auf den Hinterkopf. »But you are family now. We love you.«

Irina zieht Helle erneut an sich, murmelt etwas, was wie ein Abzählreim klingt, und bekreuzigt sich abschließend.

»Okay, I wait in the car«, sagt sie und geht. Helle schaut ihr nach. Dann wendet sie sich zu Pavel.

»Are you ready?«, fragt sie.

»I am. But you need to relax. You're shaking.«

Sie gehen auf den Eingang der Bank zu. Helle stolpert ums Haar, aber Pavel greift sie schnell unter dem Arm und verhindert den Sturz. Sie nähern sich einem Schalter, es steht niemand an. Am Schalter sitzt ein Mann in braunem Anzug und ist mit Gott weiß was beschäftigt. Er tippt etwas auf einem Computer, bei dem es sich um eine Leihgabe aus einem Informatik-Museum handeln muss.

»Cześć, mój dobry człowieku«, sagt Pavel noch viel zu weit vom Schalter entfernt, und Helle interpretiert es als eine Art formelle Floskel, die auf dieselbe unbeholfene Weise entgegengenommen wird, wie wenn ein Umarmer auf einen Händeschüttler trifft.

Der Bankangestellte schaut auf. »Cześć«, antwortet er reserviert.

Helle setzt eine förmliche Miene auf und lässt Pavel den Vortritt. Er macht ein Zeichen vor seinem Mund, hält sich anschließend die Ohren zu und zeigt dann auf Helle. Die Augen des Bankangestellten wandern flüchtig zu Helle, doch sein Ausdruck bleibt unbewegt, während Pavel redet und redet. Es klingt, als hätte er die ganze Rede einstudiert, es gibt keine Pausen, das Ganze hört sich ziemlich monoton an, aber was weiß Helle schon, schließlich ist es Polnisch. Pavel gibt Helle ein Zeichen, woraufhin sie den Pass und die Vollmacht herausholt, die Pavel zu Hause ins Polnische übersetzt hat. Sie legt beide Dokumente auf den Schalter. Pavel spricht weiter, während der Bankangestellte den Pass kontrolliert. Er stempelt die Vollmacht mit einem altmodischen Holzstempel ab, den er auf ein rotes Kissen drückt. Er stempelt jede einzelne Seite ab, und Helle schaut zu Pavel, der zu nervös ist, um ihren Blick zu erwidern. Schließlich steht der Mann auf und entfernt sich vom Schalter. Helle ist sicher, dass man ihren Herzschlag bis auf die Straße hören kann.

»Smile. You look dead«, zischt Pavel Helle zu, die sich nach Kräften bemüht, seiner Aufforderung Folge zu leisten.

Pavel schwitzt aus allen Poren. Unter den Armen und auf dem Rücken des dünnen Viskosehemds, sicher das schickste, was er im Schrank hat, zeichnen sich deutlich Schweißflecken ab.

Helle wird schwarz vor Augen.

Der Bankangestellte kommt zurück. Er macht ein finsteres Gesicht. Helle versucht zu erkennen, ob er irgendwo einen Alarmknopf betätigt hat. Aber er hat nur einen Stapel Papiere ausgedruckt. Wenn sich Helle nicht sehr täuscht, ist es Erleichterung, die sich in Pavels Zügen breitmacht.

Pavels Mund steht keine Sekunde still, er zeigt nach draußen und auf die Sonne, während er pausenlos quasselt. Jetzt schaut auch der Bankangestellte zur Sonne. Vielleicht stellt sie für alle Kriminelle eine Art Ausflucht dar, eine ungefährliche Erscheinung, unter der sie sich sammeln können, weil sie instinktiv wissen, dass eben sie, also die Sonne, verschwindet, sollten sie im Gefängnis landen.

Der Mann widmet sich wieder den Papieren und bittet Pavel, sie zu unterschreiben. Der Plan funktioniert, denkt Helle.

Aber dann, erstmals, ändert sich der Ausdruck des Bankangestellten, er strahlt förmlich und sieht aus, als sei ihm etwas Großartiges eingefallen. Er sagt etwas zu Pavel und steht abermals auf. Pavel wird kreidebleich. Er folgt dem Mann mit dem Blick und verdreht den Kopf dabei unnatürlich weit. Helle sieht eine Eule vor sich. Dann dreht er den Kopf zurück, und Helle sieht einen Menschen, der den Eindruck macht, als würde er jeden Moment tot umfallen.

»Another client of the bank has just arrived. She is a longtime client and a sign language interpreter.«

Pavels Gesicht sackt nach unten. Es ist nicht verkehrt zu sagen, dass seine Wangen Kontakt mit seinem Hals aufnehmen. Helle hält ihn in aufrechter Haltung fest, damit er sich nicht in Fötusstellung auf den graubraunen Boden legt.

»What? What does that mean?«, krächzt Helle.

»We are done! The banker wants to let you know that you can now communicate directly with the bank«, sagt Pavel, während ihm schon wieder die Tränen in die Augen steigen.

»Oh my god«, ist das Einzige, was Helle herausbringt.

Der Bankangestellte kehrt in Begleitung einer reizend wirkenden älteren Dame zurück. Sie lächelt, als hätte sie einen Stapel Pfannkuchen gebacken, von dem sich alle bedienen können. Die Frau spricht in Zeichensprache mit Helle. Helle spürt Pavels Panik neben sich. Es wird still. Alle warten darauf, dass Helle etwas antwortet.

Dann streckt Helle die Hand zum Gruß aus. Sie streckt sie in Richtung der Dolmetscherin, allerdings immer noch unnatürlich weit neben sie, ihre Augen lächeln in dieselbe leere Richtung. Die Dolmetscherin und der Bankangestellte machen verwirrte Gesichter. Nicht aber Pavel. Er versteht sofort und schiebt Helles Hand ruhig in die genaue Richtung, damit die Dolmetscherin sie greifen kann. Kurz darauf führt er seine eigene Hand vor Helles Augen und wedelt ein paar Mal davor herum, Helle hält den Blick steif und offen.

»O przepraszam«, sagt der Bankangestellte und macht einen entschuldigenden Diener.

Die Dolmetscherin legt sich die Hand auf die Brust und sagt eine Menge zu Pavel. Offensichtlich besteht Konsens bezüglich der Tatsache, dass Helle nicht nur taub, sondern auch blind ist.

Danach geht alles sehr schnell. Pavel bekommt einen Stapel mit Unterlagen und einen Haufen mündlicher Informationen. Er sagt etwas, was Danke, Auf Wiedersehen und andere Höflichkeiten bedeuten muss. Helles Augen sind trocken, der steife Blick kostet einiges an Feuchtigkeit. Pavel nimmt sie unter dem Arm und führt sie zur Tür. Helle fällt ein, wie sie bei der Ankunft gestolpert ist. Gewisse Dinge ergeben erst rückblickend Sinn. Sie treten hinaus auf die Straße und schaffen einen angemessenen Abstand zwischen sich und der Bank. Dann verlangsamen sie das Tempo und sehen sich an.

»Thank you, I will never forget this«, sagt Helle und umarmt Pavel.

Irina kommt mit heulendem Motor und viel zu niedrigem Gang angebraust. Als sie auf ihrer Höhe ist, kurbelt sie das Fenster herunter und ruft nach Pavel, Helle wirft sie einen Luftkuss zu. Pavel springt ins Auto, Irina behält die Geschwindigkeit bei, und Pavel schaut zu Helle.

»See you on the other side«, sagt er, und Irina drückt das Gaspedal durch, noch immer ohne hochzuschalten. Nach wenigen Metern auf der Flucht halten sie an einer roten Ampel an, und Helle spürt die Antiklimax dessen, was für einen Augenblick aussah wie die polnische Ausgabe von Bonnie und Clyde.

Helle setzt sich unter eine Trauerweide und zieht die Bankunterlagen aus dem Umschlag. Sie schaut auf Natalia Nowaks Namen und fährt mit dem Finger über die Kontonummer. Binnen drei Tagen wird sie die Passwörter fürs Online-Banking und die Pin für die Mastercard erhalten. Sämtliche Dokumente werden an ihr Postfach im Krankenhaus gesendet. Binnen drei Tagen ist Helle die Frau, die sie immer sein wollte.

Stefan und Helle sind merkwürdig erschöpft, als sie am Sonntagvormittag ihre Sachen packen. Ihre Körper sind weich von all den Bädern und Massagen. Sie haben gelacht und Sex gehabt und gegessen und tiefsinnige Gespräche geführt. Das Ganze war wie ein Traum. Sie checken aus und steigen ins Auto. Helle ist sich nicht sicher, ob es eine angenehme Stille ist, die zwischen ihnen herrscht.

»Warum hast du an der Rezeption Englisch gesprochen?«

Helle hat die Füße auf die Ablage unter der Windschutzscheibe gelegt. Sie nimmt sie herunter. »Die Frau war aus Tschechien, es gibt einen großen Unterschied zwischen den Dialekten.«

»Unglaublich, wie viele Tschechen wir getroffen haben. Anscheinend sind alle Polen außer Landes, um die Häuser der Dänen zu renovieren. Meine Güte, das sagt so einiges über das Paradoxe an der strukturellen Arbeitslosigkeit.« Stefan schüttelt den Kopf, nicht über Helles Unlogik, sondern über die der Welt.

Er nimmt eine Hand vom Lenkrad und legt sie auf Helles Oberschenkel. Stefan ist so gut, dass es weh tut.

KAPITEL 20

Helle wacht auf, und ehe sie einen Muskel bewegt, registriert sie ihr Schlafgesicht. Ihr geschlossener Mund formt einen breiten Strich, der zu beiden Seiten nach unten gebogen ist. Sie öffnet ihn und macht ein wenig Gesichtsgymnastik. Noch ist ihre Beziehung zu Stefan in der Phase, wo es sich richtig anfühlt, dass er davon verschont bleibt, jeden Morgen dieses traurige, bedrückende Gesicht zu sehen. Sie greift nach ihrem Handy, und der Anblick einer neuen Nachricht von Stefan lässt ihre Mundwinkel in einem natürlichen Lächeln nach oben huschen.

Stefan

06.17

Freue mich wie verrückt darauf, dich heute Abend zu sehen. Mein T-Shirt riecht nach dir, zum Glück riechst du nicht nach Schweiß ;) Ich liebe dich.

Helle legt das Handy auf ihre Brust und schließt erneut die Augen. Nur für einen Moment. Es fühlt sich unwirklich an, so glücklich und zufrieden zu sein. Sie erinnert sich an Momente aus ihrer Kindheit, die eine ähnlich reine Freude hervorgerufen haben. Nicht sehr viele, aber das ist auch irrelevant, es geht darum, im Hier und Jetzt zu leben, den Tag zu ergreifen. Jeden Tag. Das hat sie mal in einem Kurs für Sozialhilfeempfänger gelernt. In gewisser Weise könnte man sagen, dass die Dozentin ihre Weisheit in Extremform auslebte. Sie hatte vom Jobcenter eine Stelle als Yoga-Lehrerin vermittelt bekommen und gleich am ersten Tag einen Burn-out. Sie ergriff das Jetzt, den Tag und vier Monate bezahlte Krankschreibung.

In Helles Kopf herrscht Frieden, abgesehen von einem kratzigen Laut, der aus dem Wohnzimmer kommt. Oder vielleicht aus der Küche. Helle steht auf und schlüpft in ihren Morgenmantel. Pavel steht auf einer Trittleiter in der Küche. Er hat Helles Weinregal abgeschraubt und ein großes Loch in die Wand geschlagen.

»What is going on?«, fragt Helle.

»You have a water damage on this wall. Some idiot put up this shelve and hit the water pipe behind.«

»You know you don't have to fix my house, right?«

Pavel lächelt vorsichtig. »I know. I want to. You help me, I help you.«

»Okay.« Helle zuckt entwaffnend mit den Schultern. »Well, I will make us some coffee.«

»Thank you, Hell.«

Helle setzt eine Kanne Kaffee auf. Sie sieht sich um. Pavel hat Fußleisten im ganzen Haus montiert (sie lagen seit zweieinhalb Jahren in der Waschküche), er hat die morschen Bretter in der Dachtraufe vor der Haustür ausgewechselt und die Schrauben in den Küchenschränken nachgezogen, so dass sich die Schubladen wieder gleichzeitig öffnen lassen. Es ist eine ganz besondere Freude, die einen durchströmt, wenn häusliche Pflichten erfüllt werden. Sie bekommt eine SMS.

Mikael Bo

08.01

Hiermit wird bestätigt, dass die ausstehenden Forderungen in Höhe von 68 974 Kr am 12.05.2018 beglichen wurden. Der Gläubiger und die Schuldnerin (im Folgenden das Geldinstitut bzw. die Kundin genannt) haben demzufolge keine weiteren Außenstände. Es sei darüber informiert, dass der Gläubiger keine Zinsen für das Leid und den Schmerz erhoben hat, die die Schuldnerin dem Gläubiger zugefügt hat.
Dies muss seinem Großmut zugeschrieben werden. MFG MB

Selbstironie ist eine Tugend, die dieselbe Achtung genießen sollte wie Großzügigkeit. Leider besitzt Mikael Bo kein Fitzelchen davon, und Helle weiß, dass jedes Wort in der Nachricht wörtlich zu nehmen ist.

Helle hat einen Mann, sie hat Geld, eine verzeihende

Tochter und Sonnenschein im Gesicht. Sie steckt das Handy wieder in die Tasche ...

Es ist 20.45 Uhr. Helle ist früh zu ihrer Nachtschicht erschienen, damit sie Zeit hat, einen Kaffee zu trinken und anzukommen. Abgesehen vom Küchenpersonal ist sie allein in der Kantine. Sie scrollt durch die Bilder auf ihrem Handy. Sie hat heute Vormittag im Laden ein paar Fotos von Benjamin und Michelle gemacht. Die beiden haben begonnen, die Tapete zu entfernen. Helle hatte sie mit Kaffee und ein paar süßen Teilchen vom Bäcker überrascht. Michelle war so glücklich gewesen. Die Webseite ist seit kurzem online, und sie hat bereits einige Anfragen erhalten, unter anderem von Influencern. Und dann hatte Michelle gefragt, ob Helle sie nicht zum nächsten Ultraschalltermin begleiten wolle, wo Benjamin nicht könne. Helle hatte natürlich ja gesagt und dann schnell den Kaffee woandershin geräumt, damit Michelle nicht sah, wie gerührt sie über die Frage war.

In diesem Moment trudelt eine Nachricht von Michelle ein.

Michelle<3

22.09

Hallo Mama, wir sind ins Sommerhaus von Benjamins Eltern bei Rødby gefahren. Sie fragen, ob du am Sonntag zum Mittagessen kommen willst?!

Helle antwortet umgehend, ihre Finger zittern so sehr, dass sie kaum die Buchstaben trifft.

22.10

Mein Schatz, sehr gern. Schickst du mir die Adresse?

Küsse von Mama. Ich hoffe, ansonsten ist alles gut?

Sie legt das Handy weg und liest die Patientenberichte des heutigen Tages für die Übernahme. Jetzt im Frühjahr steigt die Anzahl der blauen Augen, losen Zähne und Vergewaltigungen.

Michelle<3

22.18

Alles gut, bloß ein bisschen Bauchweh und Übelkeit.

Gehe jetzt ins Bett, bis Sonntag.

Helle steht auf und trinkt den letzten Schluck ihres lauwarmen Kaffees. Dann schiebt sie den Stuhl unter den Tisch und geht zur Notaufnahme. Sie ist wieder mal unterbesetzt, und die Stimmung unter den Mitarbeitern ist mies, weil sie ständig zwischen den Abteilungen hin und her geschickt werden. Alle sind gestresst, und in Helles Fall kommt noch hinzu, dass sie jedes Mal fünf bis zehn Minuten benötigt, um an einem ungestörten Ort im Medizinerhandbuch nachzuschlagen und sich vorzubereiten. Es ist schwierig, direkt vor einer OP diese Art von Alleinezeit zu finden, aber davon lässt sich Helle nicht die Stimmung verderben. Nicht heute, es wird schon gehen.

Sie kommt ins Dienstzimmer, wo der zuständige Arzt ihren Namen in einen Dienstplan eingetragen hat, der auf dem Bildschirm flimmert. Er hängt an der Wand und funktioniert genau wie die Infotafeln am Bahnhof, sogar die Verspätungen sind dieselben.

Helle ist für eine Gallensteinoperation eingeteilt, aber erst in zwei Stunden. Dafür braucht sie nicht mal zu recherchieren. Um ehrlich zu sein, mag Helle die Operationen am liebsten, wo das Messer richtig zum Einsatz kommt, aber natürlich ist es faszinierend, dass der Eingriff minimalinvasiv durchgeführt werden kann. Wenn Gallensteine entfernt werden, führt der Chirurg nur einige Röhrchen in die Bauchdecke ein, durch die er den Eingriff vornimmt. Keine großen Einschnitte in der Haut, kein Blut, das fließt. Wenige Tage nach der OP kann der Patient nach Hause gehen. Ziemlich undramatisch, fast ein bisschen langweilig.

Helle schaut auf ihr Handy, aber das Display leuchtet leer. Da kommen Theis und die süße Anästhesieschwester mit der tollen Haut auf Helle zugeeilt. Theis sagt etwas, und die Schwester lacht.

»Neun von zehn Leuten, die wegen so etwas zu uns kommen, sind Männer.« Jetzt sind sie nah genug, dass Helle sie verstehen kann.

»Wem erzählst du das«, antwortet die Anästhesieschwester mit einem trockenen Lachen.

»Aber ich habe tatsächlich mal bei einer OP assistiert, wo einer Frau ein Porzellanei von Royal Copenhagen aus der Vagina entfernt wurde«, grinst Theis.

»Das beweist zumindest, dass Frauen Stil haben … in jeder Situation«, erwidert die Krankenschwester.

Theis lacht. »Touché.«

Die beiden sind bei Helle angekommen.

»Na, Natalia«, sagt Theis und schaut sie flüchtig an. »Ich weiß ja nicht, was du so aus Polen gewohnt bist, aber hier in Dänemark gibt es Leute, die sich gerne Gegenstände in den Hintern stecken.« Theis' Blick huscht zur Anästhesieschwester, als suche er nach einer Reaktion. Vielleicht hat er zu viel Kaffee getrunken. Helle weiß nicht recht, wie sie seine übertrieben fröhliche Stimmung werten soll, aber da wechselt er auch schon in einen autoritären Tonfall.

»Wir haben einen einundvierzigjährigen Mann mit einem Dijonsenfglas im Rektum. Das Glas ist zu tief hineingeraten, so dass sich der Schließmuskel hinter dem Deckel zusammengezogen hat. Es ließe sich mit der Hand herausholen, aber dabei besteht die Gefahr, dass das Glas kaputtgeht und vitale Teile verletzt werden. Ich bin auf dem Weg in die Vierzehn, daher hätte ich gern, dass du ihn derweil untersuchst und die Anamnese aufnimmst, ich komme dann zurück.« Theis reicht Helle eine Akte.

»Im Hintern?«, fragt Helle automatisch.

»Nein, in der linken Achselhöhle. Ja, im Hintern!«

Helle nimmt die Akte, und die Anästhesieschwester, deren Haut aus der Nähe betrachtet nur noch schöner aussieht, begleitet Helle nach unten in die Notaufnahme.

»Ich weiß nicht, ob Sie schon mal mit dieser Art ... Vorfall zu tun hatten. Es ist eine sehr sensible Angelegenheit für die Patienten, oftmals verbunden mit Scham und Lügen. In aller Regel ist es irgendeine Geschichte aus der Küche.«

»Wie, aus der Küche?«

»Na ja, Sie wissen schon, meistens sind sie über dies oder jenes gestolpert, das auf dem Küchenboden lag, schwups, flutschte es in den Anus, und jetzt steckt es fest, und natürlich passiert es immer spätnachts ...«

Helle lächelt vorsichtig.

»Das heutige Opfer eines unwahrscheinlichen Küchenunfalls rief kurz vor zehn an. Er hatte natürlich Angst, aber es gab kein Blut, und er konnte selbst zum Krankenhaus kommen.«

Helle nickt. Sie muss professionell sein.

»Wie ist sein allgemeiner Zustand?«

»Er wirkt ziemlich geschockt, hektisch irgendwie. Er fing an, Visitenkarten an die Leute in der Notaufnahme zu verteilen. Anscheinend hat er irgendeine Restaurantkette.« Die Anästhesieschwester schüttelt leicht den Kopf und gibt Helle mit einer Geste zu verstehen, dass es die nächste Tür ist. Aus irgendeinem Grund zupft sich Helle das Haar zurecht, ehe sie eintritt. Der Mann liegt auf der Seite, mit dem Rücken zur Tür. Er hat die Beine angezogen, die Hände sind zu Fäusten geballt, und die Zeigefinger reiben unaufhörlich über die Daumen, wohl eine Art entspannendes Bewegungsmuster. Helle hat Mitleid mit dem Mann, bestimmt hatte er sich etwas anderes vorgestellt, als er beschloss, einen »Dijonabend« zu machen.

Die Anästhesieschwester übernimmt die Führung.

»Guten Abend. Wir werden kurz eine rektale Untersuchung durchführen, um zu bestimmen, wie akut Ihr Zustand ist. Es dauert nur einen Augenblick, und das Wichtigste dabei ist, dass Sie sich so gut wie eben möglich entspannen ...«

Der Mann, der bis jetzt mit dem Gesicht zur Seite gelegen hat, versucht mühsam, sich umzuwenden und Augenkontakt mit der Krankenschwester aufzunehmen.

Es ist Mikael Bo. Helle schafft es gerade noch, sich wegzudrehen, bevor er sie im Profil sieht.

Helle geht zur Tür, in ihrer Verzweiflung geht sie einfach. Erst merkt die Schwester nichts von Helles Verschwinden und stellt Natalia Nowak, die Assistenzärztin, vor. Dann fällt ihr auf, dass Helle nicht mehr da ist.

»Natalia, wo wollen Sie hin?«

Helle steht vor dem Untersuchungszimmer und sieht sich fieberhaft nach einer Lösung um. Auf dem Gang steht ein Wagen mit Operationsinstrumenten, Kleenex, Wattestäbchen und einem sterilen Set mit Haarnetz und Mundschutz. Resolut reißt sie das Haarnetz und den Mundschutz aus der Verpackung. Zieht sich die Sachen gerade so rechtzeitig über, bevor die Krankenschwester auf der Suche nach ihr herauskommt.

»Was ist los?«, fragt sie besorgt.

Helle wendet sich ihr zu, nun verborgen hinter Mundschutz und Haarnetz.

»Wissen Sie, ich hab's nicht so mit Exkrementen.« Die absolute Wahrheit.

Sie geht an der Schwester vorbei ins Untersuchungszimmer.

»Guten Abend«, sagt sie und legt besonderes Gewicht auf ihren gefakten osteuropäischen Akzent. Sie wirft einen Blick in die Patientenakte. »Mikael Bo? Ist das korrekt?«

»Ja, das ist korrekt«, stöhnt Mikael Bo und unternimmt einen erneuten Versuch, sich umzudrehen und die Ärztin anzusehen.

»Bleiben Sie bitte liegen, wir möchten nicht, dass es noch tiefer hineingedrückt wird«, warnt Helle. »Ich muss Sie untersuchen, daher werde ich jetzt meine Hand in Ihr Rektum einführen. Sie werden kaum etwas spüren.«

»Das Ganze war ein Unfall, ich ...«, setzt Mikael Bo an, aber die Krankenschwester beschwichtigt ihn mit einem »Schh«.

Helle hebt Mikael Bos Krankenhauskittel an und steckt den Finger in seinen Anus. Er gleitet mühelos hinein, bis er tief drinnen an eine harte Oberfläche stößt.

»Eine Frage. Das Senfglas, über das Sie in der Küche gefallen sind, hatte es noch den Deckel drauf?«

Mikael Bo schließt die Augen und antwortet: »Ja.«

»Ausgezeichnet. Schraubverschluss mit Klick?«, fragt Helle weiter, als ihre Finger drücken und ein vertrauter Klicklaut am Deckel erklingt, der anzeigt, dass das Glas schon geöffnet war.

Mikael Bos Augen sind noch immer geschlossen. »Hmja.«

Helle kann dem Drang nicht widerstehen, sie klickt ein paar Mal. Die Anästhesieschwester schaut sie hinter Mikael Bos Rücken mit einem verwunderten Lächeln an.

»Das ist gut. Besser als ein Plastikdeckel, der kann sich leichter lösen, und dann hätten wir den Salat.« Helle wird neugierig. »Sind Sie noch über andere Dinge gefallen, die in der Küche herumlagen, Sexspielzeug oder eine Stange Lauch vielleicht?« Helle muss sich im Zaum halten, sie darf den Akzent nicht vergessen.

»Nein, es war ein Unfall, verdammt!«, presst Mikael Bo hervor.

Die Anästhesieschwester schaltet sich ein. »Machen Sie sich keine Sorgen, das wird schon wieder«, beruhigt sie Mikael Bo und fügt an Helle gewandt hinzu: »Er wurde als grün eingestuft. Kurz vor dem ›Unfall‹ hat er eine Packung Toffifee gegessen, daher müssen wir noch drei Stunden warten, ehe wir den Fremdkörper herausoperieren können. Blutdruck und Puls wurden gemessen, die Werte sehen gut aus.«

»Ja, danke.« Helles Finger steckt immer noch in

Mikael Bo. Sie schaut auf seine Hinterbacken und das Loch. Er hat sich die Pofalte rasiert. Die Haut sieht aus wie der Hintern eines Pavians. Er riecht wohlvertraut, nach Issey Miyake.

»Ich will nur kurz sichergehen«, sagt Helle und lässt ihren Finger kreisen. Mikael Bo kneift die Lippen zusammen.

»Sie können ganz beruhigt sein, ich trage keine Ringe unter dem Handschuh«, flüstert sie dann, als sich die Krankenschwester abwendet, um etwas in der Patientenakte zu notieren. »Meiner Einschätzung nach sollten wir die Operation, falls möglich, vorziehen, da der Anus und das Gebiet darum herum geschwollen und gerötet sind.«

Die Anästhesieschwester kommt näher und beugt sich ebenfalls über Mikael Bos geschwollenes Hinterteil. »Ich rufe Theis«, sagt sie, als sie sieht, was Helle meint.

Fünf Minuten später ist Theis' Hand in Mikael Bo vergraben. Mikael Bo hat angefangen, *We all live in a yellow Submarine* zu summen, und scheint den Ort mental verlassen zu haben. Theis hat einen Medizinstudenten dabei und fragt Mikael Bo vorsichtig, ob er etwas dagegen hätte, wenn der Student auch mal fühlen würde.

»Ist mir egal, Hauptsache, ihr holt das Scheißding bald da raus.«

»Ist es ein Klickverschluss?«, fragt der Student seinen Mentor.

»Ja, Herrgott, es ist Klick«, fährt Mikael Bo genervt dazwischen. »Will mir vielleicht noch jemand den Finger in den Arsch stecken?«, ruft er dann plötzlich in einem Anfall von Hilflosigkeit aus, woraufhin er sich wieder ins Yellow Submarine flüchtet.

Mikael Bo bekommt eine Infusion mit Kochsalzlösung, damit er bereit für Medizin ist, falls es während der Operation notwendig werden sollte. Außerdem bekommt er eine hübsche Dosis Schmerzmittel, Fentanyl, das rasch seine Wirkung entfaltet. Ein Krankentransporteur holt Mikael Bo ab, der stark auf das Opioid anspricht, der kräftige Mensch ist ganz benebelt. Helle begleitet sie.

»Schwarzer Schwanz. Großer schwarzer Schwanz«, lallt er, und Helle legt ihm mütterlich die Hand auf die Schulter.

»Das klingt nett«, flüstert sie.

Mikael Bo schaut mit dem Blick eines kleinen Jungen zu Helle hoch. Er erkennt sie nach wie vor nicht hinter ihrem Mundschutz und dem Haarnetz.

»Ich bin davon abhängig geworden, etwas hineinzustecken. Der Schmerz ist so tief und einzigartig. Es grenzt fast an Glück.« Helle bemerkt, dass dies das Schönste und Wahrste ist, was Mikael Bo je gesagt hat. Ein Stück Poesie. Sie tätschelt ihm die Hand.

»Können Sie sich auf den Operationstisch legen?«, fragt die OP-Schwester, als sie den OP-Saal erreichen.

Mikael Bo winkt ab, als Helle ihm ihre Schulter zum Abstützen anbietet. Mit langsamen und beeindruckend o-beinigen Schritten stakst er zum Tisch, wo er auf den Rücken gelegt wird.

Die Krankenschwester spricht routiniert mit ihm, während sie EKG, Blutdruckmessgerät und Clip für die Sauerstoffsättigung anlegt. Anschließend übernimmt nahtlos die Anästhesistin und versetzt Mikael Bo in Narkose. Bevor er wegdriftet, erzählt Mikael Bo, weshalb er hier ist, damit alle wissen, dass Patient und Operation zusammengehören.

»Geschäftstüchtigem Jungunternehmer soll unerwünschter Fremdkörper aus dem Rektum entfernt werden, es handelt sich um ein gläsernes Objekt, das durch einen unverschuldeten Unfall in der Küche eingedrungen ist.« Mikael Bo sagt es in einem militanten Tonfall, er ist high vom Schmerzmittel. Selbst in dieser Situation besitzt er noch immer die unerhörte Fähigkeit, innerhalb von Sekunden zwischen beschämtem Patienten und Riesenidioten zu wechseln.

Die Anästhesistin fordert Mikael Bo auf, rückwärts zu zählen. Er kommt bis sieben, bevor ihm die Augen zufallen, und zwei Krankentransporteure hieven seine schweren Beine in die dafür vorgesehenen Halter, die in einer Art Stiefel enden.

»Das sind ja mal stattliche Beine. Die würden sich bestimmt gut unter einem Rokoko-Tisch machen«, bemerkt einer der beiden.

Helle versucht, ein Lachen zu unterdrücken. Mikael Bo ist immer schon stolz auf seine kräftigen Waden gewesen. In gewisser Weise balancieren sie auch die Sumo-Oberschenkel sehr hübsch aus.

Helles ersticktes Lachen steckt die Anästhesistin an, die sich nun ebenfalls mühen muss, ein Grinsen zurückzuhalten. Dies löst einen Dominoeffekt in dem sterilen Operationssaal aus. Theis' Schultern zucken, dann sein ganzer Körper, und er muss in den Waschraum gehen, um sich wieder zu beruhigen. Draußen auf dem Gang ist das Gelächter des Krankentransporteurs zu hören. Es ist morbid. Für einen kleinen Moment erinnert ausschließlich das elektronische Piepsen des EKGs daran, dass es in diesem Haus um Leben und Tod geht.

Theis fühlt ein weiteres Mal nach der Position des Senfglases. Helle steht am Instrumententisch bereit. Sie reicht ihm eine Zange, die die Öffnung noch weiter ausdehnt. Das Glas lässt sich nach wie vor nicht herausziehen. Die Elastizität von Mikael Bos rotem Poloch hat ihr absolutes Maximum erreicht.

Theis tritt einen Schritt zurück. »Hm. Scheiße, was machen wir? So was hatte ich noch nicht.«

Alle im Raum zermartern sich die Hirne, dass es knirscht.

»Vielleicht könnten wir eine Saugglocke aus der Geburtsabteilung holen?«, überlegt Helle und fährt, eher an sich selbst gewandt, fort: »Auf der anderen Seite hat der Deckel nicht die Form eines Babykopfs, daher könnte es schwer werden, ein Vakuum zu erzeugen.«

»Wie wär's, wenn wir einen Griff am Deckel befestigen, zum Beispiel einen gegossenen Gipsgriff?«, schlägt die OP-Schwester vor.

Theis runzelt die Stirn. »Hm, nein, ich fürchte, dann könnte das Glas springen und den Enddarm verletzen. Nein, wir müssen den Deckel abnehmen, damit wir das Glas mit einer Zange greifen können.«

Theis schraubt vorsichtig den Deckel ab. Kurz darauf beginnt ein Senfrinnsal herauszusickern. »Ich brauche einen großen Sauger, wir wissen nicht, welche Wirkung der Senf auf das Gewebe hat.«

Helle arbeitet schnell, sie vergisst völlig, dass es sich bei dem Patienten um Mikael Bo handelt.

In diesem Moment kommt eine Krankenschwester mit Instrumenten aus der gynäkologischen Abteilung herein, einer Saugglocke und anderen Gadgets.

Theis schaut auf.

»Haben Sie einen Entenschnabel im Sortiment?«

Alle Frauen wissen, was ein Entenschnabel ist. Ein eiskalter, schraubzwingenartiger Ausweiter, den man seit seinem dreizehnten Lebensjahr zu hassen gelernt hat.

Helle kramt in dem Stapel und findet einen Entenschnabel.

»Spekulum«, sagt Theis und verwendet damit den medizinischen Namen des Tieres, er hält die Hand auf, und Helle reicht ihm den Schnabel. Er platziert ihn und dreht, so dass Mikael Bos Rektum zu bisher ungesehener Größe geweitet wird.

»Vorsicht, nicht dass es aufplatzt«, warnt die OP-Schwester.

Das Gebiet wird ganz weiß, ein ovaler Heiligenschein. Theis schwitzt, aber er kann das Glas nur ein winziges Stück mit den Zangen herausziehen.

»Ahhh«, stöhnt er. »Natalia, ich kann nicht fest genug ziehen, halten Sie mich.«

Helle stellt sich zögernd hinter Theis und fasst ihn um die Lende. Er stemmt einen Fuß gegen den Operationstisch und versucht ein weiteres Mal, das Glas herauszuziehen. Die Stimmung hat sich verändert, sie lachen nicht mehr. Nur der Krankentransporteur und sein Kollege, die immer noch vor der Tür herumhängen, haben den Ernst der Lage nicht begriffen.

»Haltet gefälligst die Klappe da draußen«, ruft die OP-Schwester.

Helle stemmt die Beine in den Boden und zieht Theis nach hinten. Mikael Bo zuckt leicht, nur noch ein paar Millimeter, das Glas flutscht heraus, und Helle und Theis haben Glück, dass sie nicht rückwärts in die Wand mit dem Defibrillator fallen.

Sie lachen, diesmal vor Erleichterung.

Mikael Bos Enddarmöffnung bleibt als verlassenes, enormes Loch zurück. Es öffnet einem wirklich die Augen, wenn man sieht, zu welch einer Ausdehnung man sein Poloch trainieren kann. Ein wenig Stuhl tropft heraus, Helle saugt.

»Vielen Dank euch allen, ihr könnt jetzt die Narkose

beenden und ihn in den Aufwachraum bringen«, sagt Theis und geht zum Waschen.

»Tja, das hat ja noch mal ein gutes *Ende* genommen«, sagt Helle, als er weg ist, und wieder ist die Stimmung, na ja, ausgelassen.

Helle liegt auf einem Bett im Dienstzimmer und schaut zur Decke, die mit schallabsorbierenden Platten abgedichtet ist. Sie fragt sich, wie es Mikael Bo wohl gehen wird, wenn er aufwacht. Er muss ein paar Tage zur Kontrolle im Krankenhaus bleiben, um zu sehen, ob er auf die Toilette gehen kann. Und Würstchen produzieren. Helle sagt den Satz laut. Selbst für Mikael Bo, der es meisterhaft versteht, seine eigene Wirklichkeit zu erschaffen, wenn die echte zu hässlich ist, dürfte es schwierig sein, sich mit seiner üblichen Kessheit und weltmännischen Attitüde vom Krankenlager zu erheben. Vielleicht wartet er eine Weile, bevor er das nächste Mal Visitenkarten verteilt.

KAPITEL 21

Helle wird von einem mechanischen Geräusch geweckt und rollt instinktiv auf die andere Seite des Bettes. Sie ist leer. Mit geschlossenen Augen versucht Helle auszumachen, welche Maschine für den Laut verantwortlich ist. Kantenschneider ist das Erste, was ihr in den Sinn kommt, aber nun meldet sich die Erinnerung, und ihr fällt ein, dass sie bei Stefan übernachtet hat und das Brummen mit aller Wahrscheinlichkeit von einer Kaffeemühle stammt. Helle lächelt in sich hinein und schlägt die Augen auf. Stefan betritt das Schlafzimmer, er trägt ein Frühstückstablett, wie im Film. Auf dem Tablett sind Toast mit Avocado, zwei Tassen Kaffee und ein weichgekochtes Ei für jeden.

»Ich habe nicht die Absicht, dieses Zimmer heute zu verlassen. Genauer gesagt habe ich nicht vor, mich auch nur aus diesem Bett herauszubewegen«, erklärt Helle und setzt sich auf, während Stefan ihr ein Kissen in den Rücken schiebt.

»Ich muss etwas in der Stadt erledigen, eigentlich wollte ich dich fragen, ob du mitkommen möchtest.« Stefan setzt sich neben sie und beißt in seinen Toast, es knirscht laut.

»Kann ich nicht einfach hier warten, bis du zurück bist?« Helle zieht sich die Decke übers Gesicht.

»Ich möchte dich wirklich gern dabeihaben, es ist nur ein kurzer Spaziergang. Ich glaube, es wird dir gefallen.« Stefan lächelt Helle an, die sich aus ihr selbst unersichtlichen Gründen querstellt. »Und ich glaube, dass ich gern hierbleiben möchte, wenn du nichts dagegen hast«, erwidert sie.

Stefan mustert sie, ehe er antwortet. »Dieser misstrauische Zug, den du manchmal an dir hast. Ich verstehe wirklich nicht, woher der kommt. Es ist, als ob die Wachhündin Natalia nicht weit wäre.«

»Ich würde wünschen, du hättest nicht das Bedürfnis, mich zu analysieren.« Helle kann nicht zum geraden Weg zurückfinden und macht aus der scharfen Kurve heraus weiter.

Stefan steht auf, ohne große Dramatik, aber es fühlt sich heftig an. »Ich analysiere dich nicht, ich versuche, dich kennenzulernen. Jetzt mache ich stattdessen einen Spaziergang.« Er nimmt das Tablett mit, stellt aber erst Helles halbvolle Kaffeetasse auf dem Nachtisch ab. Helle schweigt. Sie spürt einen merkwürdig unbegründeten Zorn in sich aufbrodeln. Sie sieht ihr Gehirn von innen. Es ist ein Schiff, das am Kai liegt, sie hat so gesehen alles ihr Mögliche getan, um es mit starkem Tauwerk zu sichern, damit es einem Unwetter standhalten kann. Dennoch, sollte ein starker Sturm aufziehen, beispielsweise eine existenzielle oder finanzielle Zwangslage oder eine Verliebtheit, würde sich die Vertäuung lösen, das spürt sie deutlich. Helles Gehirn kann sich nicht kontrollieren, die Vernunft kentert, und die Gefühle übernehmen das Steuer. Sie kennt es von den Ereignissen der letzten Zeit, die sie dazu getrieben haben, vollkommen unvorhersehbar zu reagieren. Und sie kennt es von ihrer Trennung von Michelles Vater.

Lars ging eines Tages im Streit. Helle hatte ihn angefahren, weil er im Supermarkt mal wieder stundenlang nach seiner EC-Karte gesucht hatte. Was sagt es über einen Menschen aus, wenn er es ablehnt, auch nur einen Gedanken daran zu verschwenden, wo er seine Karte hat, bevor der Bezahlvorgang stattfinden soll? Vielleicht nicht sehr viel, aber jedenfalls stand Lars jedes ewige einzelne Mal an der Kasse und klopfte sämtliche Taschen ab, wenn die Kassiererin den Betrag nannte, nur um anschließend seinen Rucksack zu durchforsten, den er erst abnehmen musste und der mit siebzehn Staufächern ausgestattet war. In der Regel begann er dabei einen entspannten Plausch mit dem Nächsten in der Schlange: »Verflixt noch eins, ich glaube fast, ich habe das Kärtchen nicht mit«, dann ein Hottehü-Prustlaut, ein entschuldigendes Kopfschütteln, und Helle musste sich auf die Lippe beißen. Als sie beim letzten Mal nach Hause gekommen waren, hatte sie seine Faulheit kommentiert und insbesondere auf den wiederholenden Charakter seines Verhaltens hingewiesen. Lars hatte sie angesehen, feuerrot im Gesicht, und seine Stimme hatte sich überschlagen, als er schrie: »Jetzt hältst du verdammt nochmal die Klappe!« Dann hatte er seine Jacke und den Rucksack genommen und die Tür zugeknallt. Weiß der Himmel, wo er diese Nacht verbrachte. Seit diesem Tag schliefen sie nie wieder im selben Bett. Lars zog aus. Lars fand eine neue Freundin, Lars' Freundin wurde schwanger, Lars und seine neue Familie zogen nach Solrød. Michelle sah ihn jedes zweite Wochenende. Es dauerte zwei Jahre, bis Helle wieder in den Bauch atmen konnte. Der stille Schock, dass alles vorbei war, ohne Vorwarnung und für immer. »Er hat mir den Glauben genommen«, sagte sie all denen, die es hören wollten. Nach einiger Zeit waren das nur noch sehr wenige. So ist es im Leben, die Menschen wollen weiterkommen und Tod, verlorene Liebe und Krankheit hinter sich lassen. Man bekundet sein Mitgefühl, wenn das Unglück geschieht, aber die Zeit läuft weiter, die Uhr schlägt, und Trennungsschmerz hat ein begrenztes Anteilnahmekontingent. Lars geriet in Vergessenheit.

Helle liegt im Bett, der Kaffee ist kalt geworden, und sie lässt einen Furz. Es überrascht sie, wie eklig er stinkt, anscheinend versucht ihr Körper, die mit Lars verbundenen Gefühle abzustoßen. Stefan ist noch nicht zurück, sie hat keine Ahnung, wie lange er schon weg ist. Sie hat sich zusammengerollt, und jetzt spürt sie ein Zittern von tief unter dem Bauchnabel bis in die Glieder. Sie zittert wie ein kleines Vogeljunges und hat Angst, riesige Angst. Stefan wird nie zurückkommen. Oder falls doch, dann um sie zu verlassen. Er hat die Nase voll. Genug von ihrem ganzen Drama.

Helle zieht in kleinen, kurzen Zügen die Luft ein, als sie den Schlüssel in der Tür hört. Sie setzt sich auf, versucht, ihre vom Schlaf zerzausten Haare in Ordnung zu bringen, und klatscht sich auf die Wangen, damit sie wenigstens nicht wie eine traurige Hülle aussieht, wenn er sie rausschmeißt.

Stefan wirft seine Jacke auf den Boden, als er ins Schlafzimmer kommt. Ganz untypisch für ihn.

»Ich kann den Schritt genauso gut machen. Ich habe es zwar nicht weiter durchdacht, aber ich bin ganz sicher, dass es das Richtige ist.«

Helles Kopf bewegt sich hin und her. Nein, nein, nein.

»Es ist meine Entscheidung. Du kannst damit tun, was du willst, aber ich stehe dazu.«

Helle schlägt die Decke zur Seite, sie muss hier weg, bevor sie umkippt. Stefan greift in seine Hosentasche und nimmt ihre Hand.

»Bitteschön. Komme, wann immer du möchtest. Mein Zuhause ist jetzt auch dein Zuhause.« Er legt Helle einen Hello-Kitty-Schlüsselbund in die Hand.

Helle bricht so heftig in Tränen aus, dass ihr der Rotz aus der Nase läuft, und sie fällt ihm um den Hals. Fast verliert Stefan das Gleichgewicht, sie gibt ihm einen viel zu nassen Kuss. Was soll's. Sie glaubt daran.

17:30

Instagram

bisaufdenknochen_helle
Enø ›

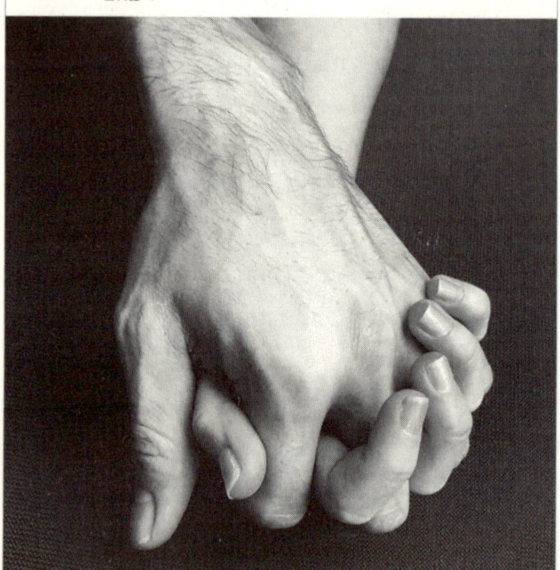

13 Likes

bisaufdenknochen_helle Der hier! 🖤
#festhalten #GlaubeHoffnungLiebe

almaskov Whaat? Was läuft da Tante Helle? 🍩🍆

annemette_77 Vorstellen bitte. Johnny und ich sind beleidigt ... 🤨

direktormikaelbo Schön für dich! Bitch! 🖕

deinemarlene check mal deine Mails, hab dir Infos wegen des Festes geschickt, hoffe alles ist ok, hab grade eine lange Fahrradtour gemacht, so ein Wind, bleib munter usw. LG Marlunte

direktormikaelbo #onemanstrash #anothermanshole 🚮

vor 47 Minuten

KAPITEL 22

Mikael Bo sitzt in Helles Schuppen und spielt Begriffe-Raten. Er ist im selben Team wie Stefan, der Mikael Bos Schlüsselband um den Hals hängen hat. Er knibbelt daran herum, als wäre es ein Rosenkranz. Benjamin und Michelle sind im Gegenteam. Michelle hält ein Baby im Arm. Mikael Bo sagt, es sei goldig, dabei ist es so ziemlich das hässlichste Ding, das Helle je gesehen hat, und Stefan zieht eine Grimasse, als Mikael Bo sich bemüht, seine Behauptung aufrichtig klingen zu lassen. Alle rufen durcheinander, auf dem Tisch stehen zwei Flaschen Rum. Mikael Bo zeichnet eine Katze, die Kategorie ist Haustiere, und es ist ganz eindeutig eine Katze.

Stefan rät begeistert: »Eine Anhängerkupplung!« Mikael Bo schüttelt den Kopf und fährt die Striche noch mal deutlicher nach. »Anhängerkupplung!«, ruft Stefan lauter.

Mikael Bo seufzt frustriert und zeichnet der Katze weitere Schnurrhaare.

»Eine Anhängerkupplung für einen Hyundai i20«, schreit Stefan, woraufhin Mikael Bo den Zeichenblock auf den Tisch schleudert und sich in einen Rollstuhl sinken lässt, der neben dem Sofa steht.

Helle bemerkt, dass er nur ein Bein hat, das andere fungiert als Bein für den Couchtisch, es steckt immer noch in einem Schuh, einem schwarzen mit Klettverschluss und viereckiger Spitze. Mikael Bo rollt zur Gartentür, mit energischen Handbewegungen treibt er den Rollstuhl an, er will nach draußen an die frische Luft, es kann nicht schnell genug gehen. Er fährt durch das Törchen auf den Bürgersteig, Helle folgt ihm. Es regnet. Sie spürt die Tropfen auf der Stirn. Ein mildes Nieseln.

»Natalia, wach auf.« Stefan beugt sich über sie, er küsst sie auf die Stirn. »Du warst aber weit weg.«

Helle schaut sich um, sie liegt immer noch im Dienstzimmer, es ist Nacht, aber draußen dämmert es bereits. Helle setzt sich auf, sie muss erst mal den Traum abschütteln. Sie schaut Stefan an. Er trägt keinen Schlüsselband um den Hals. Er setzt sich neben sie.

»Hi. Ich war tatsächlich richtig im Tiefschlaf. Wie spät ist es?«, fragt Helle und lässt den Kopf kreisen, so dass es an mehreren Stellen im Nacken knackt. Stefan legt ihr eine Hand auf den Schenkel.

»Halb fünf. Ich weiß, du hast um sieben Feierabend, aber wir haben einen Notfall reinbekommen, Stufe rot. Eigentlich ist es ein Fall für die Gynäkologie, aber die sind gerade mit einem Kaiserschnitt beschäftigt. Theis ist schon dort, und wir brauchen jede Hand, die wir kriegen können. Bist du fit genug, um zu assistieren?«

»Ja. Ich fühle mich sogar richtig ausgeruht. Ich hatte einen furchtbaren Traum. Gut, dass du mich geweckt hast.« Helle lächelt. »Was für eine Operation ist es?«

»Eine Schwangerschaft außerhalb der Gebärmutter. Extrauteringravidität, wie es in der Fachsprache heißt. Wir müssen die Schwangerschaft beenden. Sowohl Theis als auch ich haben Erfahrung in der Gynäkologie, du kannst also ganz beruhigt sein. Eigentlich ist es ein simpler Eingriff, allerdings sinkt der Blutdruck der Patientin aufgrund des großen Blutverlusts, daher ist die Lage ernst.«

Sie stehen auf, sie können genauso gut direkt zum Waschen gehen.

»Okay. Es ist zwar nicht mein Gebiet, aber ...«

Stefan wischt Helles Bedenken beiseite: »Ich würde dich nicht fragen, wenn ich nicht der Meinung wäre, dass du es schaffen kannst. Theis wird die Operation leiten, er ist bereits im OP und hat auch schon einen Assistenten. Aber er braucht einen weiteren Operateur und noch einen Assistenzarzt. Sie hätten die Patientin fast verloren, als sie eingeliefert wurde. Wir machen es zusammen.«

Sie kommen zum Waschraum. Stefan wechselt das T-Shirt, auf dem alten sind mehrere Blutflecken, und zieht den Mundschutz über. In einer Bewegungsabfolge, die einem zweiminütigen Synchronschwimmen gleicht, waschen sie sich gründlich die Hände.

Helle ahnt das Morgengrauen, das sich durch die matten Milchglasscheiben hereinstiehlt. Sie lächelt Stefan zu, sie ist bereit.

»Wir versuchen es zunächst mit einer Laparoskopie und hoffen, dass das reicht, aber da ist zu viel Blut, wir pumpen Luft ein, doch man kann kaum etwas sehen, und wir haben Angst, es noch zu verschlimmern. Du musst das Laparoskop führen, und dann werden wir entscheiden, ob wir zur offenen Methode switchen und den Eierstock entfernen müssen.«

Sie trocknen sich die Hände mit dem sterilen Papier und gehen zu den beiden Krankenschwestern, die am Eingang zum Operationssaal bereitstehen, um ihnen die Kittel überzuziehen.

»Wer ist die Patientin?« Natalia schlüpft routiniert in den türkisfarbenen Kittel.

»Ein junges Mädchen, achtzehn Jahre alt, glaube ich. Normalerweise wird eine extrauterine Schwangerschaft früher entdeckt, meist in der siebten oder achten Woche, sie ist allerdings bereits in der elften, was recht ungewöhnlich ist.«

Eine der beiden Krankenschwestern holt die Handschuhe aus der Verpackung. Noch immer im selben Takt ziehen Stefan und Helle sie über, erst die grünen, dann die weißen. Sie halten die Hände dicht vor dem Oberkörper, damit sie auf ihrem Weg in den OP nichts berühren.

Helle liebt die Atmosphäre kurz vor einer Operation.

Es mag morbide wirken, aber das Gefühl, dem Tod von Angesicht zu Angesicht gegenüberzustehen und um ein Leben zu kämpfen, ist der größte Rausch, den sie kennt.

Die grellen Lichter beleuchten Theis und sein Team. Der Rest des Raumes liegt im Halbdunkel.

Theis steht am Ende des Operationstisches. Er ist einer dieser Ärzte, die nicht mehr als Mensch zu erkennen sind, wenn sie im OP stehen. Sein professionelles Gesicht ist weit von seinem zivilen entfernt, bar jedes gefühlsmäßigen Ausdrucks. Helle wird klar, dass etwas ganz und gar nicht stimmt, als sie Theis anschaut und er aussieht wie der menschliche Theis. Besorgt, unsicher geradezu.

Er schaut nicht auf, beginnt jedoch, hastig und ohne Pause zu sprechen: »Ich kann mir keinen richtigen Überblick verschaffen, da ist zu viel Blut. Ich fürchte, der Eileiter ist geplatzt.« Verärgert dreht er sich um und schreit beinahe: »Scheiße, ich kann nichts sehen, saugt, verdammt nochmal!«

Stefan und Helle hasten zum Operationstisch. Im Bauch der Frau stecken vier Metallröhrchen. Mehr passiert nicht, aber auf dem Monitor schwimmen die Organe in einer großen Menge Blut.

»Scheiße«, flüstert Helle.

Die Unterschenkel der jungen Frau liegen in den Beinhaltern, ein grünes Tuch bedeckt ihren Oberkörper vom Nabel an aufwärts. Sie blutet.

»Es war schwer, sie zum Schlafen zu bringen, die Arme,

sie war völlig aufgelöst«, erklärt die Anästhesieschwester.

Stefan nickt Helle zu, die das Laparoskop nimmt.

»Lasst uns also versuchen, ob es mit dem Laparoskop klappt, ansonsten müssen wir sie offen operieren.« Stefan ist ruhig wie immer.

»Dieses Risiko will ich nicht eingehen, Stefan, die Gefahr einer massiven Blutung und einer anschließenden Infektion ist zu groß. Wir müssen es so hinkriegen.«

Sie werden vom EKG unterbrochen, dessen Piepsen sich auf einmal beschleunigt.

Aus irgendeinem Grund will Helle nicht, dass es mit einer offenen Operation endet. Es muss doch auch mit dem Laparoskop gehen, sie ist noch so jung. Helle führt das Laparoskop ein, alle Blicke sind auf den Bildschirm gerichtet.

»Der Blutdruck fällt weiter«, sagt der Anästhesist knapp.

Theis beginnt, den Kopf zu schütteln. »Der Eileiter ist geplatzt, ich habe die Arterie abgeklemmt, aber sie blutet weiter. Aufgrund der fortgeschrittenen Schwangerschaft gibt es innere Blutungen, und ich weiß nicht, wie viel Blut bereits in die Bauchhöhle gelangt ist. Uns bleibt nichts anderes übrig, oder? Wir müssen einen Schnitt machen.« Irgendwie scheint Theis heute neben der Spur.

»Wir müssen einen Schnitt machen, und zwar sofort. Sie verliert Blut.« Stefan übernimmt das Kommando, ruhig, aber bestimmt. »Zwei Beutel«, sagt er zur OP-Schwester, die seiner Anordnung umgehend nachkommt. Helle schaut abwechselnd auf den Bildschirm und die Zahlen auf dem Monitor, die einen stetig fallenden Blutdruck anzeigen. Das Piepsen wird noch durchdringender.

»Ruhe im OP.« Stefans Blick ist auf den Bildschirm gerichtet. Keiner rührt sich, alle warten auf Stefan.

»Natalia. Das Laparoskop brauchen wir nicht mehr. Wir müssen zur offenen Methode wechseln. Die Blutungen sind lebensgefährlich.«

Vorsichtig zieht Helle das Laparoskop heraus. Der Unterleib des Mädchens ist rot, und mit dem Laparoskop folgt ein Klumpen Blut. Helle wischt es von Schenkeln und Lenden. Als sie zum unteren Teil des Bauches kommt, erstarrt sie. Auf der rechten Seite, knapp oberhalb der Bikinilinie, sieht sie eine feine, verheilte Blinddarmnarbe und drei Muttermale, die an einen kleinen Inselstaat erinnern. Ein größeres und zwei kleine.

Eisige Schauer überlaufen sie, die nicht aufhören, sondern ihren Körper in einer unerträglichen Spannung halten. Sie drückt auf die drei Muttermale, es muss Blut sein, ein Zufall. Aber sie verschwinden nicht. Helle blinzelt, sie blinzelt und blinzelt, während ihr die Tränen unaufhörlich übers Gesicht laufen, ihr wird schwindelig.

Michelle hat diese Muttermale, seit sie ganz klein war, sie haben ihnen Namen gegeben. Tabby, Lola und Gunnar. Als Michelle dreizehn wurde, versuchte sie, die

Schönheitsflecken mit ihren Slips zu verdecken, sie fand sie hässlich, aber sie waren selbst für einen breiten Bund zu weit oben. Ab da hatten sie keine Namen mehr, und Michelle fragte Helle, ob sie sie weglasern lassen dürfe.

»Sie sind deine Besonderheit, Schatz, dein persönliches Erkennungszeichen«, hatte Helle damals geantwortet, woraufhin Michelle drei Tage lang nicht mit ihr sprach. Seitdem haben sie die Muttermale nie wieder erwähnt.

Und jetzt liegen Tabby, Lola und Gunnar hier auf dem Tisch und sehen aus wie immer. Ein kleines Inselreich im Hautmeer, deutlicher denn je zuvor ein Erkennungszeichen.

»Natalia, wir müssen jetzt operieren. Geh zur Seite.« Stefans Worte kommen von irgendwo weit her, Helle kann sich nicht rühren.

»Natalia, mach bitte den Instrumententisch fertig, wir müssen operieren.«

Helle führt ihre blutige Handschuhhand ans Gesicht und wischt sich vergebens die Tränen weg. Jetzt sieht Stefan sie an.

»Was ist los?«

Helle tritt einen Schritt zurück und lässt das Laparoskop fallen. Alle Blicke sind auf sie gerichtet. Keiner sagt etwas.

»Ich, ich ...« Helle hat nichts, es gibt nichts.

»Wir müssen sofort operieren, sonst verlieren wir sie. Natalia!« Stefans Stimme ist hart, Theis beißt sich auf die Lippe, die Krankenschwester erhöht die Tropfgeschwindigkeit, da der Blutdruck weiter fällt.

»Ich bin keine Ärztin!« Helle hört ihre eigene Stimme wie ein Echo.

»Du schaffst das schon, es macht nichts, dass du aus der Viszeralchirurgie kommst«, erwidert Stefan, und seine Stimme verrät, wie angespannt er ist.

»Nein. Du verstehst nicht. Ich bin keine Ärztin. Ich bin Metzgerin, mein Name ist Helle.«

Die anderen im OP sind wie versteinert. Sie haben keine Ahnung, wovon sie redet.

»Sie ist meine Tochter«, stammelt Helle und taumelt. Ihr wird schwarz vor Augen.

»Was zur Hölle ist hier los?«, ruft Theis.

Stefan steht nur da und starrt Helle ungläubig an, viele Leben brechen im OP auseinander.

Helle weicht vom Tisch und Michelle zurück. Sie stößt mehrere Bettpfannen um, das Scheppern des Stahls ist ohrenbetäubend.

»Stefan, du musst sie retten. Sie ist meine Tochter«, wiederholt sie.

Irgendetwas verschwindet in Stefans Augen. Für ein paar unendliche Sekunden ruht sein Blick auf Helle. Sie sieht ihm nicht in die Augen. Sie sieht den schlafenden, blutenden Körper ihrer Tochter. Allmählich beginnen sich die anderen wieder zu rühren, der OP murmelt vor Unruhe.

»HALTET DIE KLAPPE!«, schreit Stefan mit bislang

unbekannter Stimme. »Bitte noch mal ganz langsam zum Mitschreiben. Das da auf dem Tisch ist deine Tochter?«

»Ja.« Einfach ja.

Stefan dreht sich zu Theis und beginnt mit der Operation. Helle kehrt ihnen den Rücken und verlässt den OP. Sie verlässt den OP und geht in den Waschraum, wo sie auf dem Boden zusammenbricht. Halb liegt sie, halb stützt sie sich auf die Arme. Das Weinen will nicht aufhören. Durch die gekachelten Wände wird der Laut noch verstärkt. Die Sonne ist aufgegangen, die Strahlen scheinen mit der Präzision eines Projektors durchs Fenster und baden Helle in Licht. Von all den Möglichkeiten, wie sie hätte auffliegen können, war dies keine, die sie sich ausgemalt hatte. Sie versucht aufzustehen, knickt jedoch ein und erbricht sich auf den Boden.

Mit zitternden Händen wischt sie das Erbrochene weg, wirft die Handschuhe in den Mülleimer und gibt den Kittel zur Wäsche. Dann nimmt sie ihr Namensschildchen ab, fast will es ihr nicht gelingen, so sehr zittern ihre Hände. Besser gesagt ihr ganzer Körper. Was zur Hölle hat sie sich nur gedacht? Sie legt das Schildchen auf den Tisch neben dem Waschbecken, sie kann einfach nicht aufhören zu weinen. Es ist das letzte Mal, dass sie hier steht, das ist ihr klar.

Helle tritt auf den Flur. Noch weiß niemand, was geschehen ist. Wie eine Schlafwandlerin geht sie die langen Krankenhausgänge entlang, alles sieht aus wie immer, Wände, die man versucht hat mit einem zweifarbigen Anstrich aufzupeppen, denen aber damit im Grunde nichts von ihrer Traurigkeit genommen wurde. Helle begegnet zwei Ärzten aus der Neonatologie, die beiden nicken ihr freundlich zu. Sie versucht, so unauffällig wie möglich zu gehen, sich unsichtbar zu machen, stiehlt sich ins Dienstzimmer, wo sie ihre Ruhe hat und sich verstecken kann.

In der Welt der Fiktion flüchten die Leute dramatisch durch die Türen ins Freie, auf der Flucht führen sie ihre Lügen fort. Aber die Wirklichkeit ist anders. Helle schaut auf ihr Handy. Sie hat keine Ahnung, wie lange die Operation dauern wird. Sie weiß, dass Stefan der Beste ist. Natalia ist tot, übrig ist die Quacksalberin Helle, doch das kümmert sie alles nicht. Hauptsache, ihre Tochter lebt.

KAPITEL 23

Helle sitzt auf einem Stuhl und schaut aus dem Fenster des Dienstzimmers. Aber nur für den Bruchteil einer Sekunde, denn ihr Blick folgt einem bestimmten Bewegungsmuster. Einem dreieckigen. Erst schaut sie zur Tür, dann auf die Handyuhr, dann aus dem Fenster. Das macht sie jetzt seit ... Helle unterbricht ihr Muster, um spontan auf die Uhr zu schauen. Zweiundfünfzig Minuten. Zweiundfünfzig Minuten ist es her, dass sie ihr Leben verlassen und sich ins unerträgliche Wartezimmer des Schicksals gesetzt hat.

Dinge, die man nicht vergessen kann, sind schwer zu vergeben.

Helle hat in ihrem Leben viele Menschen getroffen, denen zu vergeben ihr schwerfällt. Ein Kollege aus der Metzgerei, der allzu übereifrig war, als sie wegen Betruges angeklagt wurde. An schlechten Tagen ihr Exmann Lars. Es dürfte so ziemlich das Unverzeihlichste überhaupt sein, seine junge Frau zu verlassen, die gerade ein

Kind bekommen hat. Derart rückgratlos zu sein ist eine bewusste Entscheidung. Mikael Bo, weil er an einem Größenwahnsinn leidet, der dem Zlatan Ibrahimovićs Konkurrenz macht, bloß dass er nicht wie Zlatan Fußball spielen kann. Mikael Bo allerdings, das merkt sie, wird sie mit der Zeit vergessen können. Aus irgendeinem Grund taucht Karin aus dem Himmelsschiff auf. Es ist weniger Karin selbst als die Sorte Mensch, die sie repräsentiert, die Helle wurmt. Diese falsche Gutherzigkeit, die missverstandene Ausübung von Gerechtigkeit. Das Allerschwerste ist natürlich, sich selbst zu vergeben. Oh, all die Lügen, all die Enttäuschungen. Michelle. Wenn Michelle es nicht schafft, gibt es nichts mehr. Keinen Sinn. Helle hat mal ein Buch gelesen, wo Vater und Mutter ihren Sohn verloren. Unmöglich, über einen solchen Verlust hinwegzukommen, unmöglich, ihn zu akzeptieren. Eine Tragödie, entstanden aus dem Bruch mit der Chronologie der Natur, der dunkelste aller Schatten. In dieser innersten Schicht der Trauer beschlich den Vater ein unbehagliches Gefühl, das tief verborgen geschlummert hatte. Durch den Tod des Sohnes war die größte Furcht im Leben nichtig geworden. Das Schlimmste, was geschehen konnte, *war* geschehen, was bedeutete, dass es nicht länger möglich war, das Schlimmste zu fürchten. Helle graut es dabei, diese Art von Gedanken zu Ende zu führen.

Es klopft an der Tür. Helles Rhythmus wird unterbrochen. Sie wartet, schaut zur Tür. Eine viel zu lange

Sekunde verstreicht, derjenige, der auf der anderen Seite der Tür steht, muss sich erst einen Ruck geben.

Dann öffnet sich die Tür, und Stefan kommt herein.

Helle springt auf. »Ist sie okay?«

»Deiner Tochter geht es den Umständen entsprechend. Sie liegt jetzt im Aufwachraum.«

Helle beginnt wieder zu zittern, wieder zu weinen, sie hat keinerlei Kontrolle über ihren Körper. Am liebsten würde sie Stefan um den Hals fallen. Aber das geht nicht.

»Wie du weißt, mussten wir die offene Methode wählen, da wir die Blutung in der Bauchhöhle nicht in den Griff bekommen konnten. Das befruchtete Ei hatte sich im Gewebe eingenistet. Dennoch konnten wir beide Eileiter retten, sie hat also dieselben Möglichkeiten wie vorher, schwanger zu werden.«

»Ich weiß nicht, wie ich dir danken soll, Stefan.«

»Das ist nicht nötig. Es war meine Pflicht als Arzt.«

Vor Helle steht ein Mensch, der sie vor allem hasst, der aber gelernt hat, seine Gefühle zu kontrollieren.

»Ich schulde dir alles, ich kann nicht oft genug sagen, wie leid es mir tut, was ich dir angetan habe«, schluchzt Helle. Sie streckt die Hand nach ihm aus, aber Stefan tritt ruhig einen Schritt zurück.

»Du bist krank.«

Helle lässt sich wieder auf den Stuhl sinken. Sie schüttelt den Kopf. »Nein. Ich habe kranke Dinge getan, weil ich komplett am Boden war. Es war eine absolute Notlage, und ich hab keinen anderen Ausweg gesehen. Stefan, du darfst mich nicht hassen.«

Stefan sieht sie an. Der Raum ist mit all dem gefüllt, was man als Mensch nicht berühren kann, was uns jedoch im Leben steuert.

»Ich will nichts hören. Ich will nichts von dir haben.«

»Das verstehe ich. Aber was meine Gefühle für dich angeht, habe ich nicht gelogen, das musst du mir glauben.«

»Sei still! Ich will nichts hören.« Stefans Stimme ist tonlos.

»Ich liebe dich«, flüstert Helle so leise, dass Stefan es nicht hört. Der Satz hängt unbeantwortet in der Luft, flattert verzweifelt, bis er zu Boden fällt, übertönt von einem resoluten Klopfen an der Tür. Einem Klopfen, das keine Antwort abwartet, sondern lediglich ankündigt, dass jemand ungeachtet aller Umstände einzutreten gedenkt.

Zwei Polizisten, ein Mann und eine Frau, betreten das kleine Dienstzimmer. Sie sehen aus wie Karikaturen. Der Mann hat einen buschigen Schnauzbart, die Frau trägt ihr blondes Haar zu einem Fußballerinnenpferdeschwanz gebunden. Sie sind vollkommen gelassen.

»Sind Sie Natalia Nowak?«, fragt der Schnauzbart.

»Nein«, antwortet Helle.

»Sind Sie Helle Anja Janning?«, fragt seine Kollegin und wirft Polizist Nummer eins einen vorwurfsvollen Blick zu.

»Ja«, antwortet Helle und kann Stefan nicht länger ansehen.

»Es ist sieben Uhr zweiundfünfzig, hiermit werden Sie wegen Identitätsdiebstahls und Betruges festgenommen. Wir müssen Sie bitten, uns zu folgen. Sie haben das Recht zu schweigen, und Sie haben das Recht, einen Verteidiger hinzuzuziehen.«

Stefan weicht rückwärts aus dem Raum. Schaut sie ein letztes Mal an und wendet dann den Blick ab. Diese Augen wird sie wohl niemals wiedersehen.

Die Polizistin legt Helle sanft eine Hand auf die Schulter. »Ich muss Sie bitten mitzukommen, Helle.«

Helle steht auf. Ihre Arme hängen schlaff an den Seiten herunter. Die Hand auf ihrer Schulter verstärkt den Druck und führt sie wie eine Puppe hinaus. Ein Stück den Gang hinunter sieht sie Stefan, der mit seinen üblichen ruhigen Schritten davongeht. Er blickt nicht zurück. Ein ungekannter Schmerz schneidet Helle in die Brust, es fühlt sich an, als sei ihr Herz aus Glas, mundgeblasen, und zerspringe gerade in tausend Scherben, die sich in ihr Fleisch bohren. Sie mobilisiert all ihre Kräfte, um nicht zusammenzubrechen.

Nach nur wenigen Schritten treffen sie auf Theis, der aus dem Waschraum des OPs tritt. Er sieht aus, als hätte er sich beeilt und wolle eine Menge sagen, er scheint einen inneren Kampf auszutragen, aber als er Helle sieht, bringt er nur heraus: »Das ist ja echt der Hammer.«

»Tut mir leid«, flüstert Helle und schaut auf den Boden.

Den strapazierfähigen, grau gesprenkelten, pflegeleichten Boden, der so leicht zu unterschätzen ist und den sie noch vor wenigen Stunden mit Aufstieg, Durchhaltevermögen, ja, Glück verbunden hat.

Es ist ein langer Weg vom Dienstzimmer bis zum Haupteingang. Der Schmerz in der Brust sticht unerbittlich, und die furchtbare Aussicht auf das, was sie erwartet, rumort in ihrem Inneren. Aber Michelle lebt! Und das gibt Helle das Gefühl, dass sie vielleicht nach Hause gevotet wurde, doch wie heißt es so schön: *It ain't over, until the fat lady sings*.

Helle schaut nach vorn, dabei immer zu Boden. Obwohl sie an Patienten, Krankenschwestern, Transporteuren, Angehörigen und Ärzten vorbeikommen, ist es totenstill in den Gängen, alle scheinen unbeweglich dazustehen. Helle spürt, dass alle Augen auf sie gerichtet sind.

Sie erreichen die Notaufnahme, Helle hebt den Blick eine Spur und sieht die Krankenschwester, die ihr in der ersten Woche mit dem IT-System geholfen hat. Sie ist mitten in einem Telefongespräch, verstummt jedoch, als sie Helle entdeckt. Oder eher ihren Geleitschutz. Helle beschließt, von nun an den Kopf aufrechtzuhalten, vermeidet es jedoch, jemandem in die Augen zu sehen. Die Leute drehen sich nach ihr um, und jetzt hört sie ein Raunen um sich her, das allmählich anschwillt. Zwei Polizisten und eine Frau in grünem Kittel sind etwas, wonach man sich umdreht. Sie erreichen die Fahrstühle beim Haupteingang. Da steht Guffe, er hat das Bedienelement von einem der großen Lastenaufzüge geöffnet, die bis zu zwölf Personen befördern können. Er trägt eine Stirnlampe und hält einen Kreuzschlitzschraubenzieher in der Hand. Der ungewöhnliche Trupp erregt auch seine Aufmerksamkeit, und er schaut Helle direkt ins Gesicht. Das grelle Licht der Stirnlampe blendet sie, sie kneift die Augen zusammen, schirmt sie mit der Hand ab und schaut zurück, als das Licht sich aus der Iris zurückzieht. Guffes Blick wandert an Helle hinab und wieder hinauf, langsam ändert sich sein Gesichtsausdruck, bis ihm die Kinnlade herunterfällt und er sie mit offenem Mund anglotzt. Helle weiß, was das bedeutet. Er hat sie erkannt.

»Was zur Hölle?«, sagt er laut.

»Buh«, macht Helle mit dünner Stimme, sie ist ebenso überrumpelt wie Guffe.

»Spinn ich? Was ist hier los?« Es ist niemand in der Nähe, der ihm antworten könnte. Außer natürlich Helle, und die sagt nichts.

Die Sensoren der Glastüren sorgen dafür, dass Helle und die Polizisten ins Freie treten können, ohne ihr zügiges Tempo drosseln zu müssen. Der Streifenwagen parkt direkt vor dem Eingang. Der Polizist öffnet die Hintertür, und Helle steigt ein. Sie legt den Gurt an und schaut aus dem Fenster. Die Fenster des Krankenhauses sind voller Köpfe, alle wollen die Giraffe sehen, die polnische Giraffe. Sie bemerkt einen weißen, geräumigen

Kastenwagen, der hinter dem Streifenwagen anhält. TV2 News steht darauf. Die Hecktür geht auf, und der Reporter, der seinerzeit die Berichterstattung über das Himmelsschiff gemacht hat, stürzt heraus. Er strahlt übers ganze Gesicht, die Ärmel seines Anzugs sind immer noch zu lang. Helle sitzt angeschnallt im Polizeiauto und weiß mit absoluter Gewissheit, dass nichts mehr werden wird wie früher.

KAPITEL 24

HELLE, DIE HÖLLENMETZGERIN

und

MENSCHENMETZGERIN VERLETZTE KLEINKIND

konkurrieren mit der gestrigen Perle:

METZGERIN AUS NÆSTVED RISS POLNISCHEM MANN DIE NÄGEL AUS

Vor Helle auf dem Tisch liegen die heutigen Ausgaben der Boulevardzeitungen. Sie selbst hat darum gebeten. Man kann ja viel über *Ekstra Bladet* und *BT* sagen, aber eines muss man ihnen lassen, ihrer Kreativität, was kryptische Wortspiele angeht, sind keine Grenzen gesetzt. Und selbst vierzehn Tage nach Bekanntwerden der Nachricht macht es nicht den Eindruck, als würden sie es allmählich überdrüssig, Helles Metzgervergangenheit und ihre kriminellen Bemühungen zu einer reißerischen Poesie zusammenzurühren, die sie in leuchtend roten Großbuchstaben auf ihren Titelseiten zum Leben erwecken. Helle fungiert als Leserköder, und in den letzten Wochen ist sie für so ziemlich alles mal benutzt worden. Dabei gibt es zwei Erzähllinien, die darum konkurrieren, die Geschichte der Helle Anja Janning zu definieren. Die eine zeichnet das Bild einer mittellosen Aufsteigerin, die, indem sie den Sozialhilfesumpf gegen den Operationssaal eintauschte, die ultimative Verwandlung vollzog. Die andere nimmt ihren Ausgangspunkt in der Psychopathin Helle, die mit eiskalter Berechnung jeden Einzelnen in ihrem Umfeld betrog. Und die mit großer Wahrscheinlichkeit nur auf den richtigen Moment wartete, ihr Chirurgenmesser als todbringende Waffe einzusetzen. Es ist hirnrissig, solche Artikel über sich selbst zu lesen. Helle befindet sich im Ausnahmezustand, und ebendieser Umstand, nämlich dass sie *nicht* sie selbst ist, macht es ihr überhaupt möglich, die Tage in Untersuchungshaft durchzustehen.

Den Großteil der Zeit versteckt sie sich auf einer weit entfernten Insel, in ihrem Fall die Haftanstalt in Slagelse, vor der Wirklichkeit. Dann aber wacht sie mitten in der Nacht auf, in Tränen gebadet und aus einem weiteren Fluchttraum gerissen. In diesen Momenten spürt sie den Schmerz der ganzen Welt.

Helle hebt den Blick von den Zeitungen und schaut

sich im Zimmer um. Das Zimmer ist eine Zelle mit einer Tür ohne Klinke. Das Fenster ist vergittert. Sie hat ein Bett, ein Einzelbett mit Eisengestell, ein Klo, einen Tisch, einen Stuhl und einen Fernseher. Der Fernseher läuft im Hintergrund, wobei Helle unsicher ist, ob das ihr Gefühl von Einsamkeit verstärkt oder mindert. Helle sitzt aufgrund von »Wiederholungsgefahr« in U-Haft. Man betrachtet sie als Bedrohung für die Gesellschaft. Als sie dem Haftrichter vorgeführt wurde, hatte dieser die übliche Frist von zwei Wochen festgelegt. Die wären jetzt eigentlich um, aber da Helles Fall so ungewöhnlich ist, ist eine Verlängerung der Untersuchungshaft beantragt worden. Helle hat eingewilligt, was blieb ihr auch anderes übrig. Jens Otto, der bald in Pension geht und derjenige unter den Justizvollzugsbeamten ist, der ihr täglich die Zeitungen bringt, war während der zwei dunklen Wochen in Haft ihr engster Kontakt.

»Nichts ist so schlecht, dass wir nicht über das Verschüttete lachen könnten«, hat Jens Otto ihr mehrfach gesagt, und Helle hat erwidert, dass das Sprichwort wohl eigentlich etwas anders lautet. Gleichzeitig aber ist es beruhigend, dass Jens Otto sie nicht für eine gefährliche Psychopathin hält. Er hat dafür gesorgt, einen Hauch von alltäglicher Normalität in all dem Unnormalen zu erhalten. Als passiere das, was Helle passiert ist, die ganze Zeit und jedem x-Beliebigen.

Die Haftanstalt in Slagelse bietet Platz für vierundvierzig Untersuchungshäftlinge, derzeit sind es neununddreißig. Helle soll um vierzehn Uhr im Amtsgericht von Næstved erscheinen. Sie wird gemeinsam mit Bilal und Günther hingebracht, die seit einem Tag beziehungsweise einer Woche in U-Haft sitzen.

Jens Otto öffnet die Tür zu Helles Zelle.

Er betrachtet Helle wie ein enttäuschter Vater. Helle lächelt ihn beschämt an. Dann sammelt sie den Haufen handgeschriebener Papiere zusammen, die auf dem Tisch liegen. Sie hat kein Wort von Michelle gehört. Deshalb hat sie im Verlauf der letzten Wochen einen langen Brief an sie geschrieben.

»Kannst du dafür sorgen, dass meine Tochter diesen Brief hier bekommt?«, bittet sie Jens Otto.

Sie faltet die Papiere zusammen, während sie in ihre Schuhe schlüpft. Jens Otto streckt die Hand aus.

»Natürlich, Helle. Wenn sie den Brief gelesen und ihn für die kriminaltechnische Abteilung kopiert haben, werde ich persönlich dafür sorgen, dass sie ihn erhält. Okay?«

Helle nickt und schaut auf den Brief. Er ist eine Lebensbeichte. Ihre persönliche Version eines vollständigen Bekenntnisses. Jens Otto nimmt die dicke Rolle DIN-A4-Blätter entgegen, und Helle tritt an ihm vorbei durch die Tür auf den Gang.

Bilal steht bereits dort, und sie reiht sich hinter ihm ein. Otto kommandiert sie »jetzt aber ein bisschen dalli«

nach unten zur Transitschleuse. Bilals Gesicht ist rot vom Weinen, er hat in den Stunden seines kurzen Aufenthalts ein übles psychisches Tief durchlitten. Armer Bilal. Aus ihren Gesprächen während des Hofgangs weiß Helle von dem unglücklichen Ereignis, das ihm die U-Haft eingebracht hat. Er war mit dem Bus gefahren, als plötzlich Tumult ausbrach. Ein junger Typ war nicht aufgestanden, um einer alten Dame Platz zu machen, ein anderer Mann hatte ihn darauf angesprochen, und es war in ein regelrechtes Handgemenge ausgeartet. Der Busfahrer musste anhalten und warf Bilal aus dem Bus. Ziemlich rabiat, so dass Bilal sich das Handgelenk brach, als er auf dem Asphalt landete. Kurz darauf tauchten die Bullen auf und nahmen ihn in Gewahrsam. Das Problem war, dass der Busfahrer Bilal mit dem Raufbold verwechselt hatte. Bilals einziges Verbrechen bestand darin, einen Apfel im Bus gegessen zu haben. Ironischerweise stammten der Busfahrer und Bilal beide aus Pakistan, der Busfahrer allerdings aus einer Gegend, die als Brutstätte für Wegelagerer und zwielichtige Geschäfte berüchtigt war.

Helle und Bilal gehen nacheinander durch die Schleuse. Draußen stehen zwei Polizisten vor einem dieser Transporter, die Helle von den Polizeieinsätzen kennt, wenn der örtliche Fußballclub ein Heimspiel hat. Die Scheiben sind getönt. Bilal trägt Handschellen, Helle nicht.

»Ist doch ganz nett so eine kleine Spritztour, oder?«, sagt Helle, die es sich zum Gebot gemacht hat, immer wenn es am allerschwärzesten aussieht, einen lässigen Spruch zu klopfen.

»Nein danke, ich bin kein Fan von Ausflügen«, erwidert Bilal, und sein Gesicht verrät, dass er hoch gepokert hat, als er entschied, zu verstehen, was Helle gesagt hat. Helle lächelt.

Im Wagen sind Bänke auf beiden Seiten. Die Beleuchtung erinnert an die auf öffentlichen Toiletten, mit der man die Leute davon abhalten möchte, sich Nadeln in die Venen zu stecken. Helle kommt der Gedanke, dass man im Gefängniskontext anscheinend mit Extremen arbeitet, was die Beleuchtung angeht. Entweder wird man gleißenden Leuchtstoffröhren ausgesetzt, die die Haut mit einem beinahe röntgenfotografischen Firnis überziehen, oder aber man wird in ein schemenhaftes Dämmerlicht verfrachtet. Im Dunkel des Gefangenentransporters hockt bereits eine Gestalt. Es ist Günther. Jens Otto hat Helle von Günthers Fall erzählt. Das tat er an dem Tag, an dem Helle ihren einstündigen Hofgang ablehnte.

Helle hatte depressiv und in Fötusstellung auf dem Boden gelegen. Jens Otto hatte sich neben sie gekniet und sich geweigert, ihre fehlende Lust auf Frischluft zu akzeptieren.

»Habe ich dir eigentlich von deinem Nachbarn Günther erzählt?«, fragte er, und Helle hatte teilnahmslos mit den Schultern gezuckt. »Günther wohnt in der Zelle neben dir, er wartet auf seine Urteilsverkündung. Ein kindlich naiver Lastwagenfahrer, der ursprünglich aus

Deutschland kommt.« Helle hatte sich noch immer nicht richtig für Günthers Geschichte begeistern können, aber Jens Otto gab nicht so schnell auf.

»Günther sitzt hinter Gittern, weil er eine Ladung Zitronen nach Nakskov gefahren hat. Das Problem war nur, dass es gar keine Zitronen waren, sondern Cannabis.«

»Du meinst, er dachte, es seien Zitronenblätter, und dabei war es Cannabis?« Helle hatte angebissen.

»Nein, ganz normale Zitronen. Günther wusste bloß nicht, wie eine Zitrone aussieht.«

»Ist nicht dein Ernst.«

»Doch, genau so war es. Ich habe gesagt, Günther sei naiv, ich glaube, ich habe nicht deutlich gemacht, *wie* naiv er ist.«

Helle war ein kleines Lachen entschlüpft. »Wo ist die Pointe, J. O.?«, hatte sie gefragt.

»Günther kann es kaum erwarten, an die frische Luft zu kommen. Er sagt die ganze Zeit, dass es ›kommt, wie's kommt‹. Du glaubst, du hättest es schwer? Versetz dich mal in Günthers Lage. Wenn er irgendwann freigelassen wird, steht die Polizei in den Startlöchern, um ihn zu beschatten. Die Satudarah-Rocker mit Verbindungen zu den Hells Angels freuen sich schon auf ein Schwätzchen mit Günther, um zu erfahren, wo ihre Ladung ›Zitronen‹ abgeblieben ist. Auch die serbische Mafia wartet gespannt auf ihren Anteil aus dem ›Zitronengeschäft‹. Alles spricht dafür, dass Günther sich in Fötusstellung auf dem Boden zusammenkauern und für sein Leben beten sollte. Aber der Mann freut sich darauf rauszukommen, jeden Freitag votet er gutgelaunt für seinen Lieblingskandidaten von X-Factor, und am Besuchstag vögelt er seine Frau. Soll ich weitermachen?«

Helle hatte gelächelt und sich aufgesetzt.

»Raus in den Hof mit dir«, hatte Jens Otto kommandiert und ihr einen väterlichen Schubs gegeben.

Helle war also hinausgegangen, um über den Hof zu schlendern und in regelmäßigen Abständen zum Himmel hochzuschauen. Ein paar Tauben hatten dem Stacheldraht getrotzt und sich auf der Mauer niedergelassen. Hier rasteten sie, und hier kackten sie. Ihre Exkremente bildeten farbenfrohe Muster entlang der Mauer. Und die Erkenntnis, dass die Tauben einen schmalen Streifen gefunden hatten, wo ihnen nicht das Federkleid zerfetzt wurde, gab Helle Hoffnung. Sie ließ diesem Gedanken freien Lauf, und ihr Hirn fühlte sich an wie ein Lüftungsrohr, das von altem Schmutz befreit wurde, damit endlich wieder frische Luft hindurchströmen konnte. Als Helle nämlich an diesem Morgen aufgewacht war, hatte sie Mikael Bos solariumgebräuntes Gesicht auf der Titelseite der *B. T.* begrüßt.

ICH WAR DER SEXSKLAVE DER METZGERIN

Wenig überraschend hatte Mikael Bo die Gelegenheit beim Schopf gepackt, um sich selbst zu promoten. Mit ernstem Gesicht stand er in einem Laden und zeigte auf einen Tresen, wo er und Helle angeblich kopuliert haben sollten. Das Logo der *Malibu Sandwichbar* zierte die gesamte Tresenfront und nun also auch die Titelseite der Zeitung. Helles einziger Trost war, dass er auf dem Bild vermutlich eine Windel trug. Helle hatte sich ins Bett gelegt und den Kopf unter dem Kissen begraben, damit man ihr Schluchzen nicht hörte. Es war nicht Jens Ottos Schuld. Helle hatte ihn überredet, ihr jede einzelne Titelseite zu zeigen, die ihren Fall aufgriff. Bis jetzt hatte keiner ihrer Bekannten Helle in den Dreck gezogen. Kollegen, Freunde, Familie, niemand war der Versuchung erlegen, sie vor der Presse anzuschwärzen. Nicht einmal Karin aus dem Himmelsschiff war auf diesen Zug aufgesprungen. »Helle hat einfach nicht in unser Team gepasst«, hatte sie einem Journalisten von *Ekstra Bladet* geantwortet. Mikael Bo aber, dieses schlaffe Riesenarschloch (um der Vorliebe der Boulevardblätter für Wortspiele Rechnung zu tragen), hatte offenbar etwas auf dem Herzen, das er gern loswerden wollte.

»Sie hat mich zu sexuellen Diensten gezwungen, die meine Grenzen weit überschritten haben, und nie nach meinem Einverständnis gefragt«, lautete eine kühne Umschreibung der Wahrheit. Ein wirklicher Schlag ins Gesicht jedoch war der Satz: »Ich war ihr Sexsklave, aber *ich* bezahlte *sie*. Ständig wollte sie sich Geld leihen, sie war skrupellos und stahl kaltblütig die Ersparnisse ihrer eigenen Tochter.« Diese Worte hatten Helle niedergeschmettert und sie eingeholt, kaum dass sie von ihrem Hofgang in ihre Zelle zurückkehrt war. Die Geschichte über Günther hatte sie zwar kurzzeitig wieder auf die Füße gebracht, im Grunde aber lag sie noch immer am Boden.

Günther sitzt ganz hinten im Gefangenentransporter. Als er Helle und Bilal hereinklettern sieht, nimmt er einen merkwürdigen Ausdruck an.

»Soso, anscheinend bekommt man Gesellschaft«, sagt er mit wässrigen Augen. »Na, wie sieht's aus, Schokotropf, haben wir es als Sozialschmarotzer etwas übertrieben?«

Bilal nickt höflich und schaut weg. Günther richtet seine Aufmerksamkeit auf Helle. »Du kannst doch keiner Fliege was zuleide tun, du bist doch nur ein kleines Mädchen ...«

»Schön sonnig draußen«, sagt Bilal zu Helle, die plötzlich instinktiv an Günthers Unschuld zweifelt und den beiden nur flach zulächelt.

Der Transporter setzt sich in Bewegung, und Helle sieht in Gedanken den Weg vom Hinterhof der Haftanstalt in Slagelse bis nach Næstved vor sich, wo über ihr weiteres Schicksal entschieden werden soll. Als das Auto langsamer wird und abbiegt, schaut Helle aus den dunklen Fenstern. Sie fahren am Gerichtsgebäude vorbei, an einer Menschenmenge, etlichen Übertragungswagen und Leuten mit Mikros und Kameras. Helle ist geschockt. Es ist der reinste Medienzirkus. CNN, steht auf einem der Wagen, und Bilal und Günther blicken Helle erschrocken an. Neben CNN stehen ein Fahrzeug vom BBC World Service, eins vom deutschen WDR, drei Autos mit polnisch klingenden Namen und ein großer Lieferwagen von Al-Jazeera. Man kann sich vorstellen, dass sie mit einer gewissen Verzückung diesen Fall verarbeiten, der sich zur Abwechslung mal nicht um einen dunkelhäutigen Psychopathen dreht.

Der Transporter bahnt sich seinen Weg durch die Menschenmenge, die Journalisten rufen und schreien und trommeln gegen die Scheiben. Dann fährt der Wagen durch ein Tor und kommt in einem Hinterhof zum Stehen. Die Justizvollzugsbeamten öffnen die Hecktüren. Bilal und Günther warten andächtig, bis Helle ausgestiegen ist. Helle weiß nicht, ob es ihrem Geschlecht oder dem kriminellen Status geschuldet ist. Sie wird durch einige Gänge und verschiedene Türen geführt. Wie beim ersten Mal im Krankenhaus beginnt ihr inneres Navigationssystem, systematisch die Route zu kartografieren. Schließlich wird sie in einem fast leeren Raum mit grünem Teppichboden alleingelassen.

»Du bist heute das Sahnehäubchen. Es kann gut ein paar Stunden dauern, bis wir dich abholen«, sagt der Beamte.

Helle schaut nicht mal zur Tür, als sie hinter ihm ins Schloss fällt. Allmählich ist sie es gewohnt, dass sich Türen schließen, die nur andere wieder öffnen können. Sie setzt sich an den Tisch und wiederholt im Geiste chirurgische Instrumente: Pean-Klemme, Arterienklemme, Wundhaken. Was noch? Sie schaut sich im Raum um. Ein Fenster zeigt zum Hof, unten steht ein Beamter, raucht und starrt gebannt auf sein Handy. Er lacht und gräbt die Spitze seiner praktischen schwarzen Stiefel in den Kies. Es muss irgendein lustiges Katzenvideo sein oder so. Mehr braucht es nicht. Der Mensch besitzt die Fähigkeit, einen kurzen Clip mit einem Kätzchen und einem Garnknäuel zu sehen und sämtliches Unglück der Welt zu vergessen, zumindest für einen Augenblick. Leider hat sich diese Methode für Helle in den letzten Wochen als ineffektiv erwiesen. Nichts, aber auch gar nichts hat sie von ihren Gedanken an Michelle und die neuerliche tiefe Kluft zwischen ihnen ablenken können. Michelle hat nichts von sich hören lassen. Helle hat all ihre Anrufe für Michelle aufgebraucht, ohne Erfolg.

Draußen auf dem Gang wird, wie es ihr scheint, Günther zum Schafott geführt. »Das wird ein langer Tag«, hört sie eine Stimme. Es muss der Justizwachtmeister sein, der Günther erklärt, was ihm bevorsteht. Helle wird von neuen Geräuschen gestört. Vom rechten vergitterten Fenster, das zur Straße zeigt, ist ein Brüllen zu hören.

Helle stellt sich auf einen Stuhl. Von hier aus sieht sie eine Gruppe Typen mit Rückenaufnähern und Halstattoos auf Harleys anbrausen. Helle kommt der Gedanke, dass die Erschütterungen durch die getunten Motoren einen schlechten Einfluss auf die kleinen Blutgefäße im und um den Beckenboden haben müssen, was dazu führen dürfte, dass die werten Herren höchstwahrscheinlich unter Erektionsschwierigkeiten leiden, welche wiederum die Erklärung für ihr destruktives Verhalten liefern. In den letzten Wochen hat sich Helle immer wieder selbst dabei erwischt, wie sie Diagnosen stellt. Jens Otto, den Beamten in der Haftanstalt, hat sie mit der präzisen Diagnose einer Diabetes Typ 2 zum Hausarzt geschickt, welcher ihm riet, schleunigst mit einer Kohldiät anzufangen. Bei Bilal vermutet sie eine Posttraumatische Belastungsstörung, als Folge des Buserlebnisses. Hier ist sie allerdings weniger sicher.

Die Motorräder fahren vors Gerichtsgebäude, und es entsteht Tumult, als sich die Nachrichtengeier mangels besserer Alternativen auf die Männer stürzen. Das Motorengebrumme erstirbt, aber noch immer ist ein rhythmisches, dumpfes Wummern zu hören. Helle vermutet, dass einer der Rocker Probleme mit seinem Motor hat, aber sie sieht keinen, auf den das zutreffen könnte. Das Wummern hält an, jetzt arrhythmisch. Sie folgt dem Laut mit den Augen, und ihr Blick landet auf der Tür.

Donk, donk, donk. Dann geht die Tür auf, nur einen winzigen Spaltbreit. Genug, damit ein schmaler Lichtstreifen hereinfallen kann. Helle blickt sich suchend nach einer versteckten Kamera um, es ist die Sorte Gag, die man aus dem Fernsehen kennt und die die Leute dazu bringt, in schadenfreudiges Gelächter auszubrechen, wenn sie sehen, wie sich das Opfer in der unerwarteten Situation verhält. Helle rührt sich nicht. Ihr Atem wird schneller und verlagert sich in den oberen Lungenbereich. Langsam nähert sie sich der Tür. Sie versucht hinauszuspähen, aber der Spalt ist zu klein, um etwas erkennen zu können. Vorsichtig drückt sie gegen die Tür, wohl wissend, dass sie sich wahrscheinlich schon mal auf eine Begegnung mit drei Justizwachtmeistern und einem Polizeigriff gefasst machen kann. Aber die Tür schwingt lautlos auf. Helle hält den Atem an und steckt den Kopf hinaus. Das Wummern wird deutlicher. Ein Stück weiter den Gang hinunter geht eine kleine, schlanke und dunkelhaarige Frau die Zellenreihe entlang und wischt den Boden. Das Wummern stammt vom Wischmopp, der abwechselnd gegen die Fußleiste auf der einen Seite des Ganges und die Zellentüren auf der anderen Seite schlägt. Sie scheint sehr konzentriert bei der Arbeit zu sein.

Den Rücken zu Helle gewandt, arbeitet sich die Frau den Gang entlang, an dessen Ende eine offene Tür auf einen breiteren, öffentlichen Gang führt. Hier steht ein Wagen mit Putzutensilien. Dort angekommen schwingt die Reinigungskraft routiniert den Wischmopp in den Eimer und wringt ihn aus. Sie hebt den Blick und bekommt Augenkontakt mit Helle. Es ist Mali, Guffes thailändische Frau.

»Gum! Kaugummi. Oldest trick, still works.«

Helle versteht nur Bahnhof. Mali lächelt und zeigt auf einen Türknauf. Helle schaut auf das selbstverriegelnde

Schloss an ihrer Tür. Im Inneren, um den großen Riegel, der einen Schlüssel benötigt, klebt ein Kaugummi. Als der Wachmann die Tür ins Schloss hat fallen lassen, konnte er nicht an seinen Platz springen. Die Tür war nie abgeschlossen.

»Everybody deserves a second chance«, flüstert Mali, ohne Helle anzusehen, sicher wird der Zellentrakt kameraüberwacht. Dann zockelt sie mit ihrem Wagen davon.

KAPITEL 25

Helle hatte eigentlich nicht geplant, »Ausbrecherin« zu ihrem Lebenslauf hinzuzufügen. Aber ihr gesamtes bisheriges Leben besteht aus einer Reihe von Dominosteinen, die einer nach dem anderen umgefallen sind. Simple Konsequenzen aneinandergereihter Zufälligkeiten, und der heutige Tag ist keine Ausnahme.

Ein weiteres Mal steht sie vor einer lebensverändernden Entscheidung. Sie macht eine Liste im Kopf.

– Das erste Mal war, als sie mit Michelle schwanger wurde. Abtreibung oder das Kind behalten?
– Das zweite Mal, als sie ihre Würstchenrevolution beginnen wollte und als Betrügerin endete.
– Das dritte Mal, als sie sich entschloss, eine falsche Identität anzunehmen und sich in eine polnische Assistenzärztin mit Burn-out zu verwandeln.

Jetzt muss sie sich ein viertes Mal entscheiden. Soll sie ein Leben als Fluchtkönigin wählen?

Helle macht einen Schritt zurück in den Raum. Ihr Kopf qualmt von all den Gedanken, die darin herumschwirren und in die Nervenbahnen strömen. Mit dem Pausengespür eines Schlafapnoe-Patienten versucht sie, ihre Atmung zu zähmen.

Dann tritt sie wieder hinaus auf den Gang. Sie hat einen Entschluss gefasst. Mit einer raschen Bewegung zieht sie sich die Kapuze ihres Sweatshirts tief in die Stirn. Sie huscht zum Ende des Trakts und steckt vorsichtig den Kopf durch die Tür zu dem öffentlichen Gang. Kein Mensch weit und breit. Sie befindet sich im ersten Stock. Am Ende des Ganges führt eine Tür zu dem großen Treppenhaus, wo die Leute auf die Verhandlungen warten, womöglich vor allem auf die von Helle und Günther. Es sind viele Menschen. Helle läuft in die entgegengesetzte Richtung und erreicht eine Treppe, die zu dem Hinterhof führt, über den sie gekommen sind. Wie ein Dieb in einer Zeichentrickserie schleicht sie auf Zehenspitzen hinunter. Sie öffnet die schwere Tür und tritt hinaus an die frische Luft. Ihre Hände beginnen zu zittern. Ein mehrflügeliges Eisentor begrenzt den Hof. Kein Stacheldraht oder andere Boshaftigkeiten auf der oberen Kante. Also steuert Helle darauf zu, optimistisch, wie sie nun mal ist.

»Das kannst du schön vergessen!«, ruft eine Stimme hinter ihr.

Helle gefriert das Blut in den Adern. Sie steht wie angenagelt da. Aufgeflogen, keine fünfzehn Meter weit ist sie gekommen. Sie kann die Überschrift schon vor sich sehen:

»FAKE-ÄRZTIN DÜMMER ALS DIE POLIZEI ERLAUBT«

»Verdammt nochmal, nein, Dorte, ich kriege die Kinder jede zweite Woche von Freitag bis Donnerstag!«

Diesen Satz hatte Helle nicht von ihrem Häscher erwartet. Langsam dreht sie sich um und erkennt einen der Beamten, die sie von Slagelse nach Næstved gefahren haben. Er steht mit dem Rücken zu ihr, eine Zigarette in der Hand und das Handy so fest ans Ohr gepresst, dass es flammend rot leuchtet.

»Wir können die Sache gern gerichtlich regeln lassen, wenn du das willst ...« Er drückt seinen Glimmstängel aus, während sich sein Körper langsam zu drehen beginnt.

Blitzschnell macht Helle kehrt und hastet mit wenigen Schritten die Treppe hinauf. Sie ist zurück in dem langen Gang und läuft nun in Richtung des Gerichtssaals und der vielen Menschen. Helle zieht sich die Kapuze noch tiefer ins Gesicht und öffnet die Tür zum Treppenhaus. Sie trifft auf Lederjacken und aufgekratzte Stimmung. Günther muss also vor den Richter geführt worden sein. Sie wirft einen Blick aus den großen Fenstern. Der Haupteingang wird von Polizeikräften belagert, und die Aufmerksamkeit der vielen Kameraleute und Journalisten ist auf eine Gruppe Hells-Angels-Mitglieder gerichtet, die lautstark mit den Polizisten diskutiert, um Zugang zu Günthers Verhandlung zu bekommen. Helle zählt zwei und zwei zusammen. Draußen die Hells Angels, und die Rocker im Gebäude tragen Rückenaufnäher mit der Aufschrift *Satudarah.* Es scheint, als wären alle äußerst erpicht darauf, Günthers Erklärung für die falschen Zitronen zu hören. Helle geht der Gedanke durch den Kopf, dass hier irgendwo im Gerichtsgebäude ein Mitarbeiter gerade ordentlich Anschiss bekommt, weil er Helles und Günthers Verhandlungen auf dasselbe Datum gelegt hat.

Helle mischt sich unter die Leute, verborgen unter der Kapuze, aber ohne Plan. Sie muss sich an drei verschiedenen Instanzen vorbeischleichen, an Polizei, Rockern und dritter Staatsgewalt.

Helle duckt sich und pirscht an der Wand entlang. Sie sieht keine andere Möglichkeit, als die Flucht nach vorn, in den Gerichtssaal.

»Hi, Süße. Ich hätte nicht gedacht, dass ich dich vor deiner Verhandlung hier treffen könnte.«

Helle hört eine sanfte Stimme, die sie wiedererkennt, ein Stück hinter sich. Ohne ihre Schritte zu verlangsamen, schielt sie nach hinten und sieht, dass Gerichts-Marlene sie jeden Moment einholen wird. Helle erhöht instinktiv das Tempo.

»Ich bin so gespannt, wie es heute für dich ausgeht. Auch weil es natürlich bedeutet, dass wir das Klassenfest verschieben müssen, also, mir ist natürlich klar, dass du andere Sorgen hast, aber ich finde die Idee einfach immer noch so super ...«

Helle bleibt ruckartig stehen, dreht sich um und packt Marlene an den Schultern. »Lass mich bloß damit zufrieden, ich bin auf dem Weg zu meiner Verhandlung. Es geht hier um mein Leben. Soweit wir wissen, haben wir nur *ein* Leben, *eine* Patrone im Lauf, oder? Wenn du also glaubst, ich verschwende auch nur einen Gedanken an dieses Klassentreffen, bist du noch durchgeknallter als ich.« Es tut gut, sich aufzuregen.

»Es war auch mehr, weil ich dir gerade über den Weg gelaufen bin. Ich warte einfach noch, bis ich ein Save-the-Date rausschicke. Kein Problem. Viel Glück, Helle!«

Helle ist bereits weiter, als Marlene die letzten Worte sagt. Ihr Puls steigt, in den Ohren rauscht es, Helle muss Zeit gewinnen. Ihr Blick fällt auf ein Schild, das dienstwillig Richtung Toiletten weist. Das klingt verlockender als der Gerichtssaal. Sie folgt dem Pfeil und öffnet die Tür zu einem Raum mit drei Waschbecken und drei weiteren Türen. Eine Damen-, eine Herren- und eine Behindertentoilette. Ein großer Mann steht an einem der Waschbecken und wäscht sich die Hände. Helle drückt die Klinke zur Damentoilette herunter, abgeschlossen, sie probiert die zum Behinderten-WC. Abgeschlossen. Helle kriegt gleich einen Koller, sie muss verschwinden, sie muss unsichtbar werden und ihre Gedanken sammeln, um sich ihren nächsten Schritt zu überlegen. Der Mann geht zum Händetrockner, er hebt den Kopf. Seine Augen schauen in den Spiegel. Helle wendet schnell den Blick ab.

»Helle?!« Die Stimme ist kräftig wie der Mann selbst, und sie ist warm.

»Johnny!«

Sie stehen einander im Raum gegenüber, und für einen kurzen Moment ist nur das Gebläse des Händetrockners zu hören. Helle ist sich nicht sicher, wie Johnny reagieren wird. Er schüttelt das Wasser von seinen Händen, überbrückt den Abstand zwischen ihnen mit drei langen Schritten und zieht sie in eine feste Umarmung. Helle spürt ihre Glieder nachgeben.

»Was machst du hier?«, fragt er. »Solltest du nicht in einer verriegelten Zelle auf deine Verhandlung warten? Annemette sitzt schon im Gerichtssaal und hält uns Plätze frei.«

Helle holt Luft und setzt zu einer Erklärung an, über die sie selbst noch gar keinen Überblick hat, als die Tür zur Behindertentoilette aufgeht. Rasch wendet Helle sich ab, um nicht entdeckt zu werden, aber da hört sie ein elektrisches Summen. Sie dreht sich um und sieht Alma, die auf ihrem Rollstuhl aus der Kabine gefahren kommt.

»Hallo, Helle«, sagt sie, mehr freudig denn überrascht.

Helle löst sich aus der Umarmung mit Johnny und fällt Alma um den Hals. Sie hat ihre Ersatznichte immer schon sehr gern gehabt.

»In der Zeitung steht, die Ärzte sagen, du seist eine der besten Chirurginnen gewesen, mit denen sie je zusammengearbeitet hätten. Du bist so cool!«

Helle schaut zu Boden und dann vorsichtig zu Johnny. »Das ist Quatsch, Alma. Ich bin kein gutes Vorbild, denk dran.«

Johnny sieht nicht aus, als würde er sie verurteilen. Seine Augen strahlen die ihr so wohlvertraute Wärme aus. »Was machst du hier, allein?«, fragt er noch mal. »Das ergibt keinen Sinn.«

»Ich glaube, ich bin auf der Flucht, Johnny.«

Alma hebt die Hand, als wolle sie ihr einen High-Five geben. Aber Helle ist sich nicht sicher, und überhaupt wäre es ein bisschen viel in Anbetracht der Situation. »Du wirst sauberühmt auf der ganzen Welt. Papa sagt, du hast jetzt schon Geschichte geschrieben. Eine Metzgerin, die es zur Chirurgin bringt, das ist voll abgefahren.«

Johnny muss Almas Begeisterung dämpfen und bedeutet ihr und Helle, sich erst mal auf die Behindertentoilette zurückziehen. Er verriegelt die Tür.

Helle setzt sich auf den Klodeckel und seufzt.

»Bist du sicher, dass du abhauen willst, Helle?«

Helle schaut ihm ins Gesicht, er macht nicht den Eindruck, als sei er wütend, und zum ersten Mal, seit sie in diesem Gebäude ist, kann sie wieder einen klaren Gedanken fassen.

»Wie geht es Michelle? Hast du mit ihr gesprochen?«, fragt sie.

»Mama war bei ihr im Krankenhaus«, antwortet Alma.

Johnny nickt. »Michelle geht es gut. Es war ein harter Schlag, aber sie packt es.«

Helle beginnt zu weinen. »Ich kann sie nicht erreichen, ich habe ihr sogar einen Brief geschrieben.«

Alma und Johnny schweigen.

»Ich hab dich immer noch lieb«, sagt Alma leise. »Ich scheiß drauf, was die ganzen Wichser sagen.« Alma hat immer schon eine Tugend daraus gemacht, so viel zu fluchen wie möglich. Es ist ihre Art, ihren Mitmenschen zu verstehen zu geben, dass sie kein Opfer ist.

»Helle, bist du ganz sicher, dass du das willst?« Johnny wird ernst. »Man wird dich vermutlich auf der ganzen Welt suchen.«

Helle nickt. »Ja, ich kann nicht mehr zurück. Soll ich die nächsten was, sieben, acht Jahre im Gefängnis verbringen?« Sie schaut die beiden an. »Und was dann? Welches Leben erwartet mich, wenn ich irgendwann rauskomme? Anscheinend habe ich nur eine Möglichkeit.«

Dem Radau auf der anderen Seite der Wand nach zu schließen, haben ein paar Rocker den Weg zur Toilette gefunden und pinkeln lautstark. Helle, Johnny und Alma sind einen Moment still.

»Du hast immer gesagt, dass man das Beste aus dem machen muss, was man hat«, flüstert Alma dann. »Gilt das nicht auch für dich?«

Helle lacht. »Was ist denn mit dir passiert, Alma? Bist du in den acht Monaten auf dem Internat erwachsen geworden?«

»Das hat mich die Straße gelehrt, Bitch«, grinst Alma.

»Na schön. Ich bin also auf der Flucht, aber ich habe keine Ahnung, wie ich hier rauskommen soll«, seufzt Helle und legt Alma den Arm um die Schultern. »Dem Presseaufgebot nach zu urteilen, könnte man glauben, ich sei Amdi Petersen.«

»Wer?« Keiner antwortet Alma.

Die Rocker kommen aus der Toilette, der Händetrockner bläst, dann schlägt die Tür mit einem Knall hinter ihnen zu.

Johnny schaut erst zu Helle, dann zu Alma. »Was sage ich immer, Alma?«

»Dass wir füreinander da sein müssen. Für die, die wir lieben. Darum geht es im Leben«, sagt Alma stolz.

»Ganz genau, Kleine. Helle hat viele Fehler gemacht, aber sie ist kein schlechter Mensch, und sie gehört zu uns, habe ich recht?« Johnny ist rührend in seinem väterlichen Pathos.

»Jetzt klingst du selbst, als hättest du einen verfickten Rückenaufnäher«, grinst Alma.

Helle weiß, was sie will, aber nicht, wie sie es bewerkstelligen soll. Dafür weiß Johnny es.

Helles Kopf zeigt schräg nach unten. Den einen Arm hält sie mit einem unnatürlichen Knick im Handgelenk vors Gesicht, um es zu verdecken. Es wirkt natürlich für einen Menschen im Rollstuhl. Johnny schiebt den Rollstuhl, der eigentlich elektrisch ist und selbst fahren könnte, aber auch diesem Umstand haftet eine Form von Natürlichkeit an. Mit einem Anruf hat Johnny herausgefunden, dass sich Günthers Fall hinzieht. Der Richter will die U-Haft nicht verlängern, und der Tumult mit den Rockern hat den ohnehin schon eng getakteten Tagesplan durchkreuzt. Das verschafft Helle Zeit.

So rollt sie also mit Johnny im Rücken, der ein gerade noch angemessen munteres Trallalitralala vor sich hin summt, in Almas Rollstuhl auf den Ausgang zu. Helle hält die Luft an, als sie den Justizwachtmeister auf sich zukommen sieht. Er geht an ihnen vorbei.

Johnny sagt mit beruhigender Stimme: »So, jetzt fahren wir ganz gelassen da raus.«

»Was machst du, Johnny, wie sollen wir die Treppe runterkommen?«, flüstert Helle und macht ein paar spastische Armbewegungen.

»Wir nehmen nicht die Treppe«, flüstert er.

Johnny hält vor dem Aufzug im ersten Stock an. Er befindet sich an der Außenseite des Gebäudes und führt direkt nach unten zu einem Ausgang neben dem Haupteingang.

»Scheiße, nein, wir landen ja direkt vor allen Journalisten!« Jetzt zischt Helle.

»Sei ruhig, Helle, es ist der einzige Weg nach draußen.« Johnny drückt auf den Knopf. Er reagiert nicht.

»Kacke.« Johnny schaut sich um. Er entdeckt einen Justizwachtmeister. »Entschuldigung?«

Der Wachtmeister wendet seine Aufmerksamkeit Helle und Johnny zu.

»Spinnst du?« Helle versucht, ihr Gesicht vollständig unter den Arm zu drehen. Sie hat solche Angst, dass sie spürt, wie etwas Pipi in die weiche Jogginghose läuft. Nur ein ganz kleines bisschen.

»Wir müssen nach draußen, können Sie uns hier helfen?« Johnnys Stimme kickst vor Nervosität.

»Natürlich«, antwortet der Wachtmeister und hält eine Zugangskarte vor einen Sensor neben der Tür.

Langsam fährt der Aufzug nach oben, schleichend langsam.

»Ich kann gut verstehen, dass Sie dieses Irrenhaus verlassen wollen. Erst dieser Bekloppte, der nicht weiß, wie eine Zitrone aussieht, und dann diese Psychopathenmetzgerin.«

Johnny nickt.

»Soll ich Ihnen bis zum Auto helfen?«, fragt der Beamte.

»Nein«, sagt Helle aus einem Reflex heraus und bereut es sofort.

Der Beamte schaut sie an.

»Nicht nötig, das schaffen wir schon. Sie ist nur müde.« Johnny schickt dem Mann sein dankbarstes Lächeln und schiebt Helle in den Aufzug.

Helle hat einen direkten Blick auf die Menschenmassen vor dem Haupteingang, als der Aufzug im Schneckentempo nach unten fährt. Alle Kameras sind auf den Haupteingang und damit auch die Tür zum Behindertenfahrstuhl gerichtet. Die Journalisten stehen auf Zehenspitzen.

»Shit, wir werden auffliegen!« Johnny dreht sich panisch in der Kabine hin und her.

Helle gibt auf und lässt den Urin fließen, die Wärme verteilt sich entlang ihrer Innenschenkel. Der Aufzug hält an, und die Türen gleiten auseinander. Die Journalisten drängen vor und richten ihre Mikrophone auf Helle und Johnny. Da öffnen sich die Türen des Haupteingangs, und irgendein hochrangiger Polizist tritt heraus.

»Hiermit möchte ich Sie darüber informieren, dass die Verhandlung von Helle Janning aufgrund des Tumults im Fall Günther Hansen um zwei Stunden verschoben wird.«

Die Journalisten bombardieren ihn mit einer Flut von Fragen.

Johnny steht reglos wie ein Hirsch im Scheinwerferlicht eines Autos.

»Johnny, jetzt fahr schon, verdammt«, zischt Helle mit einem Krampf im Nacken und nassen Oberschenkeln.

Johnny fährt in die Menge von Journalisten und Kameraleuten, einer nach dem anderen treten sie zur Seite, um den Rollstuhl durchzulassen. Johnny schiebt Helle das letzte Stück die Rampe hinunter. Helles Gesicht ist zu einer verzerrten Grimasse erstarrt. Was so gesehen ausgezeichnet ist. Johnny verlangsamt das Tempo. Eins der wenigen Dinge, um die die sogenannten normalen Menschen Behinderte beneiden, sind ihre Parkmöglichkeiten. Johnny steht dicht am Eingang auf einem der für Behinderte vorgesehenen Parkplätze. Er schiebt Helle zur Beifahrertür, bückt sich und greift sie unter den Armen und Beinen, so dass er sie auf den Sitz heben kann.

»Du bist ja ganz nass«, stöhnt er. »Hast du dir in die Hose gemacht?«

»Halt die Klappe«, sagt Helle.

Er schließt die Beifahrertür. Dann schiebt er den Rollstuhl über die hinten angebrachte mechanische Rampe ins Auto. Keiner der Presseleute beachtet sie. Oder falls sie es tun, tun sie so, als täten sie es nicht, und konzentrieren sich verbissen darauf, bloß keine Behinderte anzustarren. Johnny schnallt Helle an, setzt sich auf den Fahrersitz und steckt den Schlüssel ins Zündschloss. Leerlauf, der Motor hustet trocken. Helle starrt geradeaus. Auf Johnnys Hals bilden sich rote Flecken. Der Motor gibt ein weiteres lustloses Krächzen von sich.

»Nicht jetzt.« Johnnys Stimme ist gepresst, die Hände sind ums Lenkrad geklammert, die Knöchel treten weiß hervor.

»Gib ihm ein bisschen Choke, Johnny«, sagt Helle.

Johnny lässt die Kupplung langsam kommen und gibt Gas. Endlich springt der Motor an.

Sie fahren los, lassen den Zirkus vor dem Gerichtsgebäude hinter sich, keiner von beiden sagt ein Wort, bevor sie den Indre Vordingborgvej erreichen, wo Johnny sein Handy in die Halterung steckt und Alma über FaceTime anruft.

»Ist alles okay bei dir, Schatz?«

Alma sitzt auf dem Klo, umgeben von Haltegriffen.

»Die Leute rütteln an der Tür, sie glauben, ich hätte mir übelst den Magen verdorben.«

Alma schaut zur Tür, jemand klopft dagegen.

»Ich hab Durchfall, verdammte Scheiße«, brüllt sie.

»Ich rufe Mama an, sie kommt und holt dich«, sagt Johnny.

»Okay. Ist Helle bei dir?«

Johnny dreht das Handy nach rechts, und Helle winkt Alma zu.

»Fuck, ich liebe dich, Tante Helle. Du bist cool.«

Helle schickt Alma einen Luftkuss, und Johnny legt auf.

Eine Weile fahren sie schweigend. Sie haben über keinen bestimmten Plan gesprochen, aber Helle weiß sehr gut, dass Johnny auf dem Weg zur E47, Richtung Rødby, ist.

»Was sagt Annemette zu der Sache?«

»Sie ist ja nicht ganz aus demselben Stoff gemacht wie wir. Ihr fehlt das Abweichergen, aber sie liebt dich, auch wenn sie gerade glaubt, dich aus vollem Herzen zu hassen.«

Helle spürt die Tränen aufsteigen.

»Sagst du ihr, dass es mir leidtut?«

Johnny zuckt mit den Schultern. »Wer weiß, vielleicht heilt die Zeit ja alle Wunden«, sagt er, wohl ebenso zu sich selbst wie zu Helle.

»O Mann, und was jetzt, Johnny?« Helle lässt sich tiefer in den Sitz sinken. »Ich komme doch nirgends hin. Mein gesamtes Geld wurde beschlagnahmt.«

Johnny greift über sie hinweg und öffnet das Handschuhfach. Zwischen Cola-Zero-Dosen zieht er eine braune Tüte hervor. Helle erkennt sie. Es ist das Riskær-Geld. Ohne den Blick von der Fahrbahn zu nehmen, reicht Johnny ihr die Tüte.

»Warum? Wieso hast du das Geld überhaupt mitgenommen, wie konntest du wissen ...?«

Johnny lächelt, den Blick immer noch auf die Fahrbahn gerichtet. »Ich habe es natürlich nicht für dich mitgenommen.«

Helle schaut in die Tüte. Darin sind locker dreißig- bis vierzigtausend Kronen.

»Es dauert lange, das Geld zu waschen, außerdem kann ich eh nichts davon verwenden, es ist für Almas Internat. Ich muss jeden zweiten Monat auf die Bank und der Schule achttausend Kronen überweisen.«

Helle seufzt, wieder einmal hat ihre Entscheidung Konsequenzen. »Das alles tut mir wirklich leid.«

Johnny lächelt. »Wir beide, wir sind zwei wilde Herzen, nur sind wir leider unter einem ungünstigen Stern geboren. Und ich finde, du hast es verdient. Ich habe dich mit diesem Riskær reingelegt.«

Helle umarmt ihn, oder besser gesagt, sein rechter Arm bekommt eine Umarmung.

»Ich muss zugeben, dass auch ich mich am wohlsten mit einem Bein auf der dunklen Seite fühle. Ich bekomme so mehr Energie. Um ehrlich zu sein, habe ich mich gerade bei Lars Seier eingehackt, diesem reichen Schwein, das die Rechnungen der Liberalen Partei bezahlt. Ich sage dir, überall ist Dreck. Da springt genug Kohle für Pferde und Anhänger bei raus.«

Helle lacht. Dann schweigen sie wieder. Sie kann sich denken, dass Johnny weiß, was sie ihn als Nächstes fragen wird.

»Was ist mit Michelle?« Helle hat Angst vor der Antwort. »Ich verstehe sehr gut, warum sie nicht mit mir reden will. Aber wie geht es ihr?«

»Sie wird schon wieder, Helle. Benjamin ist ein guter Junge, er kümmert sich um sie. Und Annemette ist jeden Tag bei ihr, jeden einzelnen Tag.«

»Dann bin ich beruhigt«, sagt Helle. Plötzlich schlägt sie sich gegen die Stirn. »Scheiße, was ist mit dem Geschäft? Nein, nein, Michelle braucht das Geld.« Sie will Johnny die Tüte zurückgeben.

Johnny schüttelt den Kopf. »Annemette besucht Michelle nicht nur zum Teetrinken. Das Sonnenöl hat eingeschlagen. Dein Krankenhaus-Stunt hat deiner Tochter zu einer begehrten Marke und einem beträchtlichen Vermögen verholfen. Sie hat zweihundertfünfzigtausend Follower auf Instagram, und das Sonnenöl wird in alle Winkel der Welt verschickt.«

Helle ist gleichzeitig erleichtert und traurig. »Gut, oder was auch immer ich sagen soll.«

Johnny schaut sie an. »Gib ihr etwas Zeit. Sie ist deine Tochter, aber warte eine Weile, ehe du sie kontaktierst. Ich werde ihr sagen, dass alles okay bei dir ist.«

Helle rutscht auf dem Sitz nach vorn und klammert sich wie in Panik am Türgriff fest. »›Okay‹ ist ein ziemlich großes Wort in Anbetracht der Situation. Ich kann mir schon denken, was du vorhast. Du willst mich auf die Fähre nach Puttgarden setzen. Das wäre auch ein guter Plan, bloß geht das leider nicht so einfach ohne Pass, Johnny.«

Ein Schild zeigt an, dass es noch zwei Kilometer bis zur Fähre sind, und Johnny setzt den Blinker. »Du hast keine Zeit, anders das Land zu verlassen. Sobald sie entdecken, dass du getürmt bist, machen sie die Grenzen dicht und kontrollieren jeden, der durchwill.«

Sie halten auf einem Rastplatz. Johnny geht um den Wagen und öffnet die Heckklappe.

»Komm, beeil dich.«

Helle steigt aus und folgt ihm. Johnny steht in den Innenraum des Autos gebeugt und fummelt an einer Art Abdeckung an der Seitenwand herum.

»Leg dich unter den Rollstuhl, da ist Platz genug für einen großen Koffer.«

Helle schaut ihn misstrauisch an.

»Jetzt mach schon. Die nächste Fähre geht in weniger als zwanzig Minuten.«

Johnny schafft es, die Abdeckung zu lösen, und er zieht ein Reiseetui heraus.

»Was ist das?«, fragt Helle.

»Reisepässe«, sagt er gelassen und blättert durch die Fächer des Etuis. Er zeigt Helle mehrere Sets mit verschiedenen Pässen. Almas, Annemettes und sein eigenes Foto sind gleich mit drei verschiedenen Nationalitäten und unterschiedlichen Nachnamen vorrätig. »Bitte schön«, lächelt er und hält ihr einen rotebetefarbenen EU-Reisepass mit hübschem Golddruck hin.

»Erinnerst du dich noch, dass es Mengenrabatt gab, als wir im Darknet waren?«

Helle starrt Johnny an, der richtig aufgekratzt wirkt. Er wirft ihr den Pass zu. »Und damit wurde sie Schwedin«, sagt er mit einem Grinsen.

Helle schlägt den Pass auf. Es ist dasselbe Bild, das sie für ihren polnischen Pass benutzt hat.

»Astrid Lindgren! Das geht doch nicht«, ruft Helle.

»Mir ist kein anderer schwedischer Name eingefallen.«

Helle umarmt Johnny. Keiner der beiden will loslassen. »Danke, Johnny. Das werde ich dir nie vergessen, egal was passiert.«

Johnny fährt den Wagen aufs Fahrzeugdeck. Anscheinend wurden sie durch die Passkontrolle gewunken. Helle liegt unter dem Rollstuhl und hält die Luft an. Der Gestank von Benzin ist benebelnd.

»Ich haue jetzt ab, Helle«, sagt Johnny und wirft einen Blick auf seine Armbanduhr.

Sie steigen aus dem Auto, und Helle kontrolliert, dass Pass und Geldtüte sicher in ihrer Tasche stecken. Johnny wendet sich zum Gehen.

»Sagst du ihr, dass ich sie liebhabe?« Helle schaut auf ihre Füße.

»Na klar. Du wirst das Kind schon schaukeln, Helle«, sagt Johnny und zuckt mit den Achseln. »Wenn es jemand kann, dann du.«

Johnny entfernt sich vom Auto, verschwindet in einem Aufgang und geht über die Landungsbrücke davon. Helle bleibt im Getümmel auf dem Fahrzeugdeck zurück, die Kapuze tief in die Stirn gezogen. Dann fängt sie an zu weinen.

Helle steht auf einer der Damentoiletten der Fähre vor dem Spiegel. Sie trägt Gummihandschuhe und hält eine Packung von Schwarzkopf in der Hand, auf der eine Frau mit sehr dunklen Haaren abgebildet ist. Eine Frau kommt aus einer der Toiletten und stellt sich neben Helle ans Waschbecken.

»Na, gibt es eine kleine Veränderung?«, fragt sie an Helle gewandt, während sie einander im Spiegel ansehen. Sie sagt es, als wären sie alte Bekannte.

»Es sah mit der Zeit so langweilig aus«, antwortet Helle in munterem Ton, sie hat sich eine Sonnenbrille gekauft, und der Kapuzenpulli liegt in einem Mülleimer auf einem anderen Deck. Sie trägt ein weißes T-Shirt mit buntem Aufdruck. Es ist ein altes T-Shirt, aber jetzt liest sie zum ersten Mal, was in geschwungener Kursivschrift auf der Brust steht:

If you want anything done, ask a woman

KAPITEL 26

Möwenschreie. Helles Haare sind bereits getrocknet. Der Wind auf dem oberen Deck hat sie innerhalb kürzester Zeit geföhnt. Sie verhält sich wie eine Kriminelle und hat sowohl die Überwachungskameras in den Ecken lokalisiert wie auch die, die strategisch platziert hinter etlichen Türen auf dem Deck hängen. Sie sieht jetzt anders aus mit ihrem dunklen Pony, und sie hält eine Zeitung in der Hand, falls sie eine zusätzliche Maskierung benötigen sollte.

Helle hat auf dem Zwischendeck einen Schminkspiegel gekauft und nimmt an, dass sie ungewöhnlich eitel erscheinen muss, da sie ununterbrochen hineinblickt, um zu beobachten, was hinter ihr passiert. Es sind nicht viele Leute hier, aber auf jeder der Bänke, von denen aus man die Aussicht und den Lärm der Schornsteine genießen kann, sitzt mindestens eine Person. Helle ist überzeugt, dass man sich hier »an der frischen Luft« mehr Gift in die Lungen zieht, als wenn man zwei Päckchen

Zigaretten am Stück rauchen würde. Die allerletzte Bank ist vermutlich die sicherste. Helle setzt sich mit dem Rücken zur Kamera, wodurch sie die Möglichkeit hätte, entlang der Reling zum Ausgang zu schleichen, ohne von der Brücke aus entdeckt zu werden, sollte der Kapitän einen Anruf erhalten. Auf der Bank sitzt ein älterer, zusammengesunkener Herr und schaut aufs Meer. Sie nimmt in angemessenem Abstand Platz, genug, um zu signalisieren, dass sie sich nicht zu unterhalten, geschweige denn zu grüßen brauchen. Helle hat dem Mann halb den Rücken zugewendet. Sein Stock lehnt gegen die Bank, doch ein Windstoß bläst ihn um. Er fällt in Helles Richtung. Die gute Erziehung gebietet ihr, ihn wieder aufzustellen. Sie bückt sich danach, ohne den Mann anzusehen.

»Ja, ist das nicht Frau Doktor Nowak?« All diese unmöglichen Schocks. Helle blickt Alfred in die Augen, er sieht ach so milde und gut aus.

»Dachte ich doch, dass Sie es wären.«

Beide schweigen. Helle wartet auf ihre Entlarvung, aber Alfred macht nicht den Eindruck, als wolle er aufstehen und um Hilfe rufen.

»Wie wunderbar, Sie zu treffen, Frau Doktor, wo ich hier gerade mit Gerda sitze.«

Helle sieht keine Gerda, und was soll das »Frau Doktor«?

»Guten Tag, Alfred«, bringt sie endlich heraus und bemerkt den Krug auf Alfreds Schoß.

»Ja, Gerda ist vor bald drei Wochen von uns gegangen. Ich bin seither nicht vor der Tür gewesen, wie Sie sicher verstehen können.«

Hat der Mann wirklich weder ferngesehen noch Zeitung gelesen?

»Mir war vorher gar nicht klar, wie viele Dinge es nach einem Todesfall zu regeln gibt.«

Helle sackt in sich zusammen. Unwillkürlich fragt sie sich, ob es vielleicht doch ein höheres Wesen im Jenseits gibt.

Der Wind fährt durch Alfreds dünnes Haar, es sieht aus wie eine zerzauste Portion Zuckerwatte.

»Es ist kalt geworden.« Alfred streicht liebevoll über den Krug.

»Ist sie das?« Helle zeigt auf das Gefäß, bei dem es sich um eine Urne handeln muss.

»Ja. Ihr letzter Wunsch war es, über die Reling ins Meer gestreut zu werden.«

Helle nickt leise. Sie hat das Gefühl, jeden Moment wieder weinen zu müssen. Alfred scheint es zu spüren.

»Sie mochte Sie sehr gern, das wissen Sie, oder?«

Helle zuckt mit den Achseln.

»Doch, doch, sie hat viel von Ihnen gesprochen. Sie haben Eindruck hinterlassen«, beharrt Alfred, und Helle wird ganz verlegen. Das versetzt Alfred keineswegs einen Dämpfer, vielmehr scheint er sich warm zu reden.

»Ich weiß nicht, ob Sie es wussten, aber Gerda und ich waren viele Jahre getrennt. Als Jugendliche waren wir ein Paar, aber dann beendeten wir die Beziehung. Erst, als ich 99 in den Ruhestand ging, habe ich sie wieder kontaktiert. Eigentlich hatte ich damit gerechnet, meine alten Tage damit zu verbringen, spazieren zu gehen und im Seniorenclub Karten zu spielen. Ich wusste nicht, dass das Leben mehr für mich bereithielt. Gerda hatte ich vor Jahren abgeschrieben, ich dachte, sie sei mit dem schiefbeinigen Knud zusammen.«

Helle lächelt und kann nicht umhin, die Urne zu berühren.

»Aber dann meldete ich mich über den Seniorenclub bei diesem Kurs an. Da stand so ein langhaariger Schnösel und wollte mir etwas über das Leben erzählen, über Lebensfreude im dritten Alter, und ich saß dort mit einer Tasse schlechtem Kaffee und kam mir vollkommen fehl am Platz vor. So ein alter Waschlappen wie ich hat außerdem nichts dafür übrig, Kaffee aus diesen Plastikbechern zu trinken. Na, jedenfalls begann unser langhaariger Freund dann von dem britischen Mittelstreckenläufer, diesem Arzt, Sir Roger Bannister, zu erzählen, der als Erster in der Geschichte eine Meile in weniger als vier Minuten zurücklegte. Bannisters These lautete, dass nur die neurologischen Barrieren uns Menschen daran hindern, Dinge zu verrichten. Wenn wir also die Begrenzung unserer Gedanken durchbrechen würden, könnten wir unsere Ziele erreichen. An diesem Abend bin ich auf direktem Weg nach Hause gegangen, habe Gerda angerufen und sie zum Essen eingeladen. Neunzehn prachtvolle Jahre wurden uns geschenkt. Jeden Sonntag um halb zwölf setzten wir uns mit einer Portion Hering, einem Schnaps und einer Flasche Zitronenlimonade an das kleine Korbtischchen im Wintergarten. An Gerdas Seite war mir ein Leben vergönnt, wo jeder Tag etwas bedeutete. Gerda sagte immer: ›Statt einfach nur Gast zu sein in dem Leben, das uns nun einmal zugedacht wurde, können wir ebenso gut das Ruder in die Hand nehmen und selbst der Wirt werden.‹ Es juckte sie nicht, was andere dachten, ihrer Meinung nach verstellten sich die meisten ohnehin. Zum Beispiel machte sie wütend, dass ihrer Schwester, die vor zehn Jahren an Krebs starb, nichts wichtiger war als ihr Tafelgeschirr, das sie nur bei festlichen Gelegenheiten hervorholte. Es ist ja nicht so, als hätte die Schwester auf ihrem Sterbebett gelegen und gesagt: ›Wie gut, dass ich so viel teures Porzellan gekauft habe, das niemand benutzen darf.‹ Gerda lebte nach der Devise, dass wir, wenn wir etwas wollen, auch etwas dafür tun müssen. Das Leben, Doktor Nowak, ist hier und jetzt.«

»Das Leben, Alfred.« Helle hat das Gefühl, als ob sich plötzlich irgendetwas in ihr zusammenfügt. Vielleicht sind es Puzzleteilchen. Sie schaut Alfred an.

»Soll ich Ihnen dabei helfen, Gerda auf ihre letzte Reise zu schicken?«

Sie stehen auf und gehen ans vordere Ende des Decks.

»O nein, das könnte ein schönes Schlamassel geben. Hier ist Gegenwind!«, ruft Alfred.

Also gehen sie nach achtern. Helle trägt die Urne, einerseits um Alfred zu entlasten, der auf den Stock angewiesen ist, andererseits lässt sich mit der Urne aber auch vortrefflich das Gesicht abschirmen, wenn sie an den Überwachungskameras vorbeikommen. Am hinteren Ende des Schiffes bleiben sie stehen. Alfred öffnet den Deckel der Urne, und Helle schüttelt Gerda heraus und in das schäumende Kielwasser der Fähre.

»Auf Wiedersehen, meine zänkische, verrückte Geliebte, du bist die Traummeile gelaufen!« Alfred ruft es mit einer Stimme, die kein bisschen nach Alte-Männer-Rost klingt.

Das Meer rauscht. Alles rauscht.

Der Motor startet auf Anhieb, und Helle fährt von Bord. Sie wird ohne weiteres durch die Passkontrolle gewunken. Die Schranke öffnet sich, während Astrid Lindgrens Pass gelangweilt im Handschuhfach liegt. Helle schaut nach vorn, wo die vielen Fahrspuren zu vieren zusammenlaufen. Ein lautes Heulen lässt sie zusammenzucken, es kommt vom Fährbereich. Helle entschlüsselt es schnell als Alarm. Eine Stimme dringt an ihre Ohren. Sie sagt etwas auf Deutsch, irgendeine Mitteilung, so viel kann sie verstehen. Dann wechselt sie ins Dänische: »Achtung. Der gesamte Betrieb zwischen Rødby und Puttgarden wird auf unbestimmte Zeit eingestellt. Wir bitten die Umstände zu entschuldigen und werden Sie laufend über die Entwicklung informieren.«

Helle will sich die Hand vor den Mund schlagen, beschließt aber stattdessen, den Rückspiegel einzustellen. Ganz ruhig und gelassen dreht sie ihn so, dass sie den Verkehr hinter sich im Auge hat. Helle ist frei und in Deutschland unterwegs. Sie hat eine lange Fahrt vor sich. Sie wirft sich selbst einen flüchtigen Blick im Spiegel zu und lächelt vorsichtig.

EPILOG

Die Luft ist teuflisch trocken. Clémentine Damians Atemschutzmaske leistet harte Arbeit, ein Schweißtropfen läuft von der Stirn und den Nasenrücken hinab, wo er von der Maske aufgefangen wird.

»Clamp«, sagt Clémentine zu der assistierenden Chirurgin und bekommt eine Klemme in die Hand.

Das kleine Mädchen auf dem Tisch ist nicht älter als neun, vielleicht zehn Jahre. Clémentine ist dabei, die Wunde von einem Krokodilbiss im linken Schenkel des Mädchens zu schließen. Die Betäubungsmittel sind ihnen ausgegangen, daher wurde die Kleine lokal mit Morphinsalbe betäubt. Die Tränen laufen ihr in einem konstanten Strom über die Wangen und hinterlassen eine helle Spur auf der braunen Haut. Auf der anderen Seite des Tisches steht wie versteinert die kleine Schwester des Mädchens und hält mit beiden Händen einen Stock umklammert. Es ist der Stock, mit dem sie ihre Schwester gerettet hat. Sie war auf das Krokodil geklettert und hatte damit auf das Tier eingeschlagen, bis es losließ. Sie weigert sich, von der Seite ihrer Schwester zu weichen. Steht einfach nur da. Es ist ein Wunder, dass beide am Leben sind. Sie sollten bloß Wasser am Fluss holen. Dem Fluss, der, wie alles andere hier in Darfur, am Austrocknen ist. Immer wieder gleitet das Mädchen auf dem Operationstisch in eine kurze Bewusstlosigkeit, aber Clémentine muss gleich klipsen, und dann kann sie etwas Schmerzstillendes zum Schlafen bekommen.

Glockengebimmel erklingt, und Clémentine schaut auf. Zwei Ziegen sind auf dem Weg ins Zelt, hinter ihnen folgt ein Hirte. Viel Sinn für Taktgefühl hat man hier nicht.

»Kharij!« Clémentine scheucht sie mit entschiedener Hand hinaus.

Die Sonne knallt noch immer vom Himmel, als Clémentine kurze Zeit später aus dem Zelt tritt. Sie blickt über die von der Sonne gebrandmarkte Landschaft. Die rote Erde, die blauen Berge. Seit einem Jahr ist Darfur ihre Basis, zuvor war sie zwei Jahre im Kapise-Lager in Malawi, und es überrascht sie immer wieder aufs Neue, wie anders der Himmel hier auf diesem Kontinent aussieht. Die Wolken hängen höher. Von *Ärzte ohne Grenzen* wurde Clémentine die Verantwortung für das Lager in Darfur übertragen, in dem derzeit über dreitausend unterernährte Kinder behandelt werden. Jeden Tag geht es um Leben und Tod. Heute ist ein besonderer

Tag. Clémentine kann den Konvoi von UNO-Fahrzeugen über die Erde rollen hören, Staub wirbelt auf. Die Wagen halten an, und Clémentine hält aufgeregt Ausschau. Ihr Herz droht jeden Moment zu zerspringen. Aus dem hintersten weißen Land Rover steigt eine junge Frau mit einem kleinen Kind an der Hand. Clémentine lächelt so breit, dass es weh tut. Das Mädchen lässt die Hand seiner Mutter los und läuft mit ausgebreiteten Armen auf Clémentine zu. Die Frau (ihre Haut schimmert von Öl) hebt die Hand und winkt Clémentine zu, während sie ihrer Tochter folgt.

Clémentine breitet die Arme aus und ruft aus vollem Hals: »Hallo, Michelle!«

»Hallo, Mama«, antwortet sie.

DANK

Wenn man sich hinsetzt, um ein Buch mit einem dichten, beinahe undurchführbaren Plot zu schreiben, und gleichzeitig darauf besteht, dass die Erzählung realistisch sein soll, kann man sich nicht einfach an den PC setzen und *Metzgertechniken, Entfernung eines Stocks aus dem Bauch* oder *Tumult im Gerichtssaal* googeln. Nein, man muss sich an qualifizierte Leute wenden, die bereit sind, kreativ zu denken. Dieses Buch hätten wir also nicht schreiben können ohne die Hilfe der folgenden Hinzens und Kunzens:

Simon Muff Enevoldsen, Journalist UND Barista. Er hat eine Unmenge lästiger Details recherchiert, von IT-bezogenen Einzelheiten bezüglich der Krankenhaus-ID bis hin zu Arbeitsabläufen im polnischen Bankwesen. Sein Einsatz verdient einen Applaus. Oberarzt Andreas Balslev-Clausen hat seine wertvolle Zeit (die er auch dafür hätte nutzen können, fünf oder sechs Personen die Bewegungsfähigkeit zurückzugeben) darauf verwandt, sämtliche Operationen bis ins kleinste Blutgefäß durchzugehen. Anschließend war er ein nachsichtiger Leser. Die Autoren übernehmen die volle Verantwortung für medizinischen Pfusch. Gourmetmetzger, Koch und Unternehmer Mikkel Hesselager war uns nicht nur eine große Hilfe, was Schlachtpraxis und Zerlegungstechniken angeht, er war sogar direkte Inspiration für Helles Würstchenbetrug, indem er detailliert und auf grauenerregende Weise geschildert hat, wie man Fleisch kauft und verkauft und ganz generell in der Fleischbranche agiert. Der geheime digitale Exspion Christoffer Bech hat uns gemeinsam mit seinem gesamten Unternehmen Langkjær Cyber Defense (ebenfalls eine streng geheime Institution) umfangreich beraten, was das Hacking der IT-Systeme von Krankenhäusern, den Klaus-Riskær-Schwindel sowie den Kauf gefälschter Pässe übers Darknet angeht. Dafür herzlichsten Dank. Ein Riesendank auch an Astrid Ammendrup, Fachärztin für Gynäkologie und Geburtshilfe, für ein Füllhorn von Anekdoten über Objekte, die aus den Unterleibern ganz gewöhnlicher Dänen entfernt wurden. Wir haben uns ein paar Freiheiten bezüglich der extrauterinen Schwangerschaft genommen, die Geschichte vom Senfglas allerdings ist zu einhundert Prozent medizinisch korrekt und basiert auf einer wahren Geschichte aus dem dänischen Gesundheitswesen. Caspar Grønnegaard, früherer Richter und nun gerissener Anwalt, hat gemeinsam mit uns ausgeklügelt, wie Helles Flucht aus dem Næstveder Amtsgericht auf glaubwürdige, wenn auch phantasievolle Weise gelingen könnte. Auch hat er uns mit Geschichten aus der kriminellen Unterwelt inspiriert. Wir prophezeien der Zusammenarbeit eine große Zukunft. Alexander Nolsøe, Assistenzarzt in der Urologie am Herlev-Krankenhaus war uns eine enorme Hilfe mit seiner geduldigen, detaillierten Beschreibung der täglichen Arbeitsabläufe, bis hin zu einer gründlichen Einführung, wann und wie er seinen Kittel wäscht und wann er sein Handy verwendet. Auch diese Art von Wissen braucht es.

Wir danken unseren Lektoren Simon Pasternak, Julie Rotne und Mette Mortensen. Ohne Julie wären wir nie in Gang gekommen, ohne Simon wäre der Plot weit weniger rund, und ohne Mette, ja, ohne Mette kein Buch, basta! Euer Glaube an uns war von unschätzbarem Wert.

Anders möchte danken: Meiner Mitautorin Marie Louise, die im Alltag von mir und allen anderen inklusive ihr selbst nur Malou genannt wird. ICH LIEBE ES, ZUSAMMEN MIT DIR ZU SCHREIBEN! Du bist eine wahnsinnig geduldige Schreibpartnerin ohne jegliche Allüren. Du nimmst all die langen Tage mit dem Text und lässt mich tun, worauf ich Lust habe. Ich habe das Gefühl, dass du selbst deinen Spaß mit all den Wörtern hast, Gott sei Dank. Ich freue mich darauf, noch zahlreiche weitere witzige, phantastische und schöne Bücher mit dir zu schreiben. Ich hoffe, der Scheiß verkauft sich, andernfalls endet es viel zu zeitig, und du bekommst niemals den riesigen Sonnenhut, mit dem ich die ganze Zeit als Karotte vor deiner Nase herumgewedelt habe.

An alle, die mit Kleinerem und Größerem beigetragen haben und vergessen wurden, im Voraus ENTSCHULDIGUNG. Ich danke euch von ganzem Herzen und hoffe, ihr nehmt in Zukunft den Hörer ab, wenn neue Plots ausgetüftelt werden sollen.

Ich danke dir, wunderbare Phie Ambo, und den Mädchen für eure Geduld, wenn ich zahlreiche Nächte wach gesessen und über Helle geschrieben habe.

Marie Louise möchte danken: Meinem Mitautor Anders Morgenthaler. Einen vergleichbar willensstarken, überzeugenden und ideenreichen Plotmacher kann man lange suchen. Also lasse ich es bleiben. Danke, dass du an dem Buch festgehalten und drangeblieben bist, danke, dass du mich auf ein Podest gestellt und mir Freiheit und Recht gegeben hast. Unsere Unterschiede zusammengemischt ergeben ein starkes Duo, ich freue mich auf Band 2.

Danke an meine Jungs, Jazz und Ace. Und an liebe, beseelte Freunde und Familie. Danke, lieber, beseelter Brieffreund. Für Raum und Auftrieb.

Es ist eine Oscar-Rede geworden, und nun ist der Zeitpunkt gekommen, an dem die Musik freundlich, aber bestimmt zu spielen beginnt, also verlassen wir hiermit die Bühne.